講談社文庫

天《てん》子《し》蒙《もう》塵《じん》

第４巻

浅田次郎

講談社

目次

天子《てんし》蒙塵《もうじん》 第4巻

天子蒙塵

てんしもうじん　第4巻

第四章　ひといろの青

五十九

それは遠い遠い昔、太上老君《たいじょうろうくん》や孔夫子《こうふうし》様がお生まれになるよりずっと前の、まだ三《さん》清四御《せいしぎょ》の天尊ですら顕《あら》われる前の、遥《はる》かな大昔のことです。

そのころ世界は色もかたちも光もなくただどろどろとしており、硬い殻の中に白身と黄身が分かれている卵のほうが、まだしもましでありました。

そうした混沌《こんとん》が幾億年も続いたあと、あるとき突如として色もかたちも光もない中に、創世の神である盤古《ばんこ》が生じたのです。

生まれるやいなや盤古はたちまち九度も姿を変えて人の姿となり、身丈は日に一丈も伸び続けてみずから天を押し上げ地を踏み下げて、天地の隔《へだ》たりを作り始めました。

やがて宇宙は九万里の高さに定まり、創世の務めをおえた盤古は、双手《もろて》をかざし両足を踏みしめたまま、どうと倒れて死にました。するとその骸《むくろ》は、余すところなく万物に化生《かせい》したのです。

臨終《いまわ》の息は風や雲に、唸《うな》り声は雷《いかずち》になりました。また左目は太陽に、右目は月に、流れる血は海に、涙は川に、毛髪は草木に変わり、たくましい肉は聖山五岳になったのです。

森羅万象はこうして調《ととの》いました。しかしそれだけでは、人間の住まう世界にはなりません。

天に代わって人の世を統《す》ぶる帝。天命を奉じて政を行う、中華皇帝がいなければ。そのみしるしとして、盤古の心臓は大きなダイアモンドに変わりました。

どれほどすぐれた人間であろうと、神々の目から見れば乙甲《おつかつ》の獣に過ぎません。選ばれた唯一の人間が皇帝として龍玉を抱いてこそ、世界は定まるのです。

しかし人間はいまだ未熟で、天下の経綸《けいりん》をなすまでには、それからさらに長い歳月を要しました。

まず北極星の化身たる天皇氏《てんこう》と、その十二人の兄弟が順に帝位に就《つ》きました。在位はおのおのが一万八千年にわたりました。

次に地皇氏《ちこう》が龍玉を引き継いで、十一人の兄弟がおのおの一万八千年の治世をなしました。

そののち、人皇氏《じんこう》の九人による四万五千六百年の治世を経て、天下は伏義《ふっき》と女媧《じょか》の夫婦へ、さらに神農《しんのう》へと渡り、ようやく有徳の人間たる黄帝《こうてい》の即位を見たのです。

天命のみしるし龍玉は、やがて黄帝から顓頊《せんぎょく》へと譲られ、さらに帝嚳《ていこく》へ、尭帝《ぎょうてい》へ、舜帝《しゅんてい》へと、そして禹王《うおう》が夏《か》王家を開いて、以後四千年に及ぶ王朝政治が始まりました。

盤古の心臓が化生した龍玉を、力ずくで奪うことはできません。もし天子の名にふさわしからぬ者が持てば、たちまちにして五体が砕け散ってしまいます。しかしその一方、堕落した皇帝が持ち続ければ、放伐《ほうばつ》の憂き目を見るのです。

数限りない梟雄《きょうゆう》が天下をおよそ掌中にしても玉座に就くことなく斃《たお》れ、また愚昧《ぐまい》な皇帝が必ず王朝を滅ぼすという歴史の輪廻は、ひとえにこの龍玉の持つ神力のしわざなのです。よって人間は、野望を抱いてはなりません。皇帝は努力し続けねばなりません。

死せる盤古の体から余すところなく化生した世界に、私たちは住んでいるのです。機械のように定まった原理のうちに、生きているのですから――。

冬の陽光がちりちりと肌を灼《や》く。

目に見えぬほど小さな黴菌《ばいきん》どもが、ひとたまりもなく揮発してゆく。ペスト。コレラ。チフス。天然痘。結核。スペイン風邪。さあ、これでもか。みんなくたばれ。

接見のない日は、正午に起床したあと下ばき一枚の姿で日光浴をする。いつの間にか習慣になった。睡眠時間を奪う午前中の接見はよほどの急用であるから、ほぼ正確な日課と言ってもよかった。

もっとも、今の私に急用などあるはずはない。万事において執政閣下の意思は、後回しでもかまわないからである。場合によっては決裁の署名すらも。

それでも週に一度、たいていは月曜日の早朝に、その「急用」とやらが入る。御前《ごぜん》太監《タイチエン》が寝台の下にかしこまって、こう言うのである。

「万歳爺《ワンソイイエ》におかせられましては、天機うるわしくおめざめにございまする。ただいま梁文秀《リアンウエンシウ》様が急用にて参内なされました。

「いかがいたしましょうや」

　どれほど睡《ねむ》かろうと機嫌が悪かろうと、私は「召見《チアオチエン》」と応じねばならない。先帝光緒陛下の寵臣であった梁文秀は、私の師傅《しふ》であり、小宮廷では唯一と言える無私の人だった。すなわち、私自身の力ではもういかんともしがたく、なるようにしかならぬと誰もが考えている国家の、彼は良心であった。どれほど睡かろうと機嫌が悪かろうと、良心を拒むことはできない。

　太監たちが床に這いつくばってカーテンを開け、両脇から掛け蒲団をそろそろと剝《は》がして、私の体を獰猛な陽光に晒《さら》す。

　着替え。整髪。薄い髭《ひげ》をていねいにあたる。みずから手を使うのは、歯磨きと洗面だけである。玉体がすりへらぬよう、なるべく動いてはならぬという日常生活のきめごとは、この氷に鎖《とざ》された北の都の監獄めいた宮廷にも生きていた。紫禁城《ヅチンチヨン》の暮らしとどこも変わらず。

　なすがままにされながら、いつも同じことを考える。三皇五帝の神の時代を経て、初めて龍玉《ロンユイ》を禅譲された禹王は、身を粉にして黄河の治水に打ちこんだのではなかったか。歩きに歩き、働きづめに働き、頭頂も踵《かかと》もすりへって、ついには身が偏枯《へんこ》してしまうほどに。

そうした中華皇帝が、いつから動かざるものとされたのか私は知らない。

「咋《チャ》ーッ！　万歳爺《ワンソイイエ》、お出ましになられます」

太監《タイチエン》が両膝をついて出御を告げる。梁 文秀《リアンウエンシウ》は古式に則《のっと》った三跪九叩頭《さんききゅうこうとう》の礼で私を迎える。

彼の挙措は老いるほど優雅になってゆく。私の足元に三度 跪《ひざまず》き、九度額を床にこすりつける。老軀にはよほど応《こた》える動作であろうに、それはまるで儀礼というより舞うがごとくであった。

そのつど感心しつつ思う。若き日の彼は西太后《シータイホウ》様の御前に叩頭したのだ、と。毎朝こうして、光緒陛下に礼を尽くしたのだ、と。

それから二十世紀の君臣に戻って、私たちは応接椅子《いす》に向き合う。むろん「急用」などはない。時候のこと。健康のこと。旧知の人々の消息。とりわけ故実と文学については、私に訊《たず》ねられればどのような難題でも、即座に完全に答えてくれた。

つまり、急用どころか話題といえば、今の私にとってどうでもよいことばかりだった。梁文秀はそうして週に一度、乱れ切った私の時間割を修正しにやってくるだけなのである。

たがいに政治向きの話題をけっして口にしないのは、侍衛や太監たちの誰が日本軍に内通しているかわからず、室内のどこに盗聴器が仕掛けられているか知れないからである。

日光浴というこの習慣も、そうした雑談の中で彼が教えてくれたものだった。陽光を必要とするのは、人間の体も草木も同じであるという。よって冬には少くとも一時間、真夏でも三十分の日光浴をして太陽の滋養を取りこめば、体は見ちがえるほど強靭になるらしい。

紫禁城にいたころ、同じような説をドイツ人の侍医から聞いたことがあったが、実現には至らなかった。皇帝が御殿の庭で裸になるなど、あってはならぬ話だった。品位がどうのという問題ではない。ある老臣が申すには、「玉体を陽光に晒せば、世界中の草木が枯れてしまう」のだそうだ。

迷信はさておくとして、紫外線に強力な殺菌作用があることぐらいは知っていた。新京《シンジン》に来てからというもの、生まれつきの潔癖症がいよいよ昂進していた私にとって、その効果は魅力であった。

日本軍の兵営では、しばしば寝台を舎外に持ち出して陽に当てるという。なるほど彼らは伝染病とは無縁に思える。

そこで私は、健康のためというよりも殺菌のために、日光浴を始めることにした。

幸い新京《シンジン》の仮宮殿には、迷信まみれの老臣たちも、口やかましい母たちもいなかった。つまり、めったな話はできぬかわり、何をしようと咎《とが》められることはなかった。緝熙楼《しゅうきろう》の二階には、ころあいのバルコニーがあった。南向きで、ちょうど玄関の屋根にあたる部分である。本来ならそこで閲兵をしたり演説をしたりするのだろうが、今の私にとっては日光浴のほかに使い途がなかった。

そこに日本製の籐《とう》の安楽椅子を据《す》えて、私の新しい習慣が始まった。太監《タイチエン》たちはみな畏《おそ》れおののいて、私の体にガウンを着せようとしたり、籐椅子の上にパラソルを差しかけようとした。遥かな昔から後宮の召使いとして存在し、とっくに完成して進歩も変化もできぬ彼らには、日光浴の効果を説明などする気にもなれなかった。

それは去年の初夏のことで、話を聞いた武藤《むとう》元帥は相好《そうごう》を崩して喜んだ。のみならず、次の会見日には時間を早めて、私の日光浴を見物した。みずからも軍服を脱ぎかけ、副官にたしなめられる一幕もあった。

おそらく私の生活の不健全さは、関東軍司令官にとっても懸案事項だったのだろう。真夜中の三時に睡眠薬の力を借りてようやく眠り、正午に起き出して午後三時に朝昼兼用の食事を摂るなど、不健康どころか病的である。その病人がみずから進んで日光浴を始めたのだから、周囲の人々が喜ぶのは当然だった。

ましてや武藤元帥は、満洲国執政としての私ではなく、むろん皇帝たる私でもなく、二十七歳の病弱な中国人を、まるでわが子のごとく気にかけてくれていた。

夏のさかりに元帥が急死しても、私の日光浴は欠かさず続いた。秋風が立ち始めると、籐椅子を寝室の窓辺に据えた。

一点の翳《かげ》りもなく磨き上げられた高窓から、真冬の陽光が燦々《さんさん》と降り注ぐ。きょうはいい天気だ。

雪の日も曇りの日も、よほどの急用でもない限りこの習慣は欠かせなくなった。盤古の左目の化生した太陽が、人間の体に無益であろうはずはない。そして梁文秀《リアンウエンシウ》の言う通り、人間の体も草木と同様に、陽光を欲しているはずだった。

ペスト。コレラ。チフス。天然痘。結核。スペイン風邪。さあ、これでもか。みんなくたばれ。

私の体にたかる目に見えぬ黴菌ども。ついでに、目に見える小さな鬼どもも。ひとつ残らず、ひとり残らず。

日光浴に際してはメガネをかけない。

夏のさかりにうっかりサングラスをかけたまま陽に灼かれ、北京の動物園にいる大熊猫《パンダ》をネガティヴにしたような、笑おうにも笑えぬ顔になってしまったからである。

強度の近視である私は、メガネをかけなければ景色も見えず、読書もできない。もういちど大熊猫になるくらいなら退屈な時間を過ごしたほうがましだと思い、以来メガネをはずして陽光に向き合うようになった。

幼いころから、ぼんやりとすることがなかった。多くの師傅たちに学ばねばならぬ知識がいくらでもあり、儀式やら謁見やら、皇帝としてなさねばならぬ務めもまた、いくらでもあったからである。

そうした育ち方をした私にとって、日光浴の退屈な時間は、同時にすこぶる豊饒なひとときでもあった。ぼんやりと物思う時間を、初めて得たのである。

もっとも、退屈を豊饒に変えるほどの想像力を、私は持ち合わせない。だから過去の記憶を耕すほかはないのだが、これもまた思い出したくもないことが多すぎて、選別が難しかった。

紫禁城《ヅチンチヨン》の暮らしを思い起こそうとすると、多くの母たちに並んで、目も鼻も口もない生みの母の顔がうかんでしまう。

天津《テイエンジン》における自由な生活を思えば、私を捨てて逃げたうえに訴訟まで起こした女の顔が現われる。

そのほかにも、記憶のくさぐさをたどれば必ず不愉快な壁に突き当たる。どうやら私の過去には、全《まった》き幸福の時間などかたときもなかったらしい。記憶はどれもみな曠《あれ》野《の》に咲く一輪の花に似て、ほんの少しでも目をそらそうものなら、索漠たる風景があるきりだった。

しかしただひとつだけ、宝石のような記憶を私は持っていた。心やさしい宦官《ホアンクワン》たちが夜な夜な語ってくれた昔話である。わけても前《さき》の大総管太監《ダアツオンクワンタイチエン》であった李春雲《リイチユンユン》から聞いた話は、錆びもせず腐りもせずに、一粒一粒が胸の奥で輝き続けていた。

それらはいくど思い返しても不愉快な連想を呼ばない。目をそらしても索漠たる風景は見えず、開いた瞼《まぶた》の向こうにまっさおな空のあるばかりだった。

老春児《ラオチユンル》は未来の私のために、たくさんの宝石を献じてくれたのかもしれない。冬の窓辺に鳥肌立った裸体を晒し、いつか顕われる太陽を待ちあぐねる哀れな皇帝のために。

龍玉《ロンユイ》にまつわる伝説は、春児が語ったにちがいない。内容からしても、宿直の御前太監ごときが口にできるはずはなかった。

光緒陛下の御代、内廷千人の太監《タイチエン》の頂点にあった大総 管《ダアツオンクワン》の権威は、外朝の宰相にも匹敵した。その李春雲《リイチユンユン》は年老いて紫禁城《ヅチンチヨン》を去ったのちも、しばしば訪れては私に物語を聞かせてくれた。あるいは、私が欲して召見したのかもしれないが。

「ねえ、春児《チユンル》。ぼくは見たためしがないんだけど、龍玉《ロンユイ》はどこにあるの」

物語を聞きおえると、私は決まって同じ質問をした。

すると、春児はいつも悲しげな顔になって、私の肩をそっと抱き寄せてくれた。

「これはお伽話《とぎ》ですよ、万歳爺《ワンソイイエ》。天命のみしるしは、皇帝陛下ご自身にあらせられます。あなた様のこの小さな胸の中に、龍玉は鎮《しず》まっているのです」

「ああ、そうか。人間の目には見えないんだね」

「はい。万歳爺の大御心が、すなわち龍玉にござりますれば」

龍玉が天命の具体ではなく、天子の真心を指すということは理解できた。だがそこまで考えつくと、どうにも得心ゆかぬ事実に思い当たる。

私の伯父である光緒陛下は、政に失敗して南海《ナンハイ》の離れ小島に幽閉された。また、その従兄にあらせられる同治陛下は、わずか十九歳のご宝算をもって崩じられた。

伝説の龍玉に等しい大御心を持つ両陛下が、そうした不幸な人生をたどったという事実は、理解できなかった。具体であれ抽象であれ、天命を戴く中華皇帝は全能の人でなければならぬからである。

その威望は三皇五帝の昔から連綿とつらなっており、ふさわしからぬ皇帝が現われたときにはたちまち革命が起こる。天命が革《あらたま》って先朝は放伐され、新しい王朝が開かれる。

「ねえ、春児。同治様も光緒様も、真心を欠いていらしたのかしら」

答えづらい疑問を私は投げかけた。御前太監の中には意地の悪い者があって、同治様は悪い遊びが過ぎて脳梅に罹《かか》り、おつむがおかしくなって亡くなられただの、あるいは光緒様は南海の小島に十年も閉じこめられたまま、やはりおつむがおかしくなって毒を呷《あお》られただのと、おどろおどろしく怪談めかして語ったから、私は年齢からすれば知るべきではないことまで、まるで見てきたように知っていたのだった。

「万歳爺にお答えいたしまする。同治陛下は高みくらの上より政《まつりごと》をなすにとどまらず、庶人に身をやつしてその暮らしを親しくご覧あそばされ、ついには伝染病に罹られて崩御なされました。どうか万歳爺もご無理はなさらず、御身ご大切になされませ」

春児は嘘をつかない。体良く言い換えれば、そういう話になるのである。

「また、光緒様は改革を急がれる余り政を混乱せしめた責を負われて、御みずから瀛《イン》台《タイ》の離れ小島にお隠れになられました。どうか万歳爺《ワンソイイエ》もけっしてことをお急ぎになられず、何事も用心深くお運びなされますよう」

これもまた、嘘には当たるまい。皇帝たる者が縄をかけられたり、獄吏に追い立てられたりするはずはないからである。光緒様は急進的な家臣たちとの絆を断つために、形ばかりはたしかに御みずから、瀛台に渡られたにちがいない。

「真心を欠いていらしたわけではないのだね」

「はい、万歳爺。さようでございますとも。同治様も光緒様も、御歴代にまさるとも劣らぬ名君にござりました。ただ、列強の圧力に抗しかね、世界の動きにいささかとまどわれたのみにて」

そうした事情もあろう。しかし両帝が名君であったという説には、子供心にも釈然としないものがあった。

そのころ、乾清宮の北にある欽安殿には、太祖努爾哈赤《ヌルハチ》公より第十一代徳宗光緒帝まで歴代皇帝の肖像画が掲げられており、私もたびたび訪れて香を焚《た》いていた。

宮廷絵師の描いた肖像には虚飾がないという。なるほど太祖公のお姿は、まさしく満洲の山野に獣を追ったジュルチンの大ハーンそのものである。

三代順治帝は長城を越えて中原の覇者となり、六代乾隆帝の御代に最大版図を得る。その間、次第に龍顔は漢族ふうに変化するが、体軀は依然として堂々たる騎馬民族の筋骨を誇っていた。

しかしそののちの皇帝は、お顔ばかりかお体までが、細く弱々しくなってゆく。同治様の肖像は若さを差し引くにしても、とうてい名君賢帝とは思われず、光緒様は美男にあらせられるが、いよいよ華奢な印象があった。その変わりようといったら、いかにも乾隆大帝の威勢を頂点として、帝国が急激に零落していったように見えるのである。

しかも怪しいことに、太祖公より父子一系で保たれてきた皇帝の血脈は、十代同治様をもって絶えてしまう。よって帝位は従弟の光緒様に移るが、やはり世継ぎに恵まれず、生家である醇《チュン》親王家の甥にあたる私に、お鉢が回された。

欽安殿で祖宗の肖像を見れば、そうした変貌ぶりは一目瞭然なのである。つまり愛《アイ》新覚羅《シンギョロ》家は明らかに病み衰えており、列強の圧力があろうがなかろうが、世界の動きがどうであろうが、とうてい存続できなかったように思える。そしてその最後の五十年間を、懸命に支え続けたのは西太后《シータイホウ》様だった。

王朝の交代は自然の摂理なのだろうか。しかし日本の天皇家は、二千六百年も続いていると聞く。それとも旧家の血は等しく衰弱するものなのだろうか。いや、地方郷紳の中には、世の転変にかかわりなく大昔から続いている旧家がいくらでもある。

では、なぜ。

そして養心殿に戻り、わが姿を鏡に映せば、そこには同治光緒の両帝よりもさらに痩せさらばえ、色黒で背ばかりが高く、厚いレンズのメガネをかけた醜悪きわまりない少年が佇《たたず》んでいるのだった。

私の肖像画はない。だが、もし仮に龍袍《ロンパオ》をまとった肖像写真を並べるとしたら、ひとつの血脈が衰弱してゆく過程の標本を、後世の博物館に展示してもいいくらいみごとに完成させるだろう。

大清《だいしん》帝国は第十二代宣統帝をもって終わった。六歳の私には、いったい何が起こったのやらわからぬままに。


雲が流れて、赫《かがや》かしい太陽が顕れた。

下ばき一枚の体を籐椅子に深く沈め、私は窓越しの光に溺れる。スチーム暖房は最大限に効いているうえ、日光浴の間はドイツ製の電気ストーブを両脇に置いているので、少しも寒くはない。

「万歳爺《ワンソイイエ》にお訊ねいたしまする。室温のかげんはいかがにございましょうや」

御前太監《タイチエン》が這いつくばって訊ねた。綿入れの袍の中は汗みずくだろう。

「好《ハオ》」と私は答えた。

冬空の行方《ゆくえ》に、雲はもう見えない。私は深呼吸をして、肺の奥深くにまで太陽を取りこんだ。

侍医が言うには、私の体型や暮らしぶりから考えて、最も警戒すべきは肺結核なのだそうだ。さもありなん、食は細いし太れぬし、夜は寝つけずにごそごそと読み書きをしている。

深呼吸をくり返した。肺に躍りこんだ紫外線が、結核菌を片ッ端から退治してゆくような気がした。

しかしよく考えてみれば、私の怖れるべき病は結核ではなかった。生母は気がふれて自殺した。また伯父にあたる光緒先帝も、みずから毒を呷《あお》って崩じたと伝わる。つまり私は父方と母方の両方から精神病の遺伝を受けており、この事実は体型や生活状態の要件を遥かにしのぐと思われる。

鏡の中の顔を見つめていると、口に出すことのできぬその疑念はいよいよ現実味を帯びる。見れば見るほど私の顔には、精神の病が似合うと思えてくるのである。

むろん、そうはならぬよう自分に言い聞かせている。

頭がどうかなってしまうほどの危機は、これまでにいくらも経験したではないか。馮玉祥《フォンユイシアン》のクーデターで紫禁城《ヅチンチヨン》を追い出された。日本公使館に匿《かくま》われ、ほうほうの体《てい》で天津《テイエンジン》租界へと脱出した。ろくでもない連中に財産を毟《むし》られたうえ、妻にも逃げられ、中華皇帝として史上初の離婚訴訟を起こされた。自動車のトランクルームに詰めこまれ、ハリウッド映画の活劇さながら満洲へと渡った。

どうだ。ざっと思い起こしただけでも、これだけの困難に遭《あ》った。頭がどうかなって自殺するならば、命がいくつあっても足りなかっただろう。

警戒も怠らない。酒は乾杯をする程度、莨《タバコ》も香りを嗜《たしな》む程度、なるべく苛立たぬよう心を平静に保ち、そして正午からはこうして陽光を浴びる。

よって私は狂わない。けっして母や伯父の轍《てつ》は踏まぬ。

ああ、冬の太陽は今し南中して、アーチ窓の高みから腕《かいな》を差し延べ、ふかぶかとぬくぬくと私を抱きしめた。命が満ちてゆく。天の御子なる皇帝の体に。

ところで、私は龍玉《ロンユイ》の伝説について、ある妄想をどうしても去ることができない。李春雲《リイチユンユン》に初めて聞かされたときから、この話はほかの寝物語とはちがう特別のものだと感じていた。いくたびくり返して聞いても、その感慨は変わらない。むろんこうして胸の中で思い返しても。

すぐれて面白い話とも思えぬのだが、春児《チュンル》はおのずと背筋を伸ばして語り、私も神妙な気分で聞いた。

そこで、一体全体この格別さはどうしたことであろうと考えた末に、私はある途方もない妄想を抱いたのだった。

これは伝説ではない。龍玉は実在する。老《ラオ》春児はその存在に関して、何かしら確信を持っている。しかるにあまりにも非科学的に過ぎるので、けっしてそうと口にすることはできぬ。だからせめて背筋を伸ばし、心をこめて私に語り聞かせているのではあるまいか。

たとえば、こうした仮説はどうであろう。

大清の栄華を極めたるは、第六代高宗乾隆帝である。祖父康熙帝が全土の統一を果たし、父君雍正帝は驕《おご》ることなく質素倹約に努めて力を蓄え、乾隆帝はその実力を余すところなく振起して、空前絶後の大帝国を造り上げた。

この偉大な三代の祖宗がそれぞれに果たされた役割と招来された結果は、とうてい人間業とは思われぬくらい全《まった》きであった。たとえば三柱の神が世界を創造するがごとくに、大清の天下を整えたのである。しかもその全盛三代の治世は百三十年余に及んだ。

そもそも世襲の王朝である限り、これほど聡明な頭脳と健康な体を併せ持った英主が三代にわたって出現した例など、ないのではあるまいか。まるで太古における、堯帝、舜帝、禹王の禅譲を見るがごとくである。

龍玉《ロンユイ》をお持ちだったのだ。天下をしろしめす力のみなもとを。盤古の心臓から化生した、天命の具体を。

では、中華皇帝たる私の手元に、どうしてそれがないのだろう。

そう考えると、いつも私の心は暗く塞いでしまう。見知らぬ森に足を踏み入れ、方途をふいに失ってしまったように。

若い時分は、迷える森の深さが怖ろしくなって、考えることをやめた。しかしそののち、みずからの上に不幸が度重なると、ふたたび考えずにはおられなくなった。

私は天命なき天子なのだ。だから革命に遭ったり、城を追われたり、外国人の厄介《やっかい》になったり、妻に離婚訴訟を起こされたりするのだ、と。

やがて私は輾転《てんてん》して寝つけぬ夜更けなどに、みずから進んで妄想の森に歩み入るようになった。

理路を正して考えた。光緒様《グァンシュ》はお持ちだったか。いや、その悲しい人生を思えば答えは明白である。

また、十九歳の若さで崩じられた同治様もそれは同様であり、歌舞音曲にうつつを抜かして政を顧《かえり》みなかったと伝わる父君の咸豊陛下も、すでに龍玉をお持ちではなかったと思える。

だからこそ西太后《シータイホウ》様は、国家をどうにか保たせようとして、天命なき三代の皇帝になりかわり如意棒をお執りになった。

では、それ以前はどうであったかと考えるに、宣宗道光帝の御代には太平天国が勃興し、また列強諸国に戦争を仕掛けられたうえ、後顧の憂いとなる数々の不平等条約を締結させられた。

仁宗嘉慶帝の御代は父君乾隆大帝の遺産で潤ってはいたものの、あちらこちらに反乱が起こって、盤石と見えた大清の天下は急激に揺らぎ始めていた。

すなわち、歴史を検《あらた》めれば三代の英主による全盛期の直後、七代嘉慶陛下の時代からほとんど真逆様《まつさかさま》に国運が落ちていったのは明らかなのである。

そしてとうとう、父子一系の血脈すら絶え、従弟《いとこ》へ、さらにその甥《おい》へと帝位はかろうじて繋《つな》がり、六歳の私はわけもわからぬまま、三皇五帝の昔から連綿と続いた中華皇帝の、最後のひとりになったのだった。

どうして私が。

なにゆえこんなにも、高貴な不幸を背負わねばならぬ。

「万歳爺《ワンソイイエ》に申し上げ奉りまする。ただいま皇后陛下がお目覚めになられました」

私は瞼を鎖《とざ》したまま、「好《ハオ》」とだけ答えた。すると太監《タイチエン》たちが何をする間もなく、ヘンリー、ヘンリー、と唄うように呼びながら、妻が私の寝室にやってきた。

「おはよう、エリザベス。さあ、少しお日様を浴びなさい」

どこからともなく同じ籐椅子が運ばれてきて、私のかたわらに据えられた。

目覚めてからしばらくの間、妻は正気だった。阿片を吸い始めるのは、午後三時に摂る遅い食事のあとと決まっている。

素肌にバスローブを着たまま、妻は籐椅子に腰を下ろした。石鹸と香水の匂いが立ち昇った。

容色は少しも衰えない。それどころか最も艶《あで》やかな季節が、不健全な生活とはいっさいかかわりなく、彼女の上にだけめぐってきたように思える。

太監たちは退出し、女官たちが入れ替わった。日に一度だけ、私がはっきりと幸福を感じるひとときが訪れた。

婉容《ワンロン》は籐椅子に沈んで太陽に向き合い、バスローブの胸を拡《ひろ》げ、裾をたくし上げた。その肌は陽光もめしいるかと思うほど白く、弾けて零《こぼ》れ落ちるほど輝かしかった。窓の外は一面の雪景色だというのに。

「いい夢を見たかね」

私は妻に訊ねた。前夜に見た夢を披露し合うのは、私たち夫婦の長いならわしだった。

女官の捧げ持ってきた茶を啜《すす》りながら、妻はしばらく考えるふうをした。目覚めたとたんに喪われてしまう夢を、何とか取り返そうとするように。

そうしてしばらく陽光に目を細めたあと、いきなり怖いことを言った。

「乾隆様の夢を見たわ」

私と婉容の間には、以心伝心のようなものがあって、同時に同じ言葉を発したり、同じ皿に箸《はし》を伸ばしたりすることがしばしばだった。だにしても、私が考えているそばから夢に見ていたとは。

「ほう、それはありがたいね。で、どんな夢だった」

私は空とぼけて訊ねた。また少し考えてから、ようやく思い出したように妻の表情が明るんだ。

「そう、そう。養心殿の東暖閣でね、炕《カン》の上にお座りになって、肖像画を描かせてらしたわ。私は扉の蔭からご様子を窺って、さてお声をかけていいものやら、と」

乾隆様の肖像画といえば、郎世寧《ランシーニン》の手になる大閲図《だいえつず》が名高い。その絵師は康熙帝の御代に宣教師としてやってきたイタリア人だが、乾隆様のご寵愛を賜わって北京に永住したという。

紫禁城《ヅチンチヨン》に多く残されていた彼の作品のうち、私が好きだったのは西洋ふうのだまし絵である。

皇帝の住居である養心殿には、三希堂という小さな書斎がある。むろん私にとっては、家庭教師たちが入れ替わり立ち替わりやってくる勉強部屋であった。

三希堂の名は、乾隆様がこの書斎に王羲之《おうぎし》の「快雪時晴帖」、王献之《おうけんし》の「中秋帖」、王珣《おうじゅん》の「伯遠帖」の三筆を秘蔵したことに由来する。つまり、乾隆様がえりすぐった宝物を、座右に置いて鑑賞した小部屋でもあった。

その三希堂の壁に、ふしぎな絵が描かれていた。手前の西暖閣に立つと、奥まった三希堂の先にもうひとつの雅びな部屋が見えるのである。青いタイルを敷きつめた床は、たしかに三希堂からさらに奥へとつらなっており、正面には満月の夜かと見紛う金色の円窓が開き、精緻な細工を施した両側の桟窓からも、月光が溢れていた。

だが、そのような部屋は存在しない。三希堂の壁に描かれた、郎世寧のだまし絵だった。

床のタイルや桟窓にすぐれた遠近法を用いて、そうと見せかけているのである。その出来映えといったら、いったい何人の師傅や太監《タイチエン》が、うっかり壁に歩みこんだか知れないほどだった。

生まれついて視力が弱く、なおかつ中華皇帝であるという理由から、十三歳までメガネをかけることができなかった私にとって、精巧な筆使いの大閲図の美しさはよくわからなかったが、だまし絵はむしろ、いっそう面白く見えたのだろう。

「すると、絵師はカスチリョーネだったかね」

それは郎世寧の本名である。ジュゼッペ・カスチリョーネ。康熙、雍正、乾隆の三代に仕えた天才芸術家。婉容《ワンロン》もまた、彼のすばらしさをよく知っていた。今ではどれもこれも博物館の収蔵品になり下がってしまったが、かつては王羲之から郎世寧に至るまで、紫禁城の宝物はすべて彼女の夫の所有物だったのだから。

「ああ、乾隆様の絵師といえばカスチリョーネだわ。でも、顔までは見えなかった」

私たちの会話は、いつしか英語に変わっていた。二人きりの話がはずみ始めると、自然にこうなる。

ふと、英語の教師だったレジナルド・ジョンストンが、二品《にひん》の朝袍《チャオパオ》を着て養心殿を訪れた日のことを思い出した。

青い瞳とブロンドの髪は、ひとめ見て吹き出してしまうほど朝袍に似合わなかった。だが、イタリア人の郎世寧《ランシニン》は、きっと髪も瞳も黒く、体も小さかっただろうと思う。ましてや三代の皇帝に仕えていれば、言葉もしぐさも、すっかり中国人になっていたはずだ。

「それで、君はどうしたのかね」

「どうしたのかしら。お部屋にも入らず、声もかけられずに、目が覚めてしまったみたい」

心の中で、私はそっと東暖閣の扉を開けた。祖父の曾祖父。愛新覚羅《アイシンギヨロ》弘暦《ホンリイ》という名の、さほど遠くはない私の祖先。

おじいちゃん。いったいあなたは、なにをしたの。あれからみんな、たいへんなおもいをしたんだよ。ぼくだってほら、このざまだ。

そして私は、知らん顔をしてカンバスに向き合う絵師を罵《ののし》った。

おまえは、なにをしたの。いったいなんのために、ぼくたちをだましたのさ。

正直のところを言えば、私が最も残念に思うのは、皇帝としての力を奪われたことではなかった。

かくも美しい妻を、抱きしめる力がない。すなわち私は、ひとりの宦官《ホアンクワン》にすぎぬのだ。

六十

路地を行く物売りの声で、酒井豊大尉《さかいゆたか》は目覚めた。

頭が割れるように痛い。昨夜は火のような白酒《パイジュウ》をしこたま飲まされた。

もともと酒飲みではない。嫌いではないが、なければないで少しも苦にならぬ。そんな自分が、酒に当たって憂さ晴らしをしたのかと思うと情けなくなった。

新京の将校官舎はまだ整っておらず、独身の酒井には新市街の八島通りに近い、急ごしらえの宿舎があてがわれていた。一見したところ、モダンな二階建てのアパートメントだが、まだコンクリが乾き切っていないのか、妙に湿気がこもる。とうてい満洲の内陸とは思えぬ。おかげで畳も天井板も、そうとわかるほど波打っていた。

要するに、学校を出たばかりの設計士がサッサッと図面を引き、畳も襖《ふすま》も知らぬ満人の大工が追い立てられて仕事をすれば、こういう代物《しろもの》ができるのだという、ご時世の標本だった。

二日酔いでも問題はない。きのうから向こう五日間の休暇である。しかし名目はそうであっても、実は謹慎処分であることぐらい、誰もが承知していた。

陸軍刑法に則り、応召遅延者を逮捕した。命令通りに軍事警察権を執行したのだから、酒井が罰せられる理由は何もない。しかし隊長にしてみれば、法の正義を振りかざして事実上の抗命をした部下を、構いなしとするわけにはいかないのである。

そこで、苦虫を嚙《か》み潰したような顔で休暇証明に判をつきながら、「頭を冷やしてこい」と言った。

この正月は大晦日も元旦も週番勤務で、結局休みもとれぬままだった。つまり正月の代日《だいじつ》休暇という名目である。暦通りの正月休暇は女房子持ちの将校下士官が優先されるから、傍目《はため》には何の不自然もない。

官舎の建設が遅れているせいで、家族をまだ旧任地の大連《だいれん》や奉天《ほうてん》に住まわせている者も多かった。ほかならぬ隊長殿もそのひとりである。

理屈は通っているし、顔も見たくはなし、このさきまた騒がれても面倒なので、とりあえずは向こう五日間の謹慎。しかも建前は正月の代休。そしてその間に気の毒な老頭児《ロートル》中佐殿は、無理難題を押しつけた関東憲兵隊司令部の上官に事の次第を報告し、要すれば関東軍司令部にまで出頭して、不始末を詫《わ》びるのだろう。

そこまで大ごとになっても、自分を裁く法はないのだ、と思えば気味がいい。法が正義の明文化である限り、それは当然である。

できることなら隊長殿が妙な言いわけなどせず、頭も下げずに軍服の胸を張って、部下の主張した正論をくり返してくれればいい。

やはり無理だろうなと思いながら、酒井大尉はふと、自分が褌《ふんどし》もつけぬ素裸であることに気付いた。

頭は割れそうだが、温《ぬく》もりがここちよい。それはそれとして、背を向けて同衾《どうきん》しているこの女は誰だ。

このごろ新京では、支那《しな》だの支那人だのという呼称が禁忌になった。法令で定められたわけではないが、政府の指導であるから憲兵の仕事は増えた。独立した主権国家なのだから、「支那」ではなく「満洲」なのである。「支那人」ではなく「満人」なのである。

その理屈はわからぬでもないが、満洲国民のあらましは漢民族であり、「満人」は満洲族と誤解されやすいうえに、日本人が口にすれば内容のいかんにかかわらず、見くだしているように聞こえる。

政府指導と言っても、日本人の押しつけだろうと酒井は思う。そもそも「支那人」は、些細な呼び方などにはこだわらない。

きのうの朝、見知らぬ「満人」が官舎にやってきて、謹慎ではない休暇を決めこんで朝寝をする酒井を叩き起こした。

扉を叩いたのではなく、文字通りに叩き起こされたのである。しかも土足であったから、強盗かと思って拳銃を握ったほどであった。男は日本人の生活慣習をよく知らなかっただけで、何ら他意があったわけではない。

旦那様がお呼びなので迎えにきた、と男はひどい東北訛《なま》りの「満語」にかたことの日本語を交えて言った。

やくざ者には見えぬ。上等の袍《パオ》に外套を重ね着して、不作法とは言え畳を踏む足には毛皮の付いた長靴《ながぐつ》をはいていた。大人《ダアレン》だの大爺《ダアイエ》だのと呼ばれる素封家《そほうか》の、秘書か家令とでも言ったところか。

だにしても、憲兵将校が満人に呼びつけられるいわれはない。旦那様とは誰々だと訊ねれば、男は困り果てたように、屋敷にくればわかる、ここで名前をあかすわけにはいかない、と言った。

わけのわからぬ話はともかくとして、酒井にはやらねばならぬことがあった。池上《いけがみ》美子《よしこ》にふたたび追手がかかるかもしれない。逮捕状までは出せなくとも、拘引の事由などはいくらでもでっち上げられる。そうとなれば酒井の行動は水の泡になるわけで、ここはどうあっても追手より先にあの女を探し出して、どこかに逃がしてしまうほかはなかった。

軍法が不当に利用されたことが、許しがたいのである。姦通罪で逮捕されるならばかまわない。少くとも新京憲兵隊が関与し、手を汚してはならないと酒井は考えていた。

まずは吉野《よしの》町の若松《わかまつ》旅館を訪ねて、美子の足跡をたどる。わからぬのなら、日本人町の旅館を片ッ端から当たる。新京駅。ヤマトホテル。ジャパン《J》・ツーリスト《T》・ビューロー《B》の支店。土地鑑のない女の立ち寄り先はそう多くはないはずだ。

だから、どこの旦那様のお呼び立てか知らぬが、男の言うままについて行くわけにはいかなかった。

あいにく用事がある、と拒むと、男は畳みかけるように、池上美子なら探す必要はない、というようなことを言った。聞き取りづらかったが、「美子《メイヅ》」ははっきりと耳が拾った。

つまり、池上美子は旦那様のお屋敷にいるという意味であるらしく、さては大胆にも憲兵将校を介して逮捕された愛人の様子を聞き出すつもりか、あるいはもしや匪賊《ひぞく》に誘拐されて資産家の妻であることを知られ、自分が身代金の交渉に使われるのか、などとあれこれ途方もない想像をした。

行くほかはない、と肚《はら》を括《くく》った。尋常な話ではないが、何もわからぬうちに逃げ出すわけにもいかぬ。

外で待っている、と男は言い、土足の無礼にようやく気付いて、照れ笑いをしながら詫びた。少くとも匪賊の伝令ではなさそうだった。

軍服ではまずかろうと思い、ネクタイを締めながら窓ごしに様子を窺うと、轍《わだち》の凍った路地の先に、満洲馬の曳く幌付きの馬車が止まっていた。

それはたぶん、きのうの朝。

狭い寝台の上に身を起こして、酒井は二日酔の頭を抱えた。

何もかも夢であってほしいと希《ねが》うそばから、女が寝返り打って眩《まば》ゆげに酒井を見つめ、驚くでも恥じるでもなく、「おはよう」と言った。

カフェーの女給でも、満洲娘でもない。一糸まとわぬ体を男やもめの蒲団の中で丸めているのは、まちがいなく池上美子。

没法子《メイファーヅ》。没有法子《メイヨウファーヅ》。何もかも夢であってほしい。

さて、それからどうしたのだろうと、酒井はきのうの出来事を掘り返した。

馬車が向かったのは、旧市街の大馬路《ダアマーロ》に近い邸宅街だった。高い煉瓦塀を繞《めぐ》らせた立派な四合院《しごういん》の門前で降り、風雅な月亮門《ユエリアンメン》を潜って院子《ユアンツ》に入ると、見覚えのある顔が酒井を出迎えた。

袁金鎧《えんきんがい》。参議府参議を務める大物である。新聞にはしばしば写真が掲載されるし、酒井自身も何度か身辺警護についたことがあった。

「啊呀《アーヤー》、酒井大尉だね。早朝からお呼び立てしてすまない」

如才ない人物である。敬礼におしゃべりで応じながら、袁金鎧は酒井の背を押して応接間に入った。ロシア王朝ふうの華麗なペーチカが暖める部屋の中央に、心細げな顔をして池上美子が腰かけていた。

ひとめ見たとたん腹が立った。自分は法の尊厳を守ったのであって、駆け落ち女を助けたわけではない。いったいどの面下げて俺の前に現われるのだ、と。

「マアマア、お掛けなさい。憲兵隊に問い合わせたら、きょうから休暇をとってらっしゃるというから、秘書を差し向けた次第です。ところで、朝食はまだかね」

如才なさすぎて貫禄を欠くが、さすがは奉天文治派の大立物だけあって、正確な北京語は聞き取りやすかった。

「これほどの別嬪に頼られて悪い気はしないが、なにぶん私はここのほかに、天津《てんしん》にも瀋陽《しんよう》にも家族がおりましてな。いやはや、齢も齢だし、それだけで手一杯」

ヒャッ、ヒャッ、と袁金鎧はおよそ一国の顕官とは思えぬ下卑た高笑いをした。丸メガネの奥から美子に向けられた流し目は、爬虫類のように冷たくて好色だった。

たちまち豪勢な朝食が運ばれてきた。粥だの饅頭《マントウ》だの包子《パオツ》だのが所狭しと並べられ、どうやら袁金鎧の何番目かの妻であるらしい妙齢の女が、かいがいしく給仕をしてくれた。

嫣然《えんぜん》とほほえんではいても、妻の目は笑っていなかった。袁金鎧はたしかに「手一杯」だろう。

「さあさあ、ご遠慮なく。美子さんも、さあさあ」

食事を摂りながら袁金鎧は怪しむほど雄弁に、美子は箸を執ろうとせずに日本語で涙ぐましく、ことの経緯を語った。

瀬川啓之《せがわひろゆき》と池上美子はシベリア鉄道経由で欧州に逃亡しようとしていたのだが、沿線各国の通過査証が揃わず新京で立ち往生していたところに、思いもよらぬ逮捕劇となった。

昨年末に袁金鎧と美子は満鉄急行の一等展望車に乗り合わせており、そのときに手渡した名刺を頼りに助力を乞うてきたのである。

ほかにも仲立ちをする人があったのだが、善意に迷惑をかけてはならぬので、誰であるかは言えぬ。

どうにかしてくれと泣きつかれても、警察ならともかく、日本軍の憲兵隊ではいかな袁金鎧でも手を出せぬ。直接知る人はなし、かと言って第三者を通じることのできる話ではない。あまりにも猥褻《わいせつ》、かつ複雑である。

「酒井大尉。あなたは稀《まれ》に見る正義漢だ」

と、袁金鎧は箸を置いて拍手を送った。

それから話は、まこと思いがけぬ方向に転がった。

こればかりは無理な相談だ、お帰んなさいと言いかけて、袁金鎧はふと思い当たった。関東憲兵隊にはひとりだけ知己があった。ほかでもない、昨年の夏に関東憲兵隊司令官として新京に着任した、田代皖一郎《たしろかんいちろう》少将である。

酒井大尉はきつく目をつむった。どうやらとんでもない話になったようである。

関東憲兵隊は満洲国全域を管掌する。麾下《きか》の新京憲兵隊付の酒井にとって、司令官は見上げるような雲上人であった。

田代閣下が北京の公使館付武官を務めていたころ、たいそう親しい仲だったと袁金鎧は言った。

だから、どうなった。粥も饅頭も話のあとにしてくれ。

田代少将は穏健な人柄で人望が篤《あつ》い。しかしその一方、事変に際しては上海派遣軍参謀長を務めたほどの軍略家として知られていた。

「司令官ならできぬことはあるまいと思いましてな、夜が更けてから美子さんを連れて官舎に伺ったのですよ」

どうやら袁金鎧は働き者であるらしい。厄介な頼まれ事を面倒臭がらずに走り回る。だが、酒井にしてみれば迷惑このうえなかった。

美子がいきさつを洗い浚《ざら》い話したところ、田代少将の温和な表情が凍りついたという。姦通罪を陸軍刑法にすり替えた陰謀など、知らなかったのである。つまり実直な司令官の頭ごしに、ことが運んでいたのだった。

しかしすぐれた軍略家は、感情に走って部下を叱責しようとはしなかった。いったい誰が加担したのかはわからぬが、応召遅延は揺るぎない事実なのだから、男を解放するわけにはいかない、と田代少将は言った。

関与した軍人たちを調べ上げてことを大きくするよりも、穏便にすますべきである。しかし、それにしても女道楽を重ねて妻を顧みなかったうえ、姦通罪の親告を恥じて陸軍を巻きこんだその亭主は赦《ゆる》しがたい。

正論である。噂《うわさ》にたがわぬ将器だと酒井は感心した。

だが、田代少将はすぐれた軍略家だった。

そんな男の思い通りにさせてはならぬ。通過査証はただちに手配するので、奥方はパリにでもロンドンにでも逃げればよろしい。そのうち相方も釈放されるだろうし、再会を期して何年でも待てばよいではないか。

「そこで、酒井大尉。あなたの出番です」

こともなげに、袁金鎧は司令官の密命を酒井に伝えた。

満ソ国境まで美子を送る。本件について、関東軍司令部もしくは関東憲兵隊の誰が関与しおるか判然とせぬ今、信頼できる者は身を挺して軍法の権威を守らんとした、酒井大尉ただひとりである。しかるに、軍の命令系統を超越して本官から酒井大尉に命ずるわけにはゆかぬ。ひとつよしなに、と田代少将は頭を下げたらしい。

「真的《チエンダ》？」

ほんとうか、と酒井は問い質《ただ》した。にわかには信じがたい。だが、袁金鎧はこの一件における善意の人であり、嘘をつく理由は何もなく、なおかつ話の筋は通っていた。

満ソ国境の駅といえば、北満鉄路の満洲里である。シベリア鉄道とは軌間が異なるので、ソ連領のオトポールで一日がかりの台車交換をするらしい。

考えるだに気の遠くなるような話だった。チチハル憲兵分隊長を務めていたころも、大興安嶺《だいこうあんれい》を越えたハイラルまでしか行った覚えはない。満洲里はさらに遥か先である。

袁金鎧はよほど暇なのか、朝食をおえて茶を飲みながら雑談をかわすうちに、いつしか酒盛りが始まった。

そして秘書や女房が加わり、よく知らぬ客人なども現れて乾杯が続くうちに、いつのころからか酒井の記憶は喪われた。

「朝飯を仕入れてきます」

絡みつく女の腕を振りほどいて、酒井は寝台から抜け出た。

「おなかすいてないわよ」

白い手が追ってくる。

「私は腹がへりました」

言葉がていねいになるのは、とんでもないことをしてしまったからだった。どれほど正義を振りかざそうと、これですべてがやくざな話になってしまった。

「なかったことにしてもらえますか。おたがい、へべれけだった」

美子は答えずに、悲しい目で酒井を見上げた。もしやあの瀬川という男も、同じことを言ったのではないかと思った。いや、瀬川ひとりではないかもしれない。美子はおそらく、魔性の女だ。

「わかったわ。酔っ払って同じ夢を見た。それだけの話ね」

「申しわけなかった」

「あやまらないで。同じ夢を見たんだから」

身仕度を斉《ととの》えて階段を駆け下りた。電信柱も驢《ろ》馬《ば》の鬣《たてがみ》も凍りついた路地には、温かな食い物を売る屋台や露店が並んでいた。

粥。饅頭。包子。油条。饂飩。あの女は何が好きだろうと、酒井は歩きながら考えた。

六十一

「――と、まあ話はおおむねそうしたものなのだがね。いやはや、昨今の陸軍は腐り切っている。こんなことでは、国家総動員を論ずる前に、まずは軍紀を正さねばならん」

永田《ながた》鉄山《てつざん》少将はいったん話を区切ると、熱い茶を啜り、莨《タバコ》を一服つけた。いたって冷静な人物だが、この不祥事ばかりはどうにも肚に据えかねたらしい。

「女房に逃げられた出入り業者に泣きつかれて、間男《まおとこ》の召集令状を書いただと。いったいいくら袖の下を摑《つか》まされたのかは知らんが、応召の名誉を何と心得ておるのだ。しかも間男を逮捕したところまではうまく運んだものの、憲兵将校が女房を攫《さら》って脱走したなど、笑い話にもならん。いや、こんなとんでもない筋書きは、小説家だって思いつかんよ。そうは思わんかね、吉永《よしなが》大佐」

次第に永田の声が大きくなった。吉永は思わせぶりに室内を振り返り、元通りの潜み声で答えた。

「にわかには信じられぬ話です。軍機に属すると思いますが、自分などが聞いてもよろしいのでしょうか」

「そこだよ」と、永田少将は莨の火先を吉永に向けた。

「これほどの機密事項を、わざわざ私の耳に入れる輩《やから》がおるのだ。聞いてしまって語らずにおられる話か」

「閣下、ご冗談を」

吉永が笑って往《い》なすと、永田も苦笑した。けっして四角四面の謹厳居士ではない。怒りが滾《たぎ》ったときには気の利いた冗談を言って、感情を制御するのである。

「いや、それは冗談だがね。昨今の軍紀の乱れは明らかだが、関東軍や関東憲兵隊に限っては厳正だろうと信じていた。満ソ国境ではソ連と対峙し、匪賊の討伐も日常茶飯事ならば規律も正しかろう。しかし、どうやらそうでもないらしい。そのあたり実際はどうなのか、長く満洲にあった君に訊《き》きたいのだ」

つまり、関東軍ないし関東憲兵隊は、軍隊として二重の過誤を犯したと永田は見ているのである。

ひとつは中央省部の誰かしらの相談を受けて、いかがわしい陰謀に加担したこと。

もうひとつはそのいかがわしい陰謀の結果を、部外に漏らしたこと。

考えるまでもなく吉永は答えた。

「あくまで私見であります。謀略は関東軍の伝統であり、すでに体質と言ってもよろしいかと思われます」

言いながら吉永は、義肢《ぎし》の膝頭《ひざがしら》をこつこつと指先で叩いた。この足も関東軍の謀略によって失われたのである。

「そうは言っても君、司令部要員も編制部隊も、そっくり入れ替わっておるじゃないか」

「いえ、閣下。生意気を申しますが、軍隊とはそうしたものであります。伝統は申し送られるのです」

ほう、とひとこと呟《つぶや》いたなり、永田はしばらく物思うふうに莨をくゆらせた。

陸軍の至宝とまで言われる永田鉄山が、参謀本部第二部長から歩兵第一旅団長に転じたのは、昨昭和八年八月である。

この人事の判定は難しかった。同じ少将職でも、省部の部局長と旅団長では雲泥の差がある。信奉者も多いが敵もまた多い永田が、左遷されたのではないかと噂する声もあった。関東軍の人事に大鉈を揮《ふる》った永田に対する、仕返しとも思えたからである。

第一旅団は第一師団の麾下《きか》にあって、東京赤坂の歩兵第一聯隊《れんたい》と甲府の歩兵第四十九聯隊を指揮する。しかし編制上はそうであっても、平時における旅団長はほとんど意味のない閑職にすぎず、司令部には参謀もいなかった。

むろん事変に際しては、歩兵聯隊に各兵科部隊を加えて混成旅団を編成する場合もあるから、存在意義がないわけではない。だがたぶん、旅団編制は西南戦争以来の、陸軍の伝統だからなくすことができないのだと、吉永大佐は考えている。

そうした旅団長職は、どうにか将軍と呼ばれるようになったが師団長の器ではなく、中将には手の届かぬ少将閣下の終《つい》の居場所であり、ときには恰好の左遷先にもなった。

旅団司令部は、青山南町の師団司令部の一隅にある。副官室と事務室があるばかりで、まるで間借りでもしているように見えた。

それでもさすがに、旅団長室は立派なものである。吉永が勤務する陸軍大学校とは青山通りを隔てた目と鼻の先だから、こうして帰りがてらしばしば立ち寄る。

今はかつての「永田詣で」も絶えてなくなった。電話を入れずに訪ねても、まず来客のあったためしがない。そうしてべつだんの用事もなく立ち寄った旅団長室で、吉永は思いもよらぬ醜聞《しゅうぶん》を聞かされたのだった。

「そうか。どうやら私は関東軍を買い被っていたようだな」

しばらく考えた末に、永田は丸メガネをはずして瞼を揉み、およそ彼のしぐさに似合わぬ大あくびをした。窓の外では葉を落とした鈴懸《すずかけ》の枝が、北風に撓《たわ》んでいた。

「どのような点を買っていらしたのでしょうか。自分には理解できませんが」

永田は椅子の上で腰を引き、吉永の顔をまっすぐに見据えた。

「まじめな連中が、まじめに物を考えていると思っていたんだよ。そういうことならば、頭から否定せずにこちらも考えねばなるまい。方法は異なっても、めざすところは同じだと思った。軍人である限り、誰にも私欲はないはずだ」

永田を永田たらしめているものは、こうした懐《ふところ》の深さだと思う。

「おわかりになりましたか」

「ああ。どうやらそれほどまじめな連中ではなかったらしい。かつても同じであったと思うかね」

「伝統であります」

ひとことだけ答えた。多くを語ればきりがない。

張作霖《ちようさくりん》の軍事顧問として同じ列車に乗り合わせていた吉永は、片方の足とともに正常な精神まで吹き飛ばされてしまった。いまだ悪夢に魘《うな》され、ときには白昼夢に見ることもあった。

死に損なった恐怖ではない。敬愛する張作霖の死が、今も胸に祟《たた》っているわけでもなかった。あの爆裂の瞬間に、日本人が良心を喪《うしな》ったという確信があった。むろん大和魂も、帝国軍人の矜持《きょうじ》ももろともに。つまり、拠《よ》って立つ場所を喪った。日本人である限り吉永ひとりではなく、みながみな同様に。

「表沙汰にはできますまいが、責任の追及はするのでしょうか」

「いや、犯人探しなど意味がない。腐り切った陸軍の見せしめにしてどうするね。要は事実そのものが問題なのであって、個人の責任などどうでもいいのだ」

こうした理屈は、軍人にしかわからぬだろう。戦争は勝敗だけが問題なのであって、指揮官の責任を問うべきではない。あえてそれを断言するあたり、永田はいかにも軍人らしい合理主義者だった。

「マア、私の耳に入れたやつは、犯人探しと処分を依頼したつもりなのだろうが、今の立場では何もできぬし、する気にもなれんよ。しかし、断われるというのはいいものだな。そう思えばあながち悪い職ではない」

永田は苦笑して、「歩兵第一旅団長／永田少将」と書かれた、およそ似合わぬ机上の名札を指先で弄《もてあそ》んだ。

醜聞を耳に入れたのは、関東軍司令部か関東憲兵隊司令部の誰かにちがいない。困ったときの永田だのみである。

だとすると、左遷されたわけではないのだろう。第一旅団長という閑職はいっときの腰掛けで、次の人事では満を持して陸軍省軍務局長に抜擢される。永田が軍政の最重要職に就かなければ、軍の改革も統制も成らぬということぐらいは、誰もが承知しているはずだった。

永田は回転椅子を軋《きし》ませて、北風の唸る窓に向いた。怜悧な横顔が、風を読む孤独な旅人のように思えた。士官学校は吉永の三年上であるから、五十になるはずである。だが、老いはいささかも感じられなかった。

「ところで、吉永君――」

親しげに名を呼ばれた。軍歴も士官学校も飛び越えて、牛込《うしごめ》の同じ小学校に通ったころに戻ったような気がした。

「関東憲兵隊の酒井大尉を知っているかね」

考えるまでもなかった。昭和三年の爆殺事件ののちは、満洲を離れている。

「いえ、知りません。誰でしょうか」

「駆け落ち女とシベリア鉄道に乗っちまった男だよ。よほどの大馬鹿者なのか、それともよほど好い女だったのか、ともかくただでさえとんでもない話に、とんでもないオチをつけてくれたものだ」

「士官学校出でしょうか」

「いや、明治大学の法科を出た甲幹《こうかん》らしい。士官学校出にそんな度胸があるものかね」

一般大学出身の将校は、いくらか世馴れているという意味だろう。たしかに幼年学校から士官学校に進んだ生え抜きの将校は、色恋沙汰など起こしようもあるまい。

「ひどい話です」

「ああ、ひどい、ひどい。あんまりひどい話なので、少し考えこんでしまった」

「今さら考えたところで、詮ない話です」

「いや。そこだよ、吉永君――」

永田は軍服の背を丸めて、乾いた青空を覗《のぞ》きこむように見上げた。寒い冬である。

「あまりにもひどすぎて、いささか話が突飛じゃないか。そこで、こんな仮定をしてみた。酒井大尉は大馬鹿者ではなく、大まじめなのではないのか、とね。大学出の法学士様ならば、そもそも許し難い話だろう」

意味がよくわからずに、吉永は問い返した。

「駆け落ちが、でありますか」

「ちがう、ちがう。姦通罪を陸軍刑法にすりかえたことが、許し難かったんじゃあるまいか。そこで、一計を案じて女をシベリア鉄道で逃がし、ついでに自分も脱走しちまった、というのはどうだね」

そう訊かれても、とっさに返答は思いうかばない。だが、いくら何でもそれこそ小説の筋書きだろうと思った。

「閣下がロマンチストであったとは知りませんでした」

永田は声を立てて笑った。

「おいおい、これはまじめな仮説だよ。いいかね、戦術というものは仮説の累積だ。多くの参謀がさまざまの可測要素を提示して、ありうべからざるを排し、ありうべきを採って的確な作戦を立案する」

「クラウゼヴィッツでありますか」

「いや、これは私の持論だ。よって戦闘にあたる部隊長はリアリストでなければならぬが、作戦を立てる上級司令部の幕僚はロマンチストでなければならない。マア、それは少々言い過ぎかもしれんが、想像力を働かせなければならんね。そこで――」

ふたたび回転椅子を軋ませて、永田は執務机に両肘をつき、吉永に向き合った。

「酒井大尉の身上を調べてみたところ、新京憲兵隊付となる前はチチハル憲兵分隊長であったらしい。例の馬占山《ばせんざん》に逃げられた責任を問われて、新京に戻されていた。ほれ、言わんこっちゃない。馬占山の寝返りは一大事だが、個人の責任などを問うからろくなことにはならんのだ」

「まさかソ連に通じていたわけではありますまいね」

「その懸念はないらしいが、大学出の甲幹というのは、そうした目で見られがちだな。共産主義者ではないにしても、視野が広いのは当然だ。いや、われわれ士官学校出の視野が狭いと言うべきだろう。ただし、馬占山の一件のときには、取調べに対して不穏な発言があったらしい」

「不穏な発言、と申しますと」

「詳しくは知らんがね。関東軍の謀略は度を越している、馬占山のほうが正しいというようなことを口にしたらしい」

吉永の胸は轟《とどろ》いた。皇姑屯《こうことん》のクロス地点にぶちまけてしまったはずの日本人の良心を、今も抱いている軍人がいたのだろうか。

「そのような経緯からすると、どうも酒井大尉は確信犯なのではないかと思えてきた。いや、彼を弁護するつもりなどさらさらないよ。けしからん軍人であることにちがいはない。しかしひとつの仮説として、胸にとめおくべきだろう。君はどう思うね」

永田は曖昧に言葉をとどめて、吉永に訊ねた。

おそらく、このとんでもない不祥事を伝えた理由は、酒井大尉の行動について、自分の意見を聞きたいのだろうと吉永は思った。

「姦通罪と軍法を一緒くたにする謀略は、皇姑屯や柳条湖《りゅうじょうこ》の謀略とどこもちがわぬと思います。酒井大尉がどのような人物かは知りませんが、不穏な発言とされる彼の考えには、私も同感です。大馬鹿者ではないと思われます」

「謀略は度を越している、か」

「はい。この体が証明いたします」

きっぱりそう言うと、永田は瞼をとざしてひとつ肯《うなず》いてくれた。

「では、馬占山のほうが正しいと思うかね。この点はぜひ、本人を知悉《ちしつ》する君の口から聞きたい」

目の前に白い光が爆《は》ぜた。

昭和三年六月四日午前五時二十三分。関東軍は事実上の国家元首を暗殺した。テロリストのしわざではない。正規軍によるテロルである。

「馬占山は、正義漢であります」

溢《あふ》れる思いがうまく声にならず、吉永は目を瞑《つむ》ったままようやく言った。

白頭巾の秀芳《シウファン》。若き日の馬占山と初めて出会った日のことを、吉永ははっきりと記憶していた。

辛亥《しんがい》革命が起こる前の話である。少尉に任官したとたん、奉天駐屯の清国軍の軍事顧問を命じられた。むろん新品少尉にたいそうなことができるはずはない。任務は通訳と、清国軍の動静を北京の日本公使館に伝える諜者だった。

ところが、赴任途中の白旗堡《パイチーバオ》という小駅で、列車が強盗団に襲われた。駅を護っていた保衛団はわずかで、銃撃戦の末に全滅した。

盗賊が立ち去ったあと、新民府の根城から真先に駆けつけたのが馬占山だった。斑《まだら》馬《うま》に跨《また》がり、白い布で頭を被《おお》った精悍な馬賊である。

張作霖と出会ったのも、そのときが初めてだった。数え切れぬほどの死体が横たわり、硝煙が縞紋様に漂うプラットホームで、吉永は彼らに出会った。

不可《プーコー》。不可殺《プーコーシャー》。

殺すな。もう殺すな。吉永は震えながら叫び続けていた。おのれの命乞いではない。人の命が、こんなにも安いものだとは知らなかった。

それから二十年もの間、張作霖が一介の馬賊から安国軍大元帥を名乗って北京の王者にのし上がるまでを、吉永はつぶさに見届けた。

「正義漢、かね。だとすると、やつの敵である日本は悪漢ということになる」

「そうとは言い切れません。悪党はごく一部であります」

永田が然《しか》りと肯いた。

「君は冷静な男だ。軍人の道を選ばなければ、きっと今ごろはお父上の跡を継いで、帝大教授になっていたろう」

「子供のころ、日曜下宿にやってくる士官生徒に憧れました」

「おいおい、人のせいにするなよ」

話頭を転じねばならない、と吉永は思った。質問に対する回答は、もう十分なはずである。

おそらく日本国民の少なからずが、吉永と同じ意見を持っている。新聞の論調は馬占山を英雄あつかいしているように読めるし、子供らの間では「馬占山ごっこ」が流行していた。そうした現象は日本の大陸政策に対する反撥にちがいない。だが、非難は許されず、称賛する声ばかりが拡大されて、世論とされてしまった。実は「馬占山ごっこ」こそが真の世論なのである。

「板垣《いたがき》と土肥原《どひはら》は士官学校の同期だから、よく知っているのだがね。石原《いしわら》を見落としたのは不覚だった」

永田が唐突に言った。名前を聞くだに胸糞が悪くなる連中である。話題は変わるどころか、いっそう深みに嵌《は》まってしまった。

言わんとするところはよくわかる。板垣や土肥原らは計画の実行者にすぎず、一連の謀略の中心人物は石原莞爾《かんじ》にちがいなかった。士官学校の卒業年次が五期も下の石原にそこまでの力があるとは、さすがの永田も考えていなかったらしい。

「閣下。この話はもうよしませんか」

メガネの奥から吉永の顔色を窺いながら、永田は思いがけぬことを言った。

「石原大佐が上京する。無理強いはせぬが、一緒に飯でも食わんかね」

「――そりゃあ、あなた。いくら何でも役者不足じゃございませんこと。いえね、自分の子供にそんな言い方はしたかないけど、お二方はこれからの陸軍を背負って立つ軍人さんでしょうに。ご遠慮なさいましな」

母は老いてますます意気さかんである。背は曲がるどころか、かえってすっくりと伸びて、いかにも旧幕御家人の妻らしい貫禄が備わってきた。

「二人きりでは間が持たんでしょう。それに、石原は酒を飲みません」

「あらまあ、それじゃまるでダシか太鼓持《たいこもち》じゃないですか」

「そんなことはありませんよ。石原に文句をつける機会はまたとないでしょうし、向こうだって詫びのひとつも言わなければ後生《ごしょう》が悪いはずです」

このごろになって、母は晩酌をするようになった。老いの道楽に酒を覚えたとは思えず、おそらく好きな物に目覚めたのだろう。父は下戸であったはずだから、吉永の酒好きは母から受け継いだ体質かもしれなかった。

今晩も卓袱台《ちゃぶだい》を挟んで、母と倅《せがれ》が差しつ差されつの晩酌である。肴は里芋と烏賊《いか》の煮付けに白菜の漬物。どてらの背にもしんしんと冷気のしみ入る寒い夜だった。

「恨みつらみを口にするのは、男らしゅうございませんよ」

「冗談ですよ、おかあさん。だいたいからして、皇姑屯も柳条湖も南軍便衣隊のしわざということになっているんだから」

「恨みつらみを言わずにその体で出て行ったら、いやがらせのようじゃございませんか」

「そう受け取るのは向こうの勝手です。私は石原に訊きたいことが山ほどあるし、石原だって私の経歴には興味があるはずです」

それから吉永は、満洲で起こった今回の不祥事について語った。母の口から話が広まるはずはなく、また女としての母の意見も聞いてみたいと思ったからである。

いちいち驚いたり呆れたりしながら、母は一部始終を聞いてくれた。

「三面記事で読んだら、さぞかし面白いでしょうねえ。蓋を被《き》せてしまうのがもったいないぐらい」

曲がったことの大嫌いな母であるのに、非難するより面白がったのは意外だった。酒を嗜むようになってから、しばしばこんなふうに、倅の知らぬ表情を覗かせることがある。もしかしたら母は、謹厳な漢学者であった父の霊代《たましろ》を務めているだけで、本性はもっと自由奔放な人なのではないかと、吉永は今さら疑い始めていた。

「おや、どうなさいました」

「いえ。おかあさんは悪しざまにおっしゃると思ったので。酒がまずくなるんじゃないかと」

母は盃《さかずき》を置いておかしそうに笑った。

「何をおっしゃるの。お酒の肴にはもってこいの話じゃないですか。いやらしい姦通罪を陛下のお召しに書き換えたですって。そのうえお相手の男を捕まえた憲兵が、女と手に手を取ってシベリアに逃げたって、あなた、いくら何でも話ができすぎでしょうに」

ハハハッともういちど高笑いをして、母は膝を横座りに崩した。

「あら、ごめんあそばせ。しかしまあ、そう言っちゃ何ですけど、もうひとつの満洲某重大事件ですわね」

いくら親子の間とは言え、相当にあやういユーモアである。六年前の張作霖爆殺事件は発生直後から報道統制されて、「満洲某重大事件」と呼ばれていた。

「今度こそあなたが巻き込まれなくてよかったわ。妙な女にたぶらかされて、あときかまわず脱走したなんぞ、おとうさんに何てお詫びしていいかわからないもの」

母子はよく似た顔を鴨居に向けた。父の遺影は若い。さしたる感慨もなく父の享年を越してしまった自分を、吉永は訝《いぶか》しく思った。

「ねえ、将《まさる》さん――」

遺影を見上げたまま、母は改って息子の名を呼んだ。

「私にはね、満洲というところが、この世にありもせぬまぼろしのように思えて仕様がないの」

「むりやりこしらえた国ですからね」

「いいえ、満洲国じゃなくって、満洲という場所が」

笑いかけたまま、吉永の顔は攣《つ》ってしまった。満洲で二十年を過ごして、そこが夢まぼろしの大地だなどと、考えたためしはなかった。だが、今こうして顧みれば、長い夢を見ていたようにも思えるし、そもそも満洲という場所が、世界のどこにも存在しないような気がしたのである。

皇姑屯のクロス地点でまっしろな閃光に包みこまれた一瞬、それが爆発だとは思わなかった。どうしたわけか、起床をせかせる母が引き開けた雨戸から、獰猛な朝日が暴れこんで瞼を射たように思えたのだった。

たぶんあのとき自分は、同じことを考えたのだろう。満洲などという場所は、夢の中にしかないのだ、と。もしほかの日本人も同じ夢を見ているとしたら、催眠術か魔術にでもかかって、まぼろしを共有しているのだろう、と。

満蒙開拓団は全国各地から続々と出発している。銀行も会社もこぞって諸都市に支店を設け、航路も鉄路も充実して満洲旅行は一大ブームになっていた。金に糸目をつけなければ、羽田から大連まで旅客機だって飛んでいる。だが実は母の言う通り、この世にありもせぬまぼろしの土地なのではないのだろうか。

そう考えれば、まるで物語のようにできすぎたこの一連の不祥事も、あながち不自然な話ではないように思えた。男も女も、この事件にかかわりあった軍人たちもみな、夢の世界には不可能がないのだと、失敗したところで夢なのだから悪いことにはならないのだと、思いこんでいるのだ。

「国境を越えるのは骨でしょうに」

火鉢から燗酒をつまみ上げて母は呟いた。ことのよしあしはともかく、逃げおおせてほしいと願うのは女心なのだろう。

「憲兵将校ですからね。知恵も手立てもあると思いますよ」

憲兵はさまざまの特権を持つが、わけても満洲の軍事警察権を掌握する関東憲兵隊の将校ならば、やろうとしてできぬことは何もないように思える。たとえば、みずからに公用証を書き、緊急事案という名目で査証を揃えれば、よほど手回しよく追手がかからぬ限りは満ソ国境を越えられる。連れは女房だと言えばそれまでである。ましてや仮想敵国であるソ連邦に事件を察知されてはならない。

いや、あれこれ策を弄するよりも、シベリア鉄道経由でパリに向かう一般旅客を装えば最も安全だろう。

「憲兵の身上調査は厳しいので、共産主義者ではないと思いますがね」

「それゃ何よりだわ」

「まあ、話のオチとしては、一週間ばかりシベリア鉄道に揺られて、ポーランドのワルシャワあたりで捕まるんじゃないですかね」

「へえ。どなたが捕まえるのかしら。日本の憲兵や警察官はいないでしょうに」

「公使館付の軍人ですね。こればかりは立派な逃亡罪ですから」

「おやまあ、何とかならないものかしら」

「つまらんことはおっしゃらないで下さい」

そうは言っても、母の気持ちはわからんでもなかった。道楽者の亭主も不貞を働いた女房も、むろん駆け落ちまでした銀行員もみなろくでなしだが、最も許し難きは事件に加担した軍である。

もし酒井大尉が義のためには名をも惜しまぬ正義漢ならば、女と一緒に逃げられるだけ逃げて、悪党どもの鼻をあかしてほしいような気もした。

だが、やはり無理だろう。世界はもうそれほど広くはない。

モスクワ。ワルシャワ。ベルリン。パリ。沿線の各国首都には必ず日本の大公使館があって、駐在武官を初めとする有能な軍人たちが詰めている。陸軍大学校をおえた将校は少くとも二年間を、海外の武官府に勤務して知見を広めるのが通例だった。

そうした選りすぐりの軍人たちが、帝国陸軍の威信にかかわる脱走者を、取り逃がすはずはない。

「満洲は寒かろうねえ」

「シベリアはもっと寒いですよ」

ふと同時に目を向ければ、雨戸を閉《た》てそこねた庭先に、ちらちらと小雪が舞っていた。

六十二

一等個室の扉が叩かれたのは、ワルシャワを発車して三十分と経たぬころだった。

間を置いてコツコツと二度、その叩きようだけで車掌やボーイではないと思えた。

窓の外は月明の雪原である。町も民家もなく、ときおりこんもりと茂る針葉樹の森が過ぎるだけだった。

酒井は怯《おび》える美子を背うしろに庇《かば》った。拳銃を握ってはみたものの、撃ち返したところで意味はあるまいと思った。ならば潔くお縄について、誰かれかまわず軍の不正をぶちまけたほうがいい。もっとも、美子とただならぬ仲になっているのだから、誰も聞く耳は持つまいが。

「安心なさい、君が殺されることはない」

美子は酒井の背に額をこすりつけて、「ごめんなさい」と詫びた。

自分が逮捕されても、軍法会議はありえないだろう。事情聴取ぐらいはあるかもしれないが、どのみち抹殺される。

だが酒井にはさほどの後悔がなかった。でっち上げられた国家で、法も礼もくそくらえの任務にあたるくらいなら、あらゆる汚名を背負って殺されたほうがよほどましだと思うからである。チチハルの公署の壁に書かれた「還我河山」のたどたどしい四文字を、酒井はどうしても胸から消し去ることができなかった。

錠を解く気になれずにしばらく息を殺していると、やがて人の気配は去った。

思い過ごしだったのかもしれない。ボーイが寝台を上げにきたのだろう。

酒井は腕時計を見た。午前七時三十分。たしかに牀《とこ》上げの時刻である。ほかの乗客はその間に食堂車で朝食を摂るが、二人は個室に運ばせていた。

しかし、それにしては夜の明ける兆《きざ》しがない。窓の外には列車の灯《ひ》を映す雪景色のあるばかりだった。

ふと思いついて息をつめた。腕時計はモスクワ時間になっているが、たぶんポーランドは中欧時間で、時計は二時間巻き戻さなければならぬはずだ。だとすると、午前五時三十分。扉を叩くには非常の時刻である。

「ワルシャワで降りてしまえばよかったかしら。大都会だったわ」

「いや、ここまでくればもう一息だよ。ヨーロッパはあんがい狭い」

パリに何の伝《つて》があるわけではない。ただ、このやぶれかぶれの逃避行の目的地に、似合うと思うだけだった。

酒井は時刻表を開いて、曇りガラスのグローブの灯にかざした。新京からワルシャワまで、おおむね九千キロ。ベルリンまではたかだか六百キロ、ベルリンからパリもせいぜい千キロである。全行程の八割以上はおえている。

さすが世界最長の鉄道は大らかなもので、ワルシャワには丸一晩停車した。時刻表に記載されている到着出発の時間など、まるで意味がない。

美子は町に出て夕食を摂ろうと言ったが、とうていその気にはなれなかった。外気はおそらく零下二十度の下である。それはさておくとしても、ソ連領を出てから初めての首都は危険だと思った。カーテンのすきまからプラットホームを見おろすと、佇む人影がみなこちらを窺っているような気がしてならなかった。

「何だか、ずっと夢を見ているみたい」

「夢だったらいいな。何もかも」

あら、不満気に呟いて、美子が顔を覗きこんだ。

「そういう意味じゃないよ。軍隊を志願してからずっと、夢だったらいい。もともと軍人には向いていないんだ」

「大学まで出てらっしゃるのに、どうして軍隊を志願したのかしら」

「ほかに就職口がなかったからだよ」

美子は口元に手を添えて笑った。冗談だと思ったのだろうか、やはりこの女はいくらか浮世離れしている。不景気などとは無縁で、日本がアメリカやイギリスと肩を並べる一等強国だと、信じ切っているのだろう。

列車は速度を増したようだった。窓の外は相変わらず茫々《ぼうぼう》たる雪原で、夜が明けても面白くはあるまいと思えた。

「朝食にしようか」

「献立は変わったかしら」

「ポーランドでもボルシチということはないだろう」

贅沢なことに、美子は食堂車から運ばれてくる食事に飽いているのである。ソ連領に入ってからの一週間、朝食といえばボルシチに馬鈴薯の塩茹で、塩辛いハムに堅いパンと決まっていた。

「それじゃ、牀を上げさせましょう」

たぶん美子には、家事をする習慣がないのだろう。そう言ったきり、寝乱れた毛布を畳もうとさえしなかった。

酒井は逃亡の決心を固めてから、ずっと胸に誦《ず》している。この女を愛してはいない。惚れてはいない、と。

それが免罪符になるとは思わないが、おのれの理性を信ずるためには、どうしても必要な条件だった。

一等客室は細長い三畳間ほどの広さがあり、テーブルを挟んだ両側に、昼間は長椅子に変わる寝台が付いている。壁板は贅沢なマホガニーで、扉の脇に小さな化粧台と洗面所が付いていた。

「ボーイを呼んでくるよ」

部屋を出たとたん酒井は立ちすくんだ。狭い通路の前とうしろを、外套を着てソフト帽を冠《かむ》った日本人が塞いでいたのだった。

前方の男が無言で顎《あご》を振った。部屋に戻れという意味であるらしかった。うしろの男はたまたま通りすがろうとしたボーイに、流暢《りゅうちょう》な外国語で何ごとかを語りかけた。ボーイは心付けを受け取って、隣の食堂車へと戻って行った。

酒井は部屋に押しこまれた。ここは神妙にするほかはあるまい。まさか国際列車の車内で、命を取られるとも思えなかった。

「拳銃をよこしたまえ。そんなものを持っているとろくなことにならん」

紳士然としているが、面構えと物腰から察するにおそらく軍人だろう。

酒井が拳銃を手渡すと、男は慣れた手付きで弾倉を抜き、外套の物入れに押しこんだ。

「なるほど、べっぴんだな」

男は外套を脱いで吊るし、帽子を掛けた。そのあたりの始末のよさは、紛れもなく軍人である。

それから男は、唐突に握手を求めてきた。特段の意味はあるまい。外国での礼儀なのか、あるいは嫌味なのか。

「念のため聞いておくが、関東憲兵隊の酒井大尉でまちがいないね」

「はい。面倒をかけます」

年齢は酒井と同じほどだが、外国に駐在しているなら陸大出のエリートにちがいない。

「マダムは池上美子さん。まちがいありませんか」

「はい」

おずおずと握手を返しながら、美子が肯いた。

「申し遅れましたが、自分はドイツ大使館付陸軍武官補佐官の村松《むらまつ》大尉であります。あちらはポーランド駐在の笠井《かさい》大尉」

通路の戸口に立ったまま、もうひとりの紳士が「よろしく」と振り返った。

やはり外国では悶着を避けるのだろうか、それにしてもこの穏やかな逮捕劇は意外だった。

「まあ、掛けましょう。先はまだ長い」

寝台に腰をおろすと、村松大尉は缶入りの細い葉巻を酒井に勧めた。

「貴官に言いたいことは山ほどあるが、あいにく私の任務ではない」

「どうぞ、ご存分に」

怒りを鎮めるように苛々と煙を吐きながら、村松大尉は続けた。

「憲兵将校はまずくないか。軍紀を守る者が軍紀を乱してどうする。以上、説教おわり」

酒井は軍人らしく背筋を伸ばした。陸軍将校は階級が同じ場合、士官学校卒ならば卒業年次が序列となる。だが一般に、大学卒の学士将校や下士官から叩き上げた少尉候補者出身は、たとえ任官が先であっても士官学校出の先任とはみなされない。士官学校出は偉いのである。

しばらく気まずい沈黙が続くうちに夜が明けてきた。もっとも、夜だろうが朝が来ようがたいした変わりのない銀世界である。思えば新京から足かけ十日間、ずっと面白くもおかしくもない同じ景色を見続けてきた。

「ベルリンも雪の中でしょうか」

窓の水滴を指先で拭《ぬぐ》って、美子が訊ねた。

「ベルリンは寒いが、パリには雪が降りませんよ」

どういう意味なのだろうか。考えあぐねるうちに、コーヒーが運ばれてきた。

「笠井君もこっちで一服せんかね」

ワルシャワ駐在だという大尉は、階級は同じでも士官学校の後輩なのだろう。「いえ」と言ったなりコップを持って通路に出てしまった。扉が閉まると轍の音が和らいだ。

「できればかかわりあいたくないんだろう。それは君、私だって同じだよ。だが、武官から命じられたんだから仕様がない。大使も書記官も知らない機密事項だ」

ドイツ大使館の駐在武官あてに連絡が入った、ということだろう。たぶん、暗号電文で。

命令を受けた村松補佐官はワルシャワまで出向き、かねて知ったる笠井大尉に打ちあけて助力を請うた。そして到着したオトポール発の列車の乗客に、めでたく二人を発見したという次第らしい。

「旅券を見せてくれ」

村松大尉は二人の旅券をじっくりと検《あらた》めた。こうして見るとあんがい小柄な人物で、メガネをかけた横顔などは軍人よりも外交官と称したほうがそれらしく思える。

「ほう。本名とは驚いたな。——満洲国参議府嘱託書記官酒井豊。右ノ者仏蘭西国《フランス》ニ赴《おもむ》クニ付キ、通路支障ナク旅行セシメ且《かつ》必要ナル保護扶助ヲ与ヘラシム事ヲ其ノ筋ノ諸官ニ希望ス。大日本帝国外務大臣広田《ひろた》弘毅《こうき》。偽造旅券とは思えん。さて、いったいどんな手を使ったんだ、と訊きたいが、やめておこう。憲兵将校なら、拷問にかけたところで口は割るまい」

美子が身をすくませてしがみついてきた。そのしぐさを訝しげに見ながら村松大尉は続けた。

「——で、在満洲国嘱託書記官酒井豊妻美子。へえ、こっちも本名かね。右ノ者夫ニ同伴シ仏蘭西国へ赴クニ付キ、以下同文。いやはや、堂々たるものだ。拷問にかけるなどというのは冗談だから安心なさい、マダム」

八島通りの将校官舎に、二人分の旅券と沿線諸国の通過査証が届けられたのは、あの二日酔のどうしようもない朝から、わずか数日のうちだった。袁金鎧の家令だか秘書官だかの満人が口伝えに言うのには、「請勿謝礼《チンウーシエリー》」「祝幸運《チユーシンユン》、一路平安《イールーピンアン》」で、当方は今後いっさいかかわらないのだそうだ。

そこまでお膳立てをされてしまえば、決心をするというほどの迷いはなかった。憲兵将校どころか政府要人まで誑《たら》しこむとはたいした玉だと思いもしたが、酒井には酒井の事情があったからである。

休暇という名目の謹慎が解けたあと、上官に頭など下げたくなかった。こんな腐り切った軍隊などさっさと見切りをつけたくても、醜聞の一部始終を知る酒井を辞めさせるはずはない。おそらく蒙古の果てか北満の村の憲兵分隊長に出される。合法的な流刑である。

そこまで読み切れば、この魔性の女の思い通りに操られるのも、まんざら悪い話ではなかった。

「手品の種明かしなど聞きたくもない」

村松大尉は旅券と各国の通過査証を、いまいましげに投げ返した。

「いいかね、諸君。東京からパリまで、このシベリア鉄道を使えば十五日間、それをどうして一月半もかけて船旅をするのかわかるかね。通過査証を取るのが手間だからだよ。ほれ、見たまえ。ソ連、ポーランド、ドイツ、ついでに通過もせぬスイスとオーストリーの査証まで用意してある。こんな真似《まね》がとっさにできるのは、国家元首か閣僚の公用ぐらいのものだ。できることなら私だって、こんな薄気味悪い話にかかわりあいたくないよ。それが何だ、パリまで警護して、向後《こうご》の憂いなきよう見届けよだと」

「パリまで、ですか」

美子がテーブルの上に身を乗り出して訊ねた。

「そうですよ、マダム。妙な命令もあったものです。あなた方は誰がどう見たところで男女のスパイではなし、駆け落ちにちがいない」

「あの、大尉さん。向後の憂いなきよう見届けるというのは、私たちをパリで殺すということでしょうか」

他人事《ひとごと》のように美子が訊ねた。どうもこの女は浮世離れしている。不幸だの不運だのは、たとえわが身に襲いかかっていても他人事なのだ。

村松大尉は笑って答えた。

「そういうことではありません。パリまで警護して、フランス駐在武官に申し送ります。それでよろしいでしょう、見届けるまではしなくても」

雪原は曙光に染まっている。晴れた空を見るのは久しぶりのように思えた。地平は霞んでいるが、きっとそこには日本でも満洲でもない欧州の山脈が聳《そび》えているのだろう。

村松大尉の不愉快そうな横顔が、むしろ頼もしく思えた。少くとも二人をどうこうしようという、後ろ暗さは感じられない。

「ああ、旅券はお返しする。外国では命の次に大切なものだからな。できれば紐でくくって、腹巻にでも収めておくがいい」

いったい何が起こったのか、酒井にはまったく見当がつかなかった。

関東軍や関東憲兵隊から駐在武官に話が通じるはずはない。あの袁金鎧にそこまでの力があるとも思えない。そうこう考えれば、やはり油断させておいて始末するつもりなのか、などと思えてもくる。

「ところで、つかぬことをお伺いするが、懐具合は大丈夫なのかね」

美子が枕元のハンドバッグを引き寄せて答えた。

「ええ、ご心配には及びません。現金と為替で十分に用意がございましてよ」

当分の間は遊んで食べられるわ、と美子が言っていたのは、口説き文句のつもりだったのだろうか。その「当分の間」がいつまでかはわからないが、嘘はないと思う。

なにしろ陸軍を動かすほどの資産家の妻なのである。

「私からもひとつ質問があります」

酒井は姿勢を正して訊ねた。

「いったい、どなたのご配慮なのでしょうか。いつかご恩返しをしなければなりません」

村松大尉は酒井を嘲《あざけ》った。

「ご恩返しだと？　柄にもないことは言いなさんな」

「いえ。ぜひお聞かせ下さい」

食い下がる酒井から顔をそむけて、村松大尉は曇った窓ごしの空を見上げた。

「電文の発信者は、永田鉄山閣下。さほど遠くない未来の陸軍大臣から頼まれたのでは、駐在武官殿も震え上がる。いったい君は何者だね。永田閣下とはどういう関係なのだ。それとも、マダムのお知り合いか」

思いも寄らぬ名前に、酒井は問い返す声も失った。

「存じ上げませんわ」

それきり三人はおし黙った。さては美子の夫と結託していたのは永田少将かと疑いもしたが、ならば逃避行の手助けをするはずはあるまい。

「知りません。自分は、何者かと問われるほどの人間でもありません」

ようやくそれだけを言った。

「そうかね。ならばご恩返しどころか、お礼の言いようもない」

村松大尉は横分けの髪を窓に預けて、しばらく雪景色を眺《なが》めていたが、そのうちいかにも一仕事おえたように、ネクタイの襟元《えりもと》をくつろげて目を閉じてしまった。

六十三

ハルビンの先の三棵樹《さんかじゅ》までは新京から六時間、そこで浜北線《ひんぽく》の夜行列車に乗り換え、北安《ほくあん》までさらに九時間あまり、だが旅はまだまだ続き、馬に乗って天気がよければ二日、吹かれれば三日や四日はかかるのだそうだ。

話を聞いただけで気が遠くなった。太太《タイタイ》も兄貴も、無理だからやめておけと言い始めた。

「どうする、小孩子《シャオハイツ》。やめてもかまわんぞ」

朝早く迎えにきた鄭薫風《ていくんぷう》という男の正体は、馬占山将軍の副官である。様子のいい満人の身なりをしているが、なるほど眼光が鋭くて肩幅が広かった。

馬占山から言いつかったものの、どうやら鄭薫風も気が進まぬらしい。上手な日本語で「やめてもかまわんぞ」とは言ったが、「やめておけ」と聞こえた。

みながみな反対しているのだと思うと、木築正太《きづきしょうた》はかえって意固地になった。

「馬占山と約束したんだ。おいらを子分にしてくれるって言ってた。だからあんたも、おいらを迎えにきてくれたんだろ。太太《タイタイ》も兄貴も、喜んでくれたじゃねえか。だのにどうして、今さらみんなしてそんなことを言うんだい」

鄭少佐は答えずに苦笑した。日本語は寿太太《ショウ》と同じくらいうまい。東三省講武堂の出身という学歴は、日本でいうならさしずめ陸軍士官学校出のエリートなのだろう。

「なあ。もう四の五の言わずに連れてってくれよ。汽車が出ちまう」

正太は廠子《チャンツ》の柱時計を見上げて泣きを入れた。次の三棵樹行は十五時十五分の発車である。大連や奉天からやってくる列車はあらかた新京止まりで、ハルビンや三棵樹行は少なかった。

鄭少佐のかわりに兄貴が言った。

「あのな、正太。馬占山は馬賊の頭目じゃないんだぜ。日本に抵抗する匪賊の親分なんだ。てことはおまえ、馬占山の子分になったら日本軍と戦うんだぞ。御国に弓引くんだぞ」

「そんなこと、わかってらい」

正太は言い返した。お店《たな》の売上をかっぱらって満洲まで逃げてきたのだ。それを言うなら、とっくのとうに御国には尻をまくっている。

「兄貴はただの家出少年だけど、おいらはお尋《たず》ね者なんだ。そのうえ、兄貴は映画スターじゃねえか。こっちは捕まりゃ感化院だ」

「捕まりゃしねえって。太太が匿ってくれるし、警察だっておまえを探すほど暇じゃねえさ。なあ、太太。そうだろ」

台所で昼飯の後片付けをしながら、寿太太は「噯呀呀《アイヤヤ》アー」とどうしようもない溜息をついた。

お尋ね者を匿うなんて、迷惑にはちがいない。馬占山もそれを見るに見かねて、自分が引き取ると言ってくれた。あのときは太太も兄貴も大喜びしたくせに、いざ出発という今になってやめろと言い始めた。

そもそも、この鄭少佐が悪い。黒龍江《こくりゆうこう》の根拠地までは難行苦行で、体が持たないかもしれぬ、などと止めにかかったのだ。そのうち兄貴も太太も、やめておけという話になってしまった。

時間がない。正太は温床《オンドル》に腰かけて茶を啜る鄭少佐に向き直り、偉そうに腕組みをした。

「ねえ、少佐殿。おいらは満洲に骨を埋《うず》めるつもりでやってきたんだから、体が持つかどうかなんて、言いっこなしにしておくんなさい」

こまっしゃくれた物言いに、みんなが笑ったけれど正太は怯《ひる》まなかった。

「大将が命令したのに、少佐がやめろって言うのは話がおかしくないですか」

へえ、と鄭少佐は日本語で感心した。

「おまえ、齢はいくつだ」

「十二《シーアル》」と正太は支那語で答えた。へえ、と鄭は二度驚いた。二つ三つ鯖《さば》を読んでも疑われない自信はあった。坊主頭もずいぶん伸びて、今は兄貴のポマードで撫《な》でつけている。

支那語は毎日めきめきと上達しているような気がする。東三馬路《トンサンマーロ》の満人街には日本語が絶えて聞こえないから、支那語は寒気と一緒に体にしみこんできた。

番頭さんに小突かれながら覚えた東京の言葉よりも、むしろ楽に思えた。日本人《リーベンレン》だと言えば、満人たちは身ぶり手ぶりでわかるように伝えてくれるし、お国訛りを嗤《わら》われることもない。

温床《オンドル》に腰かけたまま、鄭少佐は台所の寿太太《タイタイ》と大声でやりとりをした。正太は支那語を耳で拾った。

——まあ、こいつの言うこともっともなんだがな。

——秀芳《シウファン》がそう言ったんだから、仕様がない。無理はさせたくないがね。

——日本人だぞ。

——戦争に出さずに、お茶くみでもさせときゃいいさ。妙に頭のいい子だから、使いものになるかもしれないよ。

——おやじが言うには、身が軽いらしい。

——ああ。そこの梁《はり》にぶら下がって、軽業師みたいなまねをする。なるたけ危い目には遭わさないでおくれな。ちょいと生意気だけど、まだほんの子供なんだから。

と、まあだいたいそんなところだろうか。二人の表情から察して、どうやら説得はあきらめたらしい。

「ほとぼりがさめたら帰ってこいよ。もしここにいなくても、俺の居所は太太に教えておくから」

兄貴はそう言って、正太の肩を抱いてくれた。

「兄貴こそ、親にめっかってても日本に帰ったりしなさんなよ」

「あったりめえだろ。満洲の大スターになってやる」

「骨を埋めようぜ、兄貴」

それは満洲にあこがれる日本人の、合言葉のようなものだった。満洲は夢にあふれているが、骨を埋めるくらいの気概がなければ、一旗上げられるわけはなかった。

日本人のあらかたは百姓で、百姓のあらかたは小作だった。そしてその小作の田畑すら引き継ぐのは長男と決まっているから、姉妹たちは嫁に出るか売られるか、弟たちは兵隊になるか小僧に出るかしか食ってゆく道はなかった。

そうした日本人の目の前に、満洲という夢の大地が出現した。学問がなかろうと、氏素性が悪かろうと、骨を埋める気概さえあれば公平な立身が叶《かな》うのだ。

「ひとこと言っておくがね」

寿太太《ショウタイタイ》は正太に歩み寄ると、洗い上げた鉄のしゃもじで頭をコツコツと叩いた。

「大将閣下が命令しても、鄭《チョン》少佐殿は文句をつけることができるんだ。だから生意気を言うもんじゃない」

意味がわからずに、正太は鄭少佐の顔を見つめた。

「わかったろう、正太《ジョンタイ》」

「わからねえよ。わかるように言ってくれ」

言いながら気付いた。鄭薫風のおもざしは馬占山によく似ている。

「うんと若い時分の子供だから、わけがあって苗字《みょうじ》がちがうのさ。わかったなら、口のききように気を付けな。いいね」

正太は背筋を伸ばして、ハイと答えた。なるほど実の倅ならば、馬占山に物申すこともできるだろう。

ところで、鄭少佐の話によると、その馬占山将軍は新京を出たあと天津《てんしん》へと向かったらしい。何でも天津のイギリス租界に屋敷があって、家族が住んでいるという。わけがわからない。いったいどうなっているのだろう。天津には日本の租界もあるから、日本軍も駐屯しているはずである。その目と鼻の先のイギリス租界に、べつだん潜伏しているわけではなく、天敵の馬占山が堂々と居館を構えているらしい。

つまり北満の戦場から天津への帰りがけに、新京の寿太太を訪ねた。あるいは新京に来たついでに、足を延ばして家に帰った。しかし「帰りがけ」だの「ついで」だのは日本人の物差しにちがいなかった。

これも神出鬼没の芸のうちなのだろうか。それとも租界の中には、何か特別の法律か条約でもあるのだろうか。

兄貴に訊ねてみたけれど、やはりわけがわからないらしく、チャップリンの物真似をして肩をすぼめるだけだった。

天津の屋敷に住まう家族は、何人もいる妻のうちのひとり、何十人もいる子供らのうちの何人か、という想像はつく。そうした話ならば、わけありの息子であるらしい鄭少佐に訊ねることもできなかった。

――なら、太太《タイタイ》。この子供はたしかに預った。

――頼んだよ。何たって馬占山《マーチャンシャン》の肝煎《きもい》りだ。悪いことにはなるまい。

たぶんそんなところだろう。それから寿《ショウ》太太は、襟巻を解いて正太の首に回し、まるで母のように抱きしめてくれた。

「立派な男になって帰ってくるがいい。おばちゃんはずっとここにいる」

里を出るときはおふくろが泣いたが、おばちゃんには正太が泣かされてしまった。胡同《フートン》には弱日《よろび》がさしていた。年越しを挟んでほんの一月ばかりしかいなかったのに、小便の臭いのする路地も、地面にめりこんだ寿太太の廠子《チャンヅ》も、生まれ育ったふるさとのように感じられた。

太太は外には出ずに、汚れたガラス窓の向こうから手を振っただけだった。「よせやい」と、兄貴が振り返そうとした正太の手を引いた。

東三馬路《トンサンマーロ》の目抜きには、春節を迎える市が立っていた。満人の暦《こよみ》では今が年の瀬なのだ。

馬占山の根拠地はきっと興安嶺《こうあんれい》の山奥なのだろうと思うと、人いきれが温かく感じられて、莨《タバコ》や大蒜《にんにく》や油の臭いの入り混じった空気を胸いっぱいに吸いながら歩いた。長春大街に出て馬車を拾った。葉を落とした鈴懸の並木道には、いつも客待ちの馬車や人力車が並んでいた。

冷えた座席に腰を下ろすと、鄭少佐は腕時計を見て「不必担心《プービイダンシン》」と言った。心配するな、列車には間に合う、という意味は通じた。日本語は達者なのに、もともと無口な人であるらしかった。

氷を嚙む車輪の音に合わせて、兄貴が「馬賊の歌」を口ずさんだ。

俺も行くから君も行け
狭い日本にゃ住み飽いた
海の彼方《かなた》にゃ支那がある
支那にゃ四億《しおく》の民が待つ

「その歌、聞いたことがある」

鄭少佐がふしぎそうに言った。

「日本人ならみんな知ってるよ。誰が唄《うた》ったんだい。本物の馬賊に聞かせるなんて、太いやつもいたもんだ」

兄貴はそう言ってからからと笑った。

俺には父も母もなく
生まれ故郷にゃ家もなし
慣れに慣れたる山あれど
別れを惜しむ者もなし

「好《ハオ》。おまえ、うまいな」

「歌が唄えないと、映画スターにはなれないんだよ。もう弁士の時代じゃないからね」

正太はここぞとばかりに割って入った。

「少佐殿、兄貴は満洲国映画国策研究会のオーディションに合格したんです」

「何だね、それは」

「映画スターになる試験です」

鄭少佐は薄日のさす鈍空《にびぞら》を、見るでもなく見上げた。ときどきそんなふうに遠目を使う癖は、馬占山とそっくりだった。

過分の代金を受け取った馭者《ぎょしゃ》は、乗合バスを追い抜くほど馬をせかした。長春大街から大馬路《ダアマーロ》に折れれば、新京駅までは一本道だ。

昨日は東　今日は西
流れ流れし浮草の
果てしなき野に唯《ただ》独り
月を仰いだ草枕

「啊《アー》、思い出した。日本軍の将校が唄っていた」

馬占山は満洲国を裏切ったのだから、かつては親しい日本の軍人もいたのだろうか。そう思うそばから、鄭少佐は思いがけぬいきさつを口にした。

「白虎張《パイフーチャン》には日本の将校が何人もついていた。俺も子供のころから、いろいろと教わった。地図の読み方。新しい兵器の扱い方。日本語も習った。この歌もそのとき教えられたはずだが、日本の歌にはなじめなかった。でも、心が覚えている」

鄭少佐は大きな前歯をこぼしてほほえみ、外套の胸に手を当てた。

「軍事顧問ですか」と、兄貴が訊ねた。その言葉がとっさにわからなかったらしく、鄭少佐は少し考えてから思い当たって、「対《トエ》、対。軍事顧問。もしくはスパイ」と言って笑った。

陸軍少佐といえば千人の兵隊を指揮する大隊長だが、鄭薫風には少しも偉ぶるところがなかった。

兄貴が解説を加えてくれた。

「馬占山の親分は張作霖だ。日本は張作霖の面倒を見ていたから、軍事顧問を付けていたんだよ。あれこれ指導もするんだろうけど、スパイといえばそうかもしれない」

国を出るときゃ玉の肌
今じゃ槍傷刀傷
これぞ誠の男児《おのこ》じゃと
微笑《ほほえ》む顔に針の髭

「小僧。寒くはないか」

うん、と正太は肯いた。旅立ちの衣裳《いしょう》は寿太太《ショウタイタイ》が買い揃えてくれた。羊毛の股引《ももひき》に革のズボン。厚いトックリのセーターと綿入れの袍子《パオヅ》。帽子は耳まですっぽりと隠れる兎《うさぎ》の毛皮だった。

傷つくことや死ぬことは、少しも怖くはない。いつかあちこちに古傷を負い、髭をたくわえた立派な男になって新京に帰ってこよう。

「很好《ヘンハオ》。おまえ、うまいな。きっと大スターになるだろう」

馬車は日本橋通の日本人街に入った。沿道のたたずまいががらりと変わった。同じ旧市街でも、満人と日本人は朝日通を隔てて南北に住み分けている。南の満人街は胡同《フートン》が込み入り、建物も雑然としているが、日本人街はきちんと区画されて、空気まで澄《す》んでいるように思えた。

過ぎ行く景色に遠いまなざしを向けながら、鄭少佐は続けた。

「だが、その歌は好きではない。どうして日本人は、俺もおまえもと誘い合ってやってくるのだ。生まれ育った祖国に住み飽きるとは、どういうことだ。そして、もうひとつ――」

鄭少佐は言葉を失った兄貴の目の前に、ぐいと人差指を突き出した。

「中国人は、日本人を待ってなどいない」

正太は聞こえぬふりをした。殆《あやう》げに車輪を滑らせながら、馬車は南広場のロータリーを回った。

ふと、あの駆け落ちの二人はどうしているのだろうと思った。満人街には噂ひとつ伝わってはこないが、捕まったのはたしかだった。手錠をかけられて日本に送り返されただろうか。それとも新京の牢屋に入れられて、お裁きを待っているのだろうか。

「すみません。そこまでは思い至りませんでした」

強情っ張りの兄貴が、素直に詫びを入れたのには驚いた。正太の耳には鄭少佐が言いがかりをつけたように聞こえたのだが、兄貴が頭を下げるからには、理屈も通っているのだろう。

「満人の前では二度と唄いません」

「好。日本人に聞かせるのはかまわんがな。それから、俺は満人ではない。中国人だ」

はい、と兄貴はまたしても素直に答えた。どうして二人が急に真顔になったのか、正太にはわからなかった。

「小僧は俺が引き受けた。おまえは有名な映画スターになれ」

「本名は地味だから、芸名を付けようと思いますが」

鄭少佐は身を乗り出して、兄貴の頰《ほお》を手套《てとう》の指先でつついた。

「この顔と、その声は忘れない。儞能辨得成《ニイナンバンダアチャン》。おまえならまちがいない。がんばれ」

馬車が駅前広場に入ったころ、西から流れてきた雲がたちまち天を蓋《おお》って、舞い踊るような粉雪が降りてきた。


赤い尾灯が白い闇に吞《の》まれるまで、田宮修《たみやおさむ》は新京駅のプラットホームに立ちつくしていた。

家族も友人も呆気《あっけ》なく捨てたのに、正太との別れにこれほど未練が残るとは思ってもいなかった。生まれ育ちもよくは知らない、行きずりの子供に。

プラットホームは日本のそれよりずっと低いから、発車のベルが鳴るまでは窓枠にぶら下がるようにして話し、列車が動き出すとうしろに退《さ》がって、見送りの人々をすり抜けながら走った。

正太は戦友だったのかもしれない、と修は思った。

血の繫がりもなく、何の義理もないのだけれど、満鉄の急行列車に乗り合わせたあの瞬間から運命を共有した。それからの一ヵ月間の、何と濃密だったことだろう。苦楽を共にした末に、正太は別の戦場に赴いた。たがいに明日からの消息は知れず、生き死にさえもわからない。

吹き溜まった雪が長靴の裏からしみてきて、修はようやく踵《きびす》を返して歩き出した。

十五時十五分。定刻通りの発車だが雪空ははや黝《くろず》んで、プラットホームには橙《だいだい》色の灯がともっていた。

修は歩きながら身を震わせた。気温が急に下がるはずはなく、正太のいない世界が寒く感じられたのだった。

傍目には修が正太の面倒を見ているように思えただろうが、実は修が正太に頼り切りだった。何でも同じ部屋に住み込んでいた番頭が満洲のことに詳しくて、壁には地図まで貼りつけてあったそうだ。

つまり、その番頭が給金を貯めて王道楽土をめざす前に、夢を膨《ふく》らませてしまった丁稚《でっち》小僧が売上金をくすねてずらかった。だから正太の頭には満洲の地図や、満人の習慣や食い物や、カタカナで覚えた簡単な満語までが入っていたのだった。

油煙の匂いを友の残り香のように嗅《か》ぎながら、修はプラットホームを歩いた。正太のいない家に帰る気にはなれなかった。

鋼鉄の優雅な腕が高い天井を支え上げ、その付け根にぼんやりと橙色の光をまとった電灯が、兵隊のように整然《せいぜん》と並んでいた。このごろ修は、新京に溢れるそうした美しい意匠のすべてが、何やら胡散臭《うさんくさ》く思えて仕方なかった。

自分の進む道は決めている。満洲国映画国策研究会は、じきに国策映画会社になる。その第一回オーディションに合格した自分は、映画スターになるのだ。誰が何と言おうと、その事実は胡散臭い話ではない。

たぶん映画が製作されるのは何年か先だろう。その間にはみっちりと芸を仕込まれるだろうし、もしかしたらハリウッドに留学させてもらえるかもしれない。なにしろここは日本ではなく、満洲国なのだから。

駅頭で蒸《ふか》したての饅頭《マントウ》を買って腹ごしらえをしたが、右も左もわからぬ吹雪に怯んで待合室に戻った。新京駅から東三馬路《トンサンマーロ》までは、とうてい歩ける距離ではなく、この吹きようでは乗合バスも動くまい。

広い待合室には雪に追われた人々が溢れていた。内陸の新京は雲がとどまることがないから、雨も雪も長くは続かない。しかも満人は、けっして急がなかった。

修は壁に倚《よ》りかかって鳥打帽の庇《ひさし》を上げ、あたりを見渡した。雪やどりの満人たちは大声でしゃべり、あるいは何かしら物を食い、しきりに莨《タバコ》を喫《す》っていた。人目を気にしない満人たちの集う雑駁《ざっぱく》たる風景が、修は好きだった。

この待合室にはいくつかの思い出がある。美子に声を掛けられた。入口に据えられた伝言板で所在を知らせ合った。「来たれ！　美男美女」というオーディションの広告も、ここの壁に貼られていた。

これからはそうした思い出の中に、正太との別れも刻まれるのだろうか。いや、美子や瀬川のその後がまるでわからぬように、正太の消息もまったく不明のまま、いつか記憶さえもなくなってしまうのだろう。

それはそれで仕方がないと思う。自分の未来は、来《こ》し方《かた》を顧みる間もないくらいあわただしく、輝かしいものであるはずなのだから。

だがおそらく、鄭少佐の説教だけは忘れないだろう。

俺も行くから君も行け、などという歌詞は、満人にはとうてい我慢がなるまい。それは、よその国を奪い取ろうと誘い合っているかのように聞こえるはずだ。

生まれ育った日本に住み飽きる、という言いぐさもあるまい。そして、支那には四億の民が待っているというのは、とんだ思い上がりにちがいなかった。

そして、最も修の胸に応えたのは、「俺は満人ではない。中国人だ」という一言だった。

「満人」とは満洲国民のことなのだが、東北の独立も満洲国も認めていない中国からすれば、満洲国民は存在しないのだ。満洲国と日本軍に抵抗を続ける馬占山軍の将兵も、もちろん「満人」ではない。つまり、満洲は中国の領土であり、満人は中国人だと鄭少佐は言ったのだった。

すっきりと腑《ふ》に落ちたのは、そう考えれば日本中を蓋う満洲熱の異様さも、その熱に浮かされて家を出た自分が気付いた胡散臭さも、すべて説明がついてしまうからだった。

修は壁にもたれたまま、中学校の講堂よりも広い待合室を見渡した。人々はみな貧しいなりに幸せそうだった。

「やあ、君」

雑音の中に甲高い日本語が通って、修はひやりと首をすくめた。

日本人は気位が高くて、立場や懐具合にかかわらず満人の中に混じり入ることはない。

もしや美子か瀬川が、自分の存在をしゃべったのではなかろうかと思った。もし警察にあれこれ訊かれても、姦通だの駆け落ちだのは知ったこっちゃないと言い張れば、あとは甘粕《あまかす》さんが何とかしてくれるだろう。

「やあ。田宮君だったね」

満人を押しのけて近寄ってきた顔には見覚えがあった。オーディションのあとの宴会で、あれこれ物を訊いてきた新聞記者だった。とりあえずは一安心である。

「覚えているかな。朝日新聞の北村《きたむら》です」

「はい。北村修治《しゆうじ》さん。名前の修の字が僕と一緒だから」

「さすがは府立一中の秀才だな。ああ、ところで学校はどうするんだね」

「それは、舞台の上でお答えしました。忘れましたか」

「あ、いや。そうだったね」

　審査員の甘粕正彦《まさひこ》が質問した。一高、帝大、と進んで、末は満洲国の役人になるかもしれないのだから、ここは大きな決断だと。

　修はその質問に答えるかわりに、「馬賊の歌」を唄った。回答は言わずもがなだった。

「北村さんは、こんなところで何をなさっているんですか」

「今さっきの汽車で奉天から着いたんだが、こう吹かれたんじゃどうしようもない。いやね、商売がら庶民の声に耳を欹《そばだ》てるのが習い性になっていて、汽車は三等、時間は待合室で潰《つぶ》すと決めているんだ。ほれ、満人は声がでかいだろう」

「噂話を拾うんですね」

「何よりも君に会えたのは拾いものだよ。心変わりをしていないかどうか確かめたかった。ところで、君はここで何をしているんだね」

背広姿でソフト帽を冠っている北村は、待合室の混沌にそぐわなかった。場ちがいな日本語の会話に、満人たちは胡乱《うろん》げな目を向けた。

新聞記者が飛びつくネタなら、山ほど持っている。

自分が厄介になっているのは、張作霖の女房の家で、こともあろうにあの馬占山が大金を抱えて訪ねてきた。

言いたいけど、まちがっても言えない。

自分が一緒に暮らしていたのは、お尋ね者の盗ッ人小僧で、馬占山の倅が迎えにきて馬賊の子分になった。

もちろん、言えない。

まだあるぞ。駆け落ちしてきた男と女。シベリア鉄道でパリまで逃げるつもりが、新京で捕まった。その使いッ走りをしていたなんて、ちょっとした三面記事だろう。

「少年は見た。駆け落ちの末路」なんて。でも、やっぱり口が裂けたって言えるはずはない。

待てよ、と修は思った。新聞記者は地獄耳だ。瀬川と美子があれからどうなったのか、知っているにちがいない。

「実はですね、北村さん――」

言いためらうふりをした。こういう演技には自信がある。

「どうした。何だか困りごとのようだな。言ってみたまえ、力になれるかもしれない」

また少し気を持たせてから、修はあたりに気を配って声を潜めた。

「人を探しているんです。満鉄の列車の中で知り合ったご夫婦なんですけど、吉野町の若松旅館からふいに姿をくらましてしまって。ちょっと心配なんです」

北村が目を剝《む》いた。働き者の新聞記者らしいが、映画スターにはなれそうもない。

「何だって」と言ったなり、北村は声をいったん呑み下して顔を寄せてきた。

「その夫婦と君は、どういう関係なんだ」

「どういう関係って、汽車の中で知り合っただけですよ。瀬川さんがひどい寒がりで外に出たがらないから、奥さんに頼まれて使いッ走りをしてたんです」

「瀬川だな」

「はい、そうですけど――やっぱり何かあったんですね。教えて下さい。ずいぶん良くしていただいたんです。苦労してるんだったら放っておけません」

北村が振り返って、日本人の耳がないことを確かめた。そこには物珍しげに二人を見つめる、満人たちの灼けた顔があるばかりだった。

「なあ、田宮君。飯でもごちそうしよう。すぐ近くにうまい鍋を食わせる店がある」

「饅頭《マントウ》を食べたばかりですけど」

「食いざかりが弱音を吐くなよ。こっちは昼飯抜きなんだ。さあ、行こうじゃないか」

北村に背中を押されて待合室を出た。瀬川と美子の運命などはどうでもいいことだったが、自分や正太の名前がどこで出るかも知れないし、とりわけ寿太太《ショウタイタイ》に迷惑をかけてはならなかった。そのためには、新聞記者の握っている情報を引き出しておきたかった。

もう子供ではなく、かと言って一人前の男とは見なされぬこの中途半端な年齢を、修はしみじみ便利だと思う。少しちぢこまればあらゆる責任を免《まぬか》れ、そのくせ少し背伸びをすれば堂々と文句がつけられる。ずっと十四歳のままならば、どんなに愉快だろう。

風は已《や》んで、駅頭にはいくらか重たげな雪がしんしんと降っていた。バスも自動車も、まだ動き出す気配はない。

車寄せから雪の中に歩き出して思わず見えもせぬ機関車の煙を探し、雪景色をぼんやりと眺める正太の顔を、修はありありと胸に描いた。

六十四

東京の街なかで知った顔にバッタリ出くわすことなどないが、奉天や新京ではしばしばそれがあるのはふしぎである。

日本人は様子がいいから目に留まりやすいうえ、やはり異国で暮らす心許なさがあるのだと思う。見知らぬ人でもすれちがいざまに、「こんにちは」だの「おはようございます」だのと、言葉をかわすこともあった。

だから田宮少年もすぐにそうとわかった。吹雪に怯んで新京駅の待合室に戻ったとたん、壁に倚《よ》りかかる姿を遠目に捉えた。満人の中にあっては際立って肌の色が白く、何よりもわかりやすいことには、オーディションのときと同じ大黒様のような鳥打帽子を冠っていた。

そのたたずまいはまるで、群衆劇の舞台の上でスポットライトを浴びるヒーローのようだった。歌もタップも大したものだが、雑踏の中でも絵になるのだから、天性の映画スターにちがいない。

その田宮少年の口から、瀬川啓之と池上美子の話が出たのには驚いた。新聞記者たちがひそかに追い求めているネタである。

相手が大人ならば「そこらで一杯」と誘うところだが、早過ぎる夕飯にするほかはあるまい。そこで思いついたのが、秋口に開店して大評判の「長春火鍋館」だった。日ごろは一時間も待たされて、ようやく席の空く店である。しかし、当たり前だが客の姿は疎《まば》らだった。

鍋というからには、日本ふうの寄せ鍋を想像していたのだろう、田宮少年は小さな煙突の立った銅鍋を見て目を丸くした。

「涮羊肉《シユアンヤンロウ》。満洲の郷土料理だ。初めてかね」

「はい。お世話になっているおばさんが、三度三度の食事を作ってくれるので、外食もしません」

「ほう。賄《まかない》下宿か」

「まあ、そんなものです。下宿代は払ってませんけど」

「知り合いかね」

「いえ、親切な満人のおばさんです」

身の上は聞くべきではない、と北村は思った。満洲熱に浮かされて、あとさきかまわず国を捨てる若者はいくらでもいる。それは病気のようなものだから、確たる目的があるわけでもなく、動機もあやふやで、なおかつ無計画なのだ。

銅鍋の中で生姜《しょうが》と鷹の爪が踊り始めた。大皿に山盛りの肉と、茸《きのこ》がきた。

「凍った羊肉を薄切りにして、ジャブジャブと湯にくぐらせて食べる。野菜は茸だけ。羊と茸は満洲の名物だ。さて、その前にタレをこしらえなけりゃならんね」

「え、自分で作るんですか」

満人の女給が小鉢を並べた車を押してきた。

韮《にら》。葱《ねぎ》。大蒜。醬油。練り胡麻《ごま》。辣油《ラーユ》。臭豆腐《しゅうどうふ》。そのほか北村もいまだに正体のわからぬ調味料が、たくさん並んでいる。

「羊も茸も手の加えようはないから、タレが勝負なんだな。だから美食家の満人たちは自分でこしらえる。さあ、君もやってみたまえ。ちなみに僕の好みは、山椒《さんしょう》を舌が痺《しび》れるくらいたっぷり入れる」

「面白いですね。何だか化学の実験みたいです」

新京駅前から線路ぞいに続く日出町《ひので》は、最も古い時代に開かれた日本人街である。すなわち、日露戦争の結果としてもたらされた、「満鉄付属地」だった。新京が満洲国の首都に定まると、かつて守備隊の兵舎があった付属地から南に向かって、日本人街は急激に拡大された。日出町とは言い得て妙な名である。

「いいかね。火鍋を食うには要領がある。まず茸を煮ておいて、こう、羊の肉をジャブジャブと茹《う》で、間髪を入れずに自前のタレにつけて――」

指南通り一口食べたとたん、「うわ、うまい」と田宮少年が叫んだ。

「それを言うなら、好喫《ハオチー》」

「はい、知ってます。很好喫《ヘンハオチー》。質問、いいですか」

「どうぞ」

「満語に擬音はありますか。英語の先生が、擬音は日本語の特徴だと言ってましたが」

名門の府立一中ならば、英語の教員は外国人なのかもしれない。日本人ではなかなか気付かない日本語の特徴である。

「支那語に擬音はないではないが、日本語ほど多くはないね」

「ジャブジャブは」

なるほど。それを訊きたかったのか。どうやら天才は、興味の角度まで常人とはちがうらしい。

「ジャブジャブ」と声に出して肉を茹でながら、北村は少し考えた。

「うん、そうだ。雨がジャブジャブ、水がジャブジャブなら、ファラファラ」

北村は手帳を開いて、「嘩啦嘩啦」と漢字を書いた。

「だったら、火鍋よりもファラファラ鍋のほうがわかりやすいですね」

「ジャブジャブ鍋ではうまそうじゃない」

「だったら、シャブシャブでどうですか。シャブシャブと湯掻《ゆが》いて、指までシャブる。おいしそうでしょう」

やっぱりこいつは天才かもしれない。頭がいいだの器用だのという話ではなくて、神様から何か格別の能力を与えられているような気がする。もしかしたら、満洲熱に浮かされたわけではなく、見えざる神の手がこの少年を、最も才能を発揮できる新天地に引き寄せたのではあるまいか。

「ところで、歌やタップはどこで習ったんだね。天下の府立一中にそうしたクラブがあるとも思えないが」

「レビューです。日曜のたんびに浅草《あさくさ》に通って、レビューの立見をしていました。藤《ふじ》原義江《わらよしえ》のレコードは家にありましたけど」

たしかオーディションのステージでも同じことを言っていたと思うが、北村にはとうてい信じられなかった。

「ということは、見よう見まねかね」

「はい。だからオーディションは力だめしだと思っていたし、ステージに上がるのも、マイクロフォンの前で唄うのも初めてだったんです。すっかり上がっちゃいました」

とてもそんなふうには見えなかった。浅草のレビューに出演していた玄人《くろうと》が、正体を偽《いつわ》って応募したとでも言ったほうがまだしも信じられる。

田宮少年は無心に肉を頬張っている。よほどお気に召した様子である。

「お酒、飲まないんですか」

上目づかいに北村を見上げて少年が言った。睫毛《まつげ》が扇のように長い。

「腹ごしらえをしたら、出社しなければならんからね」

フフッ、と少年は艶《あで》やかな笑い方をした。

「ここは満洲ですよ」

まるで神か悪魔に使嗾《しそう》されたような気がして、北村はビールを注文した。満人にはビールを飲む習慣がないが、日本人街の店には必ず国産品の用意がある。しかも、熱くて辛い涮羊肉《シュアンヤンロウ》との相性は絶妙だった。

やがて運ばれてきたヱビスビールを手酌《てじゃく》で飲《や》りながら、北村は本題の切り出し方を考えた。

男の名は瀬川啓之。帝大出の銀行員である。女は池上美子。大手運送会社の社長夫人。その二人が手に手を取って満洲に駆け落ちした、という醜聞が伝わっている。読者垂涎《すいぜん》の三面記事である。

吉野町の若松旅館に潜伏中のところを、新京憲兵隊に逮捕された。そのあたりの経緯をしぶしぶ語ったのは、常日ごろから餌《えさ》を食わして手のうちに入れてある憲兵下士官である。しかし、逃亡のおそれがある緊急事案にせよ、駆け落ちの男女を憲兵隊が逮捕するというのは、まったく腑に落ちなかった。

そこで奉天と大連に行ってあれこれ聞き込んでみると、池上美子の夫の経営する会社が、陸軍省御用達《ごようたし》であることがわかった。こうなるといよいよ興味深いのだが、またいよいよ調べづらい話になった。代議士や役人とちがって、軍人の醜聞は禁忌とされている。

特ダネは霧の中に消えた。だがそう思ってあきらめかけたころ、やはり手のうちにある新京警察署の刑事から妙な話を聞いた。

憲兵将校が脱走したらしい。しかも、瀬川啓之と池上美子の逮捕劇を指揮した将校だという。

消されたんじゃないかね、と刑事は真顔で言った。なるほど、将校の脱走など聞いたためしもない。

軍隊と警察、なかんずく所轄が重なる憲兵隊と警察署の仲が悪いのは、明治維新以来の伝統のようなものだが、そうした感情はさておくとしても、聞き捨てならぬ話ではあった。

もしやこの少年が、謎解きの鍵を握っているのではあるまいかと思うと、北村は柄にもなく話の端緒を探しあぐねた。

「あの、北村さん。もしご存じだったら、教えていただけますか。瀬川さんと奥さんには、ずいぶんお世話になったんです。オーディションに合格したことぐらい、お伝えしたいと思うんだけど」

言いながら田宮少年は、箸を置いてしおたれてしまった。

北村は一息にビールを呷った。このいたいけな天使に、大人の醜《みにく》さなど聞かせたくはないのだが、こちらが語らずに相手の話を引き出すことはできないと思った。

「二人は夫婦じゃないよ。間夫《まぶ》と人妻の駆け落ちだ。だから捕まった」

エッ、と声を上げて驚き、田宮少年は椅子を揺るがして立ち上がった。客も店員も、一斉に注目した。

「そんなの、信じられません。新婚旅行でパリに行くと言ってました。二人は僕を欺《だま》していたんですか。ひどい。ひどすぎる。瀬川さんは寒がりなんかじゃなかったんだ。顔を晒したくないから、僕を使いッ走りにしていたんですね」

一気に怒りを吐き出すと、田宮少年は顔も被わずにワアッと泣き始めた。

「おいおい、何も泣くことはないじゃないか。ほら、みんなが見てるぞ。日本人のお客だっているんだ。落ち着きなさい」

「北村さんだってひどいよ。間夫と人妻の駆け落ちだなんて、よくも言えたもんだ。男と女が愛し合ってはいけないんですか。許されざる愛だから、何もかも捨てて逃げ出したんです。どうしてそれが、捕まらなきゃならないほど悪いことなんですか」

北村に宥《なだ》めすかされて席についてからも、田宮少年は涙ながらの抗議を続けた。かくも繊細な神の子に対して、乱暴な物言いをしたおのれを北村は恥じた。

「でも、これおいしいですね。牢屋の中の二人にも食べさせてあげたい。蔭膳《かげぜん》を据えるつもりで、僕がいただきます」

北村はハンカチで瞼を拭った。火鍋の辛さが目にしみたわけではなかった。

「無理に食わなくてもいい。腹をこわすぞ。それに、瀬川は取調べ中だが、池上美子は勾留《こうりゅう》されていないらしい」

肉をつまんだまま、田宮少年が動きを止めた。

「それじゃ、新京のどこかにいるんですか」

「いや、行方しれずだ。亭主に連れ戻されたか、それとも誰かに匿われているのか。いずれにせよ、一筋縄ではゆかぬ女だ」

「あの、北村さん――」

田宮少年が黒目勝ちのきついまなざしで、北村を睨《にら》み上げた。

「そういう言い方はやめて下さい。僕にとっては恩人なんですから。それと、もうひとつ、二人を呼び捨てにしないで下さい。もし恋愛が犯罪ならば、まちがっているのは恋人たちではなくて、法律だと思います。許されざる愛が罪だと言うのなら、愛なき結婚は罪ではないのでしょうか」

やっぱりこいつは天才だ。まさか即興の演技だとは思いたくないけれど、仮にそうだとすれば、きっと監督も脚本も音楽も主演もたったひとりでやりこなす、チャーリー・チャップリンみたいな天才にちがいない。

ふたたびしおらしく俯《うつむ》いて、田宮少年は消え入りそうな声で懇願《こんがん》した。

「北村さんの知っていること、考えてらっしゃることを、何もかも教えて下さい。もう、泣きませんから」

北村は箸を置き、莨《タバコ》に火を点《つ》けて窓ごしの雪景色を眺めた。

二重のガラスを透かした風景は夢の中のように歪《ゆが》んでいた。風はあらまし已《や》んで、氷のかけらに変わった雪が、街灯の光にきらめき踊っていた。くぐもった鈴の音を残して馬橇《うまぞり》が過ぎていった。

満洲に渡った日本人は、誰もがみな多かれ少なかれ芝居を打っているのではなかろうか、と北村は思った。

日本では他者を謀《たばか》ることも、自身を偽ることも許されない。だが、いったん満洲の地を踏んで、涯《は》てもない風景や大らかな満人に接したとたん、縛《いまし》めが解けるのである。

自分が自分である必要はない。変身してもよい。いや、変身するべきだと考える。窮屈な島国に生まれ育ち、制度と道徳にがんじがらめにされていたおのれのうちに、無限の可能性を見出そうとする。

実は日本人のそうした変身願望の総和が、満洲国そのものなのではあるまいか。

そもそも日本にとって、満洲国がどれほどの存在価値があるのかと考えれば、まことに疑わしい。少くとも政治経済上の理由には乏しく、対ソ国防上の方策としては大げさに過ぎる。だとするとやはり、合理的な説明のつかぬ観念的な素因によって、満洲国が生み出されたように思えるのである。

みながみな、芝居を打っている。家出少年も、駆け落ちの男女も、関東軍の軍人たちも、銀行も商社も。むろん彼らを飯の種にしている新聞記者とて例外ではない。

窓ごしに往来の過客を眺めながら、このことはひとつの発見かも知れぬ、と北村修治は思った。

「なあ、田宮君。芝居はそれくらいにしておかんか。なかなか見応《みごた》えはあるが、この先はまともに話しても同じだろう」

北村は莨の火先を向けて詰《なじ》った。ところが、たちまち畏れ入るかと思いきや、少年はこともなげに肉を咀嚼《そしやく》しながら、それこそ台詞《セリフ》を言いまちがえた役者のように照れるだけだった。

「バレましたか」

「ああ。少々演技過剰だったな。泣き真似で涙が出るのは大したものだが」

「今さっき人と別れてきたので、涙をこらえていたんです」

まだ芝居の続きか。いや、表情に嘘はない。北村は卓の上に身を乗り出した。

「おい。それはまさか、池上美子じゃなかろうな」

切れ長の大人びた目を丸く瞠《みひら》いて、少年はかぶりを振った。

「ちがいますよ。同じ下宿にいた友人を見送ったんです。僕は美子さんの消息が知りたいだけです」

「なるほど。半分は芝居だが、半分は本音だったというわけだ」

「はい。本音だけでは話してくれないと思いました」

「新聞記者を舐《な》めなさんなよ。さて、ではギブ・アンド・テイクでいこうじゃないか。君をけっして子供扱いしないと約束しよう。どうだね」

「ギブ・アンド・テイクにはならないでしょう。僕は瀬川さんや美子さんの身の上を案じているだけですけど、北村さんは新聞のネタを仕入れるのだから利益があります」

「ネタにはならんよ。この一件には軍が絡んでいる」

さすがに田宮少年の顎の動きが止まった。北村は満人の女給を呼んで、ビールと肉のおかわりを注文した。

体は華奢だがなかなかの健啖ぶりである。賄《まかない》下宿では満足な食事が出ないのだろうか。

「君のご要望通り、僕が知っていることは何でも話す。君の知っていることもすべて話してくれ」

「軍が絡んでいるというのは、どういう意味ですか」

「よし、おいでなすった」

北村は少年の顔を手招いた。二人の会話は満人たちの大声にかき消されているが、話の中身は相当に殆《あやう》い。

「池上美子の亭主は、陸軍省御用達の運送会社を経営している。どうやら警察ではなくて、その筋から憲兵隊に手を回したらしい。どうだね、田宮君。何か思い当たるふしがあるか」

考えるまでもなく田宮少年が答えた。

「若松旅館の近くで、張り込んでいる私服刑事を見かけました」

「ほう。それは私服刑事ではない。私服の憲兵だろう。警察と憲兵が合同捜査をするということは、まずありえん。この件は新京憲兵隊の事案だ」

「そんな馬鹿な話がありますか。どうして駆け落ちを憲兵が捕まえるんです」

「そこだよ。しかし、瀬川啓之が新京憲兵隊に逮捕されたのはたしかなんだ。しかもだ、いっそう妙なことには、池上美子が勾留された様子はない」

「よもや、とは思うけど――」

そう言いかけて田宮少年は、悲しげな表情で言葉を選んだ。彼のうちには無垢《むく》な子供と生意気な若者が同居していて、人格がしばしば揺れ動く。

「殺されたんじゃないでしょうね、美子さん」

「いや、まさかそこまではするまい。亭主に連れ戻されたか、とりあえず実家に引き取られたか」
エ、と田宮少年が首をかしげた。疑問は当然である。人妻の駆け落ちは姦通罪に決まっているから、男が捕まって女は構いなしなどありえない。中学生ならばその罪状はわかっているはずだが、口に出すのは恥ずかしいのだろう。
北村はいっそう声を低めた。

「あのな、田宮君。僕はさほど法律に詳しくないが、憲兵が姦通罪の容疑者を逮捕するはずはない。つまり、瀬川啓之は軍法に関する別件で逮捕された、ということだと思うんだがね」

「でも、瀬川さんは軍人じゃないですよ」

「もし兵役に就いたことがあるなら、予備役の軍人だ。軍法を犯せば憲兵に捕まって軍法会議にかけられる。つまり、何かしら軍法に触れるような罪をでっち上げて瀬川を逮捕し、美子を日本に帰した、という筋書きではないかと僕は考えているんだ。さあて、君はどう思うね」

おかわりが威勢よく運ばれてきた。凍ったまま薄く削られた肉が、大皿にぐるりと並べられているさまはさながら牡丹《ぼたん》花のようである。

「あの、北村さん。僕はまだ十四ですよ」

「だから子供扱いはしないと言っているじゃないか。君だって中学校では級友たちと猥談《わいだん》ぐらいするだろう。まだ女を知らなくたって、男と女が何をするかぐらいは知っているはずだ。さあ、どう思うね」

大口を開けて肉を放りこみ、田宮少年ははにかむどころか胸を叩いて笑った。

「実はね、女ぐらいは知っているんですよ。悪友が大勢いましたから」

「ほう、それは失敬した。さては浅草の不良少年団の一味か」

オーディションのとき、歌も踊りも浅草のレビューに通って覚えたのだ、と田宮少年は言っていた。ならば、このごろ話題の不良少年団員と考えたほうが、辻褄《つじつま》は合うと思う。

「不良は余計ですよ。流行の先端をゆく若者とでも言って下さい」

「府立一中の生徒というのは？」

「それは本当です。不良少年はどいつもこいつも似た者でしょうけど、流行の先端をゆく若者たちなら、いろんな人種がいていいでしょう。実はですね、悪いことなんて何ひとつやってないのに、盛り場徘徊とか何とかで補導されて、菊屋橋《きくやばし》署でさんざ油を絞られたうえ、学校に連絡されたんです。で、停学十日間。そんな理不尽があるもんか」

「それで、親も日本も見限った、と」

「そうです。見限られたんじゃないですよ。こっちが見限ったんです」

この話に嘘はあるまい。少くともオーディションのステージの上で答えた身の上――実の父親は爵位も議席も持っており、母は花街の女、などという話よりはずっと信じられる。

日本を見限る。それはおそらく、満洲に渡った人々の多くが共有する心情ではあるまいか。しかし、そもそも境遇のいかんにかかわらず安易な人生などはないのだから、国民をそんな気分にさせる日本の対満洲政策が、よいものであるとは思えない。

土地を求めて移住する農民たちも、職にあぶれた都市生活者も、不景気にあえぐ事業家も、ひいては駆け落ちの男女も家出少年までも、胸のうちでは同じ台詞を呟いている。「日本を見限った」と。

一昔前の大陸浪人たちとどこも変わらない。むろん、どれほどそうした既成事実を積み上げたところで、日本の未来に資するはずはなかった。

「今から思えば、瀬川さんはビクビクしてましたね。旅館からは出たがらないし、障子のすきまから外の様子を窺ったり」

「女はどうだったね」

「うきうきしてましたよ。だから、新婚旅行にしても何かワケアリなのかな、と思ってました」

メモを取りたいところだが、そうもいくまい。北村は二人の様子を思い描いた。顔は知らないが、憲兵隊の下士官が洩《も》らしたところによると、「映画スターそこのけの美男美女」であるらしい。

北村はまるで映画の一場面のように、ビクビクと外の様子を窺う瀬川啓之と、そのかたわらで楽しげにパリの風景写真を眺める、池上美子の姿を想像した。

女が男を引きずり回した。たぶん。

北京の四合院で淑妃文繍《しゅくひぶんしゅう》の特ダネを取材して以来、いざ肚を括ったときに女の発揮する力が、男の比ではないことは知っている。けっして振り返らず、脇目もふらずに驀進《ばくしん》する。

「ワケアリだな、とは思っていたんですけど、好いた惚れたっていう感じがしなかったな」

いくらか羞《はじら》いがちに田宮少年は続けた。

「だからまず考えたのは、お見合いで結婚したはいいが、まだ心が通っていないんじゃないか、って」

ずいぶんおませな観察眼である。北村は黙ってビールを飲みながら耳を澄ました。

「もし駆け落ちだとすると、その辺がわかりづらいんです。そこで、今ふと考えたんですけどね、もしかしたら美子さんは、相手なんて誰でもよかったんじゃないかな」

北村はぎょっとして田宮少年を見つめた。

「君は、池上美子から何か聞いているのか」

「いえ。そう思っただけですよ。美子さんが捕まってほしくはないし、いったんは捨てた家に連れ戻されたら、それこそ悲劇でしょう。新しい恋人を見つけてパリに向かった、というのはどうですか」

「とんだハッピーエンドだ」

「そうでしょうか。そんなヒロインがいてもいいと思うけど」

やかましい満人の客が店から出て行くと、入れちがいに雪を背負った日本人の家族が入ってきた。そろそろ早い夕食の時間である。

若松旅館に踏み込んで、瀬川啓之を逮捕した憲兵将校が脱走した。消されたんじゃないかね、と新京警察署の刑事は言っていたが、映画ならばこっちの結末のほうがずっと面白い。池上美子は純情な憲兵将校をたらしこんでパリへと向かった。

二重窓を氷のかけらが叩いた。満洲名物の細氷《さいひょう》である。零下二十五度を下回ると、粉雪は氷の粒に変わるという。

「この話は他言無用だよ」

そう前置きをして、北村は映画のような推理を田宮少年に語った。語るほどにシベリア鉄道の窓辺でぼんやりと雪景色を眺める、男と女の姿が思いうかんだ。

「北村さん、ロマンチストなんですね。新聞記者らしくないや」

「ロマンチストでなければならないんだよ、新聞記者は」

北村の胸の中にふと、みずからを孔雀《くじやく》になぞらえた王妃の凜乎《りんこ》たるおもざしが甦《よみがえ》って、見知らぬ女の顔と重なった。

思うさま羽を拡げて自由の大空をめざしたのならば、法も道徳もどうでもいいではないか。

六十五

帝国ホテルライト館の中庭には、大谷石《おおやいし》を敷きつめた広いカフェテラスがある。籐椅子には羊毛が敷かれ、膝掛けまで用意されているが、あたりは午後の光に満たされて春のような暖かさだった。

「満洲には日光浴の習慣があるかね」

熱いコーヒーを啜りながら、永田少将が訊ねた。

「寒くてかないません。年寄りが厚着をして日向ぼっこという程度でしょうか。それに、支那人は体を冷やすことを怖れます」

吉永は大まじめに答えた。二人の会話はいつもこんなふうに、どうでもよい話題から始まる。

「私は欧州につごう六年も赴任していたのでね、すっかり日光浴が習い性になった。まさかのんびりとお天道様を浴びる暇はないが、こんなときには決まって外だな」

振り返ればなるほどガラス戸を隔てたロビーには多くの客があって、テラス席にはいかにも日光浴がてらの、老いた白人夫妻がいるきりだった。

「大尉の時分に、ドイツ、デンマーク、スウェーデン。少佐に昇進してスイス駐在武官を二年。寒い国の連中には太陽信仰があるね。石原もしばらくドイツにいたから、中で傍《はた》の耳を気にするよりも、こっちのほうがよかろう」

「自分は奉天と北京につごう二十年余りです」

吉永が苦笑すると、永田も声を立てて笑った。

同じ海外勤務でも、欧州駐在と支那軍閥の通訳とでは雲泥のちがいである。

「しかし、吉永大佐。それはそれで、きょうび立派な軍歴だ。今やどいつもこいつも支那通をみずから任じておるが、君の前では顔色あるまい」

永田少将は欧州赴任中に、世界大戦を目のあたりにしたと聞いている。これからの戦争は長期にわたる消耗戦であり、なおかつ国家の総力戦であると思い知った。そして、国防目的達成のためにあらゆる人的物的資源を統制運用する、国家総動員法の制定を提唱したのだった。

たしかに永田の思想は理に適っている。いや、理詰めと言ったほうが正しく、いかな平和主義者といえども日本国民である限り、反論の隙がないように思えた。

石原が仕掛けた満洲事変を、永田が追認せざるをえなかった理由は、満蒙の大地が蔵する物的資源の価値と、対ソ戦を想定した場合の地理的要件だった。だから事変後の独立国家建設には反対の立場で、むしろ親日的な地方自治政権が樹立されれば、それでよしと考えていた。いわんや、国民政府を刺激する清朝廃帝の擁立などもってのほかだった。

　そうした永田少将の思想を知るほどに、吉永は臍《ほぞ》を噬《か》む思いがした。もし永田鉄山と張作霖が胸襟を開いて語り合えば、その通りの日満関係が成ったと思えるからである。しかし、いかんせん二人は世代がちがった。

　本来それを考えねばならなかった世代は保身に汲々《きゅうきゅう》としているか無能であるかで、つまるところいつまでたっても埒《らち》のあかぬ満蒙問題に業を煮やした若い軍人たちが、勝手に張作霖を暗殺し、満洲を武力占領しようとした。

　そののち、張学良《がくりょう》の易幟《えきし》と満洲事変を経て、満洲国という結論を見た。永田が軍中央の要職を離れ、石原が地方の聯隊長職に押しこめられても、満洲国は独り歩きをしていた。

「ところで、君は石原をどの程度知っているのかね」

　磨き上げられた長靴《ちょうか》の足を組み、莨《タバコ》を指先に挟んだまま永田が訊ねた。

「関東軍参謀と張作霖の軍事顧問は、もともと水と油です。むろん、表舞台に立つ役者と、裏方のちがいもあります。どの程度の知り合いかといえば、顔見知りというところでしょう」

おそらく永田少将は、その水と油を混ぜてどんな化学反応が起きるか、と考えている。それならそれでいいと吉永は思った。石原に言いたいことは山ほどある。

「冷静沈着な君のことだから心配はあるまいが、まわりに気配りをしてくれ」

「留意いたします」

周囲の視線を感じた。ロビーから見れば、ガラスを隔てたカフェテラスで、軍服姿ものものしい将軍と陸軍大佐が語り合っている図である。扉の脇では支配人に命じられたのであろうか、着物に前掛けの女給が盆を胸に抱いて、当番兵のようにこちらを注視していた。

長四角に切り取られた中庭の空にはひとひらの雲もなく、枯芝もほっこりと温《ぬく》まって見えた。

「石原は私が同席することを知っているのでしょうか」

「むろん言ってある。名前を告げても空とぼけていたがね。ただし、自分は酒を飲まぬから、夕食はご勘弁と言ってきた。なるほど、ここならば大声も出せんな」

「すると、石原がここを指定したのですか」

「そうだ」

と言って、永田少将は腕時計を見た。

「現在時刻、一三一五《ひとさんひとごお》。すでに十五分の遅延だ。もっとも、やつの作戦のうちだろうがね」

噴飯《ふんぱん》ものである。どれほどの軍功を誇ろうが、陸軍士官学校の卒業年次は絶対の序列だった。石原から見れば吉永は二期先輩であり、ましてや永田は五年も先輩にあたる。たとえ長い軍歴の間に立場や階級が逆転しても、卒業年次の序列を疎《おろそ》かにしてはならないという暗黙の掟《おきて》があった。

「けしからんやつだ。帰りましょう、閣下」

吉永は軍刀を引き寄せて腰を浮かせた。

「短気を起こしなさんな。石原らしいじゃないか。考えてもみたまえ、関東軍司令官も参謀長も手玉に取った男だぞ。私と同期の板垣も土肥原も、顎で使われた。会いたいのはそっちの都合で、こっちは会いたくもないという意思表示だろう」

「あんな連中と一緒くたでありますか。閣下は寛容に過ぎます」

「ほう。寛容かね――」

そういう文言は軍隊にはない、とでも言いたげに、永田少将は丸メガネの底から吉永を睨みつけた。

「では、その寛容な私から君だけに教えておこう。先日、林《はやし》陸相から直に打診があった。三月の人事で軍務局長をやらんか、と」

陸軍省軍務局長は予算の編成のみならず、事実上陸軍行政を総覧《そうらん》する。陸軍大臣、陸軍次官に次ぐ要職と言ってもよい。永田が中央に返り咲くのである。

「それはおめでとうございます」

しかし、吉永は続く言葉に耳を疑った。

「おめでとうはまだ早い。私はひとつ条件をつけた。石原大佐を中央に戻せ、と。あの男は軍政に向かぬから、参謀本部の作戦課長が適役だろう。満洲事変の経過を見る限り、戦争はうまい」

陸軍の中央人事は機密事項である。吉永はあたりを見渡してから声を絞った。

「寛容にもほどがあります。それではまるで、永田閣下と石原が同腹だと思われてしまう」

「同腹か。たしかにそう言われていい気分はしないが、あながち君のように水と油というわけでもない。理解できる部分もある。それは石原も同じだろう」

「なりません」と、吉永は首を振った。

「やつは軍服を着たテロリストです。けっして権力を与えてはなりません。中央省部に戻すなどとんでもない。聯隊長職を全うさせたら、予備役に編入すべきです」

「私怨《しえん》はよくないぞ、吉永大佐」

「ちがいます。あの男は日本を滅しかねません」

「おや、顔見知りという程度ではなかったのかね」

「客観的な意見であります」

「ならば、本人に言いたまえ」

ガラス越しのロビーに、将校の軍服が見えた。支配人が大谷石のテラスを厳《おごそ》かに歩み寄って、来客を伝えた。

「石原大佐がお見えです。こちらにお通しいたしましょうか」

永田少将が振り返ると、石原は緋色の絨毯の上に気を付けをして、新兵のような挙手の敬礼をした。

石原莞爾は明治二十二年、山形県鶴岡に生まれた。父祖代々が仕えた庄内藩酒井家は、奥羽越列藩同盟に伍《くみ》して官軍と戦った「朝敵」だった。

軍人としての振り出しは仙台陸軍地方幼年学校で、東京の中央幼年学校、士官学校と進み、配属先は故郷の山形聯隊、さらに新設の会津若松六十五聯隊に転じた。

長州藩閥が支配的であった当時、まるで祖父が戊辰《ぼしん》戦争において転戦した足跡をたどるようなこの軍歴は、若き日の石原の反骨精神を醸成したにちがいなかった。藩閥の打破は、永田鉄山の志す陸軍改革の出発点でもあった。つまり、思想も性格も異なるが、二人は出自を共有しているように吉永大佐には思えるのである。

しかし、吉永はそもそも軍中央のしがらみを何も知らなかった。張作霖の軍事顧問という特殊な任務は、在満の関東軍とはむしろ疎遠であり、なおかつ省部の情報も入りづらかった。だから軍中央にある少壮将校の間に、横断的な交わりがあるということぐらいは知っていたが、それが政治目的を有するものなのか、それとも研究会や親睦会のようなものなのか、ということすら知らなかった。

むろん、永田と石原の関係もわからない。永田が革新世代の中心人物であることはたしかだが、石原の評価は賛否が分かれていた。

旅団長の閑職について以来、永田と語り合う機会が多くなった。欧州勤務は長いが満支と縁のない永田は、吉永の話に興味を示し、ときには陸大の生徒のように書き留めた。

満洲の習俗や満人の生活から語り始めても、やがて話は「怪傑張作霖」の武勇伝になってしまう。さらには、彼を殺した関東軍に対する怨念になる。だが永田は余さず聞いてくれた。

話がはずめば、夕食に誘われた。ともに酒豪と呼ばれるくらい酒は好きである。公用車で繰り出す先は西洋料理屋と決まっていた。麻布や青山の界隈《かいわい》には、一聯隊や三聯隊の将校が出入りする店が多くあった。

何度か通ううちに、永田が吉永の足を気遣って畳座敷の料理屋には行かぬのだと知った。永田の人望とはそうしたものだった。

「陸大で支那語を教えておられるそうですな。それはよかった。さては永田閣下のおはからいですか」

テラスの籐椅子に座るやいなや、ずいぶんなご挨拶である。

答える気にもなれぬが、考えてみればどうにも答えようのない問いだった。豪放磊《ごうほうらい》落《らく》を装って、その実は何もかも計算ずくの男かも知れぬ。

「ああ、そうだよ」

憮然とする吉永にかわって、永田少将がこともなげに答えた。

「陸軍に支那通はいくらでもいるが、第一人者は吉永大佐をおいてほかにはいない。支那語もまず右に出る者はおるまい。君も教わったらどうだね」

鮮やかな切り返しである。いくらでもいる支那通のひとりに過ぎず、支那語も満足にしゃべれぬ君が無礼な口をきくな、と通訳できる。

吉永は腕時計を指先でつついて言った。

「貴様、どういうつもりだ。ここが戦場ならば、閣下も俺も戦死だぞ」

陸軍士官学校における第一人称は「俺」、第二人称は「貴様」である。石原は意表をつかれたように背を伸ばしたものの、十五分の遅刻を詫びようとはしなかった。

「マアマア、陸大教官と聯隊長が公衆の面前で揉めるのも何だ。ひとつ穏やかにいこうじゃないか」

永田はそう言って女給を呼び、コーヒーとケーキを注文した。酒も莨もやらぬという石原は、甘党なのかもしれない。

「どうだね、聯隊長職は」

「すこぶる快適です。同じ兵営に上がいないというのがいい」

石原らしい感想である。二千の定員を擁する歩兵聯隊は、それぞれが独立した駐屯地を持つ。たとえば第一師団の麾下聯隊を例にとれば、師団および旅団司令部は青山にあるが、歩兵第一聯隊は赤坂檜町《ひのきちょう》、歩三は麻布龍土町《りゅうどちょう》、歩四十九は甲府、歩五十七は佐倉、という具合である。つまり、聯隊長は小さいながらも一国一城の主だった。

なるほど石原の表情は、関東軍参謀であったころよりもずっと晴れやかに見えた。もともと身なりには無頓着な男だが、聯隊長には優秀な従兵が付くので、軍服には皺《しわ》ひとつなく、長靴もぴかぴかに磨き上げられている。

「二人はさほど面識がないらしいな」

間を繕《つくろ》うように永田が言った。

「べつだん会う用事もありませんので」

石原が答えた。この男はたしかに頭がいい。その一言にも深い意思をこめたような気がした。

関東軍参謀と張作霖の軍事顧問は、会う用事もない。そして、陸大教官と歩兵聯隊長も、べつだん会う用事はないはずだ、と石原は言ったにちがいなかった。

「それでも、何度か顔は合わせましたかな。まんざら知らぬ人でもないので、挨拶ぐらいはしたと思います」

吉永はたしかな記憶を欠いていた。皇姑屯の爆破事件で九死に一生を得たのちは、しばらく北京公使館付となっていたが、その間の記憶は朧《おぼ》ろだった。

いかにも野戦指揮官らしい、潰れてはいるがよく通る声で石原大佐は続けた。

「吉永先輩は在校中から知っておりました。二十数年も昔の話ですが、よく覚えています」

吉永の第十九期は、明治四十年五月の卒業である。日露戦時下の入校であるから、同期生は一千人を超す。士官学校開校以来の大所帯だった。その中のひとりとして記憶に残っているとは、どうしたことなのだろう。

「支那人留学生の通訳をなさっていたので、よくお見かけしました。ああ、この話はたしか、以前お会いしたときにもいたしましたな」

思い出した。辛亥革命以前には、清国からの官費留学生が少くとも数十人、多い年には二百数十人も入校していた。そのころの市ヶ谷台は何人かに一人が支那人だったと言っていい。

彼らは驚くべき速さで日本語を習得したが、新入生の指導や兵器の取扱いには通訳が必要だった。そこでしばしば、吉永がかり出されたのである。

留学生たちを引率して生徒区隊を回った。浴場にも食堂にも連れて行った。思えば彼らの多くが、今は国民革命軍や諸軍閥の将校として指揮を執っているはずだった。むろん、東北軍の幕僚の中にも、日本の士官学校出身者はいたのである。

「永田閣下や貴様のように、成績がよかったわけではないよ。家が留学生の下宿屋をやっていたから、支那語がしゃべれたというだけの話だ」

芸は身を扶《たす》くるというべきか、あるいは芸に祟られてしまったのか。

運ばれてきたコーヒーに、石原は角砂糖とミルクをしこたま入れた。

永田少将の目が言っていた。遠慮はいらない、言いたいことは何でも言え、と。

「石原大佐。貴官に訊いておきたいことがある」

気を鎮めて吉永は言った。

「どうぞ。問われて困ることはありません」

口ではなく、失われた足が物を言ったように思えた。

「あの列車に、日本人の軍事顧問が乗っていると承知していたのか」

考えるまでもなく石原が言い返した。

「もし皇姑屯の話でしたら、自分は何も知りません。何のかかわりもありません」

「同じ手口で満洲事変を起こしたじゃないか」

「前例に倣《なら》っただけですよ」

石原大佐は籐椅子に深くもたれかかると、尻に敷いていた膝掛けを抜いて吉永に手渡した。

「中で話せばいいものを、ここでは古傷が疼《うず》くでしょう。永田閣下も底意地の悪いお人だ」

天才と狂気は紙一重という。それはまさしく、この男のことだと吉永大佐は思った。

二十一期の石原莞爾といえば、市ヶ谷台に知らぬ者はなかった。成績はすこぶる優秀であるのに奇行の目立つ、いわゆる名物生徒だった。どれほど反抗的であっても教官からは憎まれず、周囲から愛される徳のようなものを、生来持っていたのだろう。

若い時分ならそれでよい。だが優秀な将校は隊付勤務を経て陸軍大学校へと進み、やがて陸軍を動かす存在に成長してゆく。少しも丸くならず、誰に引き立てられるでもなく、軍略家としての実力で累進していった石原を、とどめることのできる上官はいなかった。

「もしや吉永先輩は、皇姑屯での一件を恨みに思っておられるのですか」

蔑《さげす》むような表情で石原が言った。

「友軍に殺されかけたのだ。恨まぬはずはなかろう」

「お言葉ですが、吉永大佐。それは私怨というものです。たとえば戦闘中に友軍の砲撃によって傷ついても、恨むことはできません。目標があなたであったわけではなく、着弾地点にあなたが進出していたのですから、その事実を恨みとするのは、無私の軍人精神に反します」

石原大佐の口調は台本を読み上げるほど正確で淀みなく、しかもまるで世間の些事でも語るように冷静だった。

「よし。ならば恨みつらみはさておくとしよう。俺は長く張作霖将軍の幕下にあって、その人となりを知悉《ちしつ》していた。彼が日本にとって邪魔な人間であったとは、どうしても思えない。よしんばそうした判断をする日本人がいたとしても、事実上の国家元首を謀殺するというのはテロではないか」

言いながら怒りで声が震えた。言葉を尽くせば一晩あっても足るまい。吉永にとってその事実は、おのれが死に損なったことにもまさる心の傷だった。

「自分は何も知りません。知らぬことをあれこれ責められても困ります」

そこでようやく、永田少将が二人の間に口を挟んだ。

「前例に倣ったと言ったが、その点に今少し説明を加えてくれんか。君の論法はときどき飛躍してわかりづらい」

皇姑屯の一件には関与していないが、柳条湖ではそれに倣ったのだと、石原はたしかに言った。失言とは思えぬ。

乾いた唇をコップの水で湿らせ、石原大佐は頭上に豁《ひら》けた青空を悠然と見上げた。

「張作霖が日本にとって邪魔な人間ではなかった、ですと。それは吉永さん、あなたの身びいきというものではありませんか。いや、自分はあの男のことをよくは知りませんよ。だが、だからこそあなたより客観していた。日本を後ろ楯として東三省の王者となったのに、恩返しは何もしない。のみならず長城を越えて中原《ちゆうげん》の覇者になろうとした。邪魔にならぬどころか、わが国にとって危険きわまりない人間でした。いったい軍事顧問団は、何をしていたのですか」

「俺は政治顧問ではなかった」

「言いわけにもなりませんな」

そういう論理が持ち出されようとは思ってもいなかった。つまり、日本の国益を考えぬ軍事顧問はすでに張作霖の部下なのだから、もろともに殺されても仕方あるまい、と石原は暗に言っているのである。

「そこで、永田閣下のお訊ねでありますが、たしかに皇姑屯の前例に倣った、というだけではいささか説明不足ですな。まず、皇姑屯の謀略は成功か失敗か。張作霖が死んだからには成功にも思えましょうが、どっこい大失敗であります。息子の張学良が兵を動かさなかった。交戦状態となれば、関東軍は一気に満洲全土を制圧できたはずです」

陽光が吉永の上にのしかかった。ふと見上げれば澄んだ青空が、たちまち黄色い砂《すな》埃《ぼこり》と硝煙にまみれた、皇姑屯の空に変わっていた。

昭和三年六月四日午前五時二十三分。その瞬間、日本は良心を捨てた。帝国軍人は武士道を喪った。

「関東軍は学良を見くびったな」

瞼をとざして吉永は言った。張学良は世に喧伝《けんでん》されているような腰抜けではない。ほんの子供のころから若き将軍になるまでの彼を、吉永はつぶさに見てきた。

「そのようですな。作戦は読み切られていたようです」

思慮深さは父親譲り、辛抱強さはおそらく母親に似たのであろう。だにしても、大軍を率いて華北の前線にありながら、よくぞ耐え忍んだものである。

「結果として、皇姑屯は失敗例でありました。柳条湖ではその轍《てつ》を踏まぬよう留意しました。前例に倣ったというのは、そうした意味であります。ご理解ねがえましたでしょうか、永田閣下」

「了解した」とひとこと呟いたなり、永田少将は吉永に視線を向け、わずかに口元を歪めて笑った。こういう男なのだよ、と言ったように思えた。

吉永は石原を問い質した。

「貴様の謀略なのだな」

「はい。すべては自分の策であります」

少しも悪びれずに石原は言った。

昭和六年九月十八日夜、奉天郊外柳条湖において、満鉄線路が爆破された。関東軍はそれを中国軍の犯行とし、現場に近い張学良軍の駐屯地である北大営を攻撃した。満洲事変の発端である。

皇姑屯では張学良が兵を動かさなかったために、満洲の武力制圧という関東軍の目論見は潰《つい》えた。すなわちその失敗の轍を踏まぬように、北大営の目の前で満鉄線路を爆破し、こちらから攻めこんだのだ。

「恥を知れ」

吉永は卓上に身を乗り出し、真向に石原を見据えて言った。これは軍略などではない。力ずくで他国の領土を奪わんとする侵略にほかならない。

石原は少し間を置いてから、落ち着き払って言い返した。

「支那の軍閥ごときに絆《ほだ》されたあなたこそ、恥を知るべきです」

この男はいわゆるカリスマなのだ。そうした性格を持つ軍人は珍しくもないが、現実に階級も序列も超越してカリスマ的支配関係を構築するなどありえない。

満洲事変当時の関東軍は、石原が動かしていた。本庄《ほんじょう》軍司令官も三宅《みやけ》参謀長も、むろん板垣高級参謀も、みながみな木偶《でく》のように操られていた。つまり、関東軍の独断専行は石原の性格そのものだった。

事件後、関東軍はただちに軍司令部を旅順《りょじゅん》から奉天へと進め、わずか五日間で遼河《りょうが》以東の南満洲を全面制圧した。張学良軍を一気に駆逐し、満蒙を武力占領せんとする意図は明らかだった。

関東軍の本来の使命は、日露戦争の結果として獲得した最大の利権たる、南満洲鉄道の防衛である。すなわち、線路とその附属地の外に出兵することは越権だった。

「明白な統帥権の干犯だぞ。わかっていたのか」

吉永は声を絞って言った。関東軍の独走を、政府も中央統帥部も追認せざるを得なかった。しまいには、統帥の大権者たる陛下までもが、「皇軍ノ威武ヲ中外ニ宣揚セリ」と嘉《よみ》せられた。

「いえ、それは誤りです」

石原はきっぱりと言い返した。

「関東軍司令官は外征軍の指揮官であり、閫外《こんがい》の臣としての大権を有します。よって緊急の際の決断は統帥権の干犯にはあたりません。畏《かしこ》くも大元帥陛下におかせられては――」

三人の軍人は一斉に背筋を伸ばした。

「本庄閣下を関東軍司令官に親補なされるにあたり、同時に閫外の臣としての大権も付与なされたはずであります。よって、軍司令官の判断に基く吉林《きつりん》出兵は、統帥権の干犯にはあたりません」

石原が使った「閫外の臣」という言葉に、吉永は耳を疑った。よほど漢籍に通じていなければ知るはずはない。

「閫」は「閾《しきみ》」、すなわち敷居の意であり、「閫外」とは王城の敷居の外、転じて国外にある将軍を、「閫外の臣」という。

外征中の将軍は作戦の実施にあたり、いちいち王の命令を待つわけにはいかない。関東軍司令官はその閫外の臣としての大権を有している、ゆえに統帥権の干犯にはあたらぬ、と石原は主張したのである。

さて、その言葉の意味を知っているのかいないのか、永田少将が苦笑をうかべながら言った。

「本庄閣下がこぼしておったよ。石原は造語術とダボラの天才だ、とね」

「造語ではありません」

吉永は反駁《はんばく》した。たしかに「閫外の臣」は石原の造語ではなく、「史記《しき》」の言である。独断専行を正当化するために、石原はその言葉を振り回したのであろう。

「人柄のよい本庄閣下では、ひとたまりもあるまい。狙われたな」

永田少将が丸メガネの底から石原大佐を睨みつけた。口元には笑みを湛えているが、まなざしは冷ややかだった。

「狙ったなどと、人聞きの悪いことは言わんで下さい。自分は適宜に実行しただけです。その適宜の折にたまたま、本庄閣下が着任なさった」

永田はマッチの火を両手でかばいながら莨をつけた。その一瞬の間に、質問を整理したように思えた。

「適宜の折とはどういうことか、説明してくれたまえ。君の行動が満蒙問題解決のための正しい軍略なのか、それとも張学良を満洲から排除するテロなのか、私は判断がつきかねている」

石原は鷹揚《おうよう》に肯き、軍靴《ぐんか》の足を組んで目を瞑《つむ》った。将来の陸軍を担う永田鉄山の前で、これほど不遜な態度をとる軍人を、吉永はほかに知らない。

「ひとつ。ソ連邦は第一次五ヵ年計画が始まって、国内態勢の整備に精一杯でありました。わが軍が吉林ばかりではなく黒龍江まで兵を進めても、武力干渉する余裕はなかった。第二に張学良は北京で療養中であり、なおかつ蔣介石《しょうかいせき》は共匪を当面の敵としておりました。第三に、満洲においては排日運動と民族主義運動が、日本人居留民の生命生活を脅かすほど飽和しておりました。主として以上三点の着眼により、満蒙問題の解決は今が適宜であると判断したのです。この好機を逸すれば、憂いを百年の後に残すと考えました」

永田少将はそれ以上の詰問はせず、ひとこと「なるほど」と呟いた。

石原の回答は理屈が通っている。ただし満蒙問題の解決を外交に頼らず、武力占領という強硬策に出た場合の方法としてである。

「俺は納得できない。歴史に鑑《かんが》みても東三省と内蒙古は支那の領土だ。張作霖も張学良も、その満洲に生まれ育った支那人だが、そもそも日本人とは縁もゆかりもない土地ではないか。侵略だぞ、これは」

「侵略、ですと。少々言い過ぎではありませんか、吉永大佐。どうやらあなたは、骨の髄まで支那人になってしまったようですな」

「本音を言ったらどうだ。第一次五ヵ年計画を予定通りに達成したなら、ソ連が南下してくる。その事前策として、満洲をわがものにしておこうと、そう考えただけではないのか」

永田少将が無言で肯定したように思えた。だが石原は俄然言い返した。

「自分はそんなケチなことは考えておりませんよ。ソヴィエトの脅威は歴史の中の一諸相でしかない。白人国家はどこも、アジアの征服を企図しております。よって、日満支は手を結んで東亜連盟を構築し、来たるべき有色人種対白色人種の決勝戦に備えねばなりません。よろしいか、吉永大佐殿。何十年先になるかはわからんが、必ず惹《じゃっ》起《き》されるその世界大戦に比べれば、日露戦争の報復など、取るに足らぬケチな話だと言っておるのです」

持論を語る石原の口調は、言葉づかいこそ乱暴だがあくまで冷静だった。

無言で莨をくゆらせる永田少将に目を向けて、吉永はふと思い当たった。思想も性格もちがうこの二人の軍人は、満洲国の存在価値を認め、かつその発展を期待している。

軍政家としての永田は、いずれ来たるべき国家総力戦に備えて、友邦たる満洲国の人的物的資源と工業生産力は必須と考えている。

一方の軍略家としての石原は、有色人種対白色人種の決勝戦、すなわち両陣営の盟主たる日本と米国の決戦を想定して、日支の同盟は不可欠とし、その達成のためには両国のいわば合成国家である満洲国の存在が重要と考えている。

永田の思想には現実味があり、合理的でもある。それに較べて石原の考えは空想的である。しかし、ともに満洲国の存在と発展を、日本の自存自衛のための必須条件としている点では一致していた。

失われた足を、カフェテラスの敷石の冷気がおぞましく這い上がってきた。

急進的な青年将校たちに言われるまでもなく、日本の政党政治は腐敗している。軍人は世論に惑わず政治にかかわらずと諭した明治天皇の勅諭に反して、永田や石原のような人材が国家を指導しようとするのは、当然のなりゆきと言えるだろう。だが、まったくちがう類型の二人が、こと満洲国については理想の一致をみることに、吉永は耐えがたいほどのおぞましさを感じたのだった。

いかなる天才であろうと、彼らは普遍的教養を欠いている。世論に惑わず政治にかかわらずとする軍人勅諭に則り、十三歳の幼年学校入学から士官学校卒業に至るまで、社会学や政治学の類はただの一時限も学んではいないからである。

そうした軍人たちに、国家の未来を托せるはずはない。

「石原。貴様、ジュネーブで何をした」

おぞましさが思わず声になった。

「何の話ですかな。たしかに自分は随員としてお伴をいたしましたが」

「松岡《まつおか》全権をそそのかしただろう」

永田がメガネの底で目を剝いた。だが石原は動じなかった。

「冗談はおやめ下さい。自分の役回りはせいぜいドイツ語の通訳でした。国際連盟の議場にも入ってはおりません」

石原大佐が昨年二月の国連総会代表団に加わったのは、満洲事変の当事者だからである。

もし国際連盟総会において、満洲国を否定し中国の主権を回復すべきという勧告案が採択されたなら、日本は連盟を脱退することが事前に閣議決定されていた。

だにしても、生え抜きの外交官であり国際人であり、敬虔なクリスチャンでもある松岡洋右《ようすけ》全権が、圧倒的多数で勧告案が採択されたあと、ただちに総会の席を蹴って退出するなど思いもよらなかった。

その際のニュース映像は全国の映画館で披露され、陸軍大学校の講堂でも映写された。国民は松岡を「ジュネーブの英雄」と讃《たた》え、軍人たちはこぞって喝采を送った。

日本のとるべき道はほかになかったのかもしれない。しかし、いかに議論を尽くしたにせよ、設立当初からの加盟国であり、かつ常任理事国である日本の首席全権がとるべき態度ではなかった。

代表団は前年の十一月にジュネーブ入りしている。総会まで足かけ四ヵ月の猶予があれば、石原のカリスマ的支配の中に、松岡全権を始めとする代表団が組み込まれたとしてもふしぎはないと、吉永は疑ったのだった。

映像の中に石原は見当たらない。だが満場が呆然と見送る松岡の姿は、石原に重なった。

「推論で物を言うのはやめたまえ」

永田少将が吉永を詰《なじ》った。たしかに仮定にはちがいないが、永田の頭に残ってくればいいと吉永は思った。

ボーイがコーヒーを差しかえた。それをしおに石原は、どうでもよい聯隊勤務の話を始めた。

案外なことに石原大佐は、中央省部に勤務した経験がないらしい。四十なかばという年齢からしても、恩賜の軍刀組と呼ばれる陸大の卒業成績から考えても、異例の軍歴と言える。つまりその極端な性格が、軍に敬遠され続けたのである。

聯隊長の職務について語る石原は、水を得た魚のように楽しげだった。実戦部隊の指揮官は性に合っているのだろう。

だが本人の好みにかかわらず、天才は埋もれない。ことのよしあしはともかく、それは自然の摂理であるらしい。

もしや永田少将はそのあたりを承知していて、いっそ参謀本部作戦課長という要職に迎えるべきと考えたのではなかろうか。大博奕《おおばくち》を打つような話だが。

熱いコーヒーで気を鎮めてから、吉永は訊ねた。

「貴様は領有論者だと思っていたのだが、どうして満洲国の建国に賛同したのだ」

「日本が武力で領有すれば手っ取り早いが、東亜連盟の構築を考えれば、日支の二国協定よりも、日満支の三国のほうが将来的に好もしいと思い直したのです」

「では、なぜ宣統帝《せんとう》を担ぎ出したのだ。国民政府に喧嘩を売るようなものではないか。支那の歴史を辛亥革命以前に巻き戻すような話だぞ」

「満洲は清朝の故地であります。よって宣統帝を迎えることには大義を見出せます。むろん求心力もあります。今ひとつ——」

と、コーヒーを啜りこみながら、石原大佐は人差指を立てた。

「今後の交渉相手が国民政府であるとは限りません。反蔣軍閥は意気盛んであり、しかも蔣介石にとって当面最大の敵は、毛沢東《もうたくとう》の紅軍です。このうえ満洲にまで手が回らぬ、というのが蔣介石の本音でしょう。抵抗するなと命じられた張学良は気の毒ですな。おそらく彼は腰抜けではない。命令に忠実なのです」

やはりこの男は、造語術を操っているわけでもなければ、ダボラを吹いているわけでもない。支那の情勢を正確に俯瞰《ふかん》している。張学良の苦しい立場まで洞察している日本人は、ほかにいないだろう。

「要するに貴様は、国民政府による支那統一はない、と読むのだな」

石原は肯いた。

「奇跡でも起きぬ限り。たとえば、蔣介石と毛沢東が同盟でもせぬ限り」

「ありえんな、それは」

「そう。ありえません。両者はともに消耗します。したがって将来の交渉相手は、その後の政権と読みます」

石原の言う「東亜連盟」の構想が、夢物語とは思えなくなってきた。大陸における二つの親日政権、いや傀儡《かいらい》とも言える政権が手を結ぶことは儀式に過ぎない。日本が満洲と支那本土を呑み込み、やがてアジアを呑み込んでゆく。

そこまで考えれば、天津に不遇をかこっていた廃帝の担ぎ出しは可である。とりあえずは共和制の執政という曖昧な立場に据え、折を見て帝政に移行する。その時点で日本とは対等の立場の「友邦」とされる。けだし妙案と思えてきた。

石原は嗄《か》れた声を低めて言った。

「了解して下さったようですな、吉永さん。国際連盟などというものは、しょせん戦勝国のサロンです。ドイツの要塞をひとつ陥《お》としたくらいで、日本が常任理事国となったことのほうがおかしい。白人どもは一等危険な有色人種を縄でふん縛って、むりやり会議の席に座らせたのですよ。そんなわけのわからんサロンはさっさと飛び出て、有色人種による東亜連盟をこしらえるべきではありませんか。満洲国の建国はその第一歩です。いずれ国際連盟と東亜連盟は衝突する。しかるのち、世界の恒久平和が実現するのです」

ジュネーブにおいて石原は、きっとこんなふうに全権や随員たちを説得したのだろう。

吉永を凝視したまま石原は続けた。

「陸軍きっての支那通である先輩が、支那語の教官とはもったいない」

「まともな北京語は話せない。ひどい満洲訛りだ」

「そのほうが適切でしょう。日本軍は長城を越えてはなりません」

教官室の吉永は異色の存在である。陸軍大学校を最優秀の成績で卒業したいわゆる「恩賜の軍刀組」は、参謀職と外国公館勤務を経たのち、短期間であっても陸大の教官を務めるのが習いだった。

フリードリヒ大王とナポレオンの戦争指導についての石原の講義は、今も陸大の語りぐさになっている。それらはドイツ赴任中の研究成果だが、なるほど満洲事変における石原の作戦指導は、ナポレオンのように電撃的だった。

「アメリカ訛りの英語も、英語訛りのフランス語も、フランス語訛りのドイツ語もあります。かくいう自分も、庄内訛りの日本語を話します。そもそも標準語などというものは、意思伝達の手段に過ぎません。味もそっけもありませんな。もっとも、かく言う軍隊の言葉も、長州訛りの日本語でアリマスが」

この男の話術に取り込まれてはならぬ。吉永は気を引き締めて石原に向き合った。

「今ひとつ訊きたいことがある」

「何なりと」

「東洋対西洋、ひいては東洋文明の盟主たる日本と西洋文明の盟主たる米国の間で、最終戦争が起こるのだな」

「いかにも」

「それはすこぶる興味深い予測ではあるが、戦争に至る論理を欠いている。太平洋の覇権を競う海軍ならいざ知らず、わが陸軍はいまだかつて、国境を接することのない米国を仮想敵としたためしはない。よって歩兵の主兵器も大陸において使用するため、長射程で命中精度のよい三八式《さんぱち》で事足りている。ではなぜ、貴様は米国を仮想敵とする」

「工業生産力、資源力、食糧の自給力、その他あらゆる国力において、白人世界では卓越しているからです」

「その通りだ。だが、それだけでは戦争に至る論理を構成しえない。貴様は軍人ではなく宗教家だ。末法《まっぽう》の世の果てに前代未聞の大闘諍《だいとうじょう》が起こるという日蓮《にちれん》の予言を信じて、勝手に世界最終戦に至る論理をでっち上げた。信仰が悪いとは言わん。俺だって人並の信仰心は持っている。しかし予言を真理として歴史を作らんとするのは狂人の仕業《しわざ》だ。いいか、石原。貴様は天才でもなければ英雄でもない。みずからを天才と信じ、みずから英雄たらんとする、皮肉屋で臍《へそ》曲がりの宗教家に過ぎん。宗教家ではなく軍人だと言うのなら、もう一度くり返す――恥を知れ」

声を荒らげぬよう気遣いながら、吉永は一息で言った。

かつて永田少将は石原を「ファナティックだ」と評した。人は彼のファナティシズムをエモーションと混同して憧れるのだ、と。永田のその示唆を考え抜いて、吉永はそうした結論を見たのだった。

石原大佐は言い返そうとせず、いつも不満げな口元をさらに引き結んで、吉永を睨みつけていた。

「あなたが支那語の教官であるのは、やはりもったいない。張作霖が手放さなかった理由も、よくわかりました」

そこで石原は晴れた空を眩《まば》ゆげに見上げ、黙って二人のやりとりを聞いていた永田少将に声をかけた。

「せめて副官にお付けになったらいかがですか、永田閣下」

目覚めたように永田は瞼を上げた。

「副官に物を教わるわけにはゆくまい。ところで、君からの反論はないのか」

「言い争いは好みません。さて、と——」

石原は腕時計を一瞥《いちべつ》してから、ガラス越しのロビーに控える聯隊副官と従兵に向かって手を挙げた。

「話は尽きませんが、夕方の汽車で仙台に戻ります」

一円札を卓に置いて石原は席を立った。酒も莨もやらず、接待はいっさい受けぬというのはよく知られた話だった。

挙手の敬礼をして去ってゆくうしろ姿を、二人はテラスの椅子に掛けたまま見送った。

「今の石原評は百点満点だったな」

永田少将がほほえみかけた。その会心の笑顔を見て初めて、永田が二人を引き合わせた理由を知った。

義足には慣れても、心の傷はまだ癒えてはいない。皇姑屯で吸いこんだ砂埃や硝煙は、胸の底に今もこびりついていて、夜ごとの夢に滲み出し、ときには白昼夢となって吉永を立ちすくませる。その苦労に気付いて、永田は毒を吐かせようとしたにちがいなかった。

「百点満点ですか」

「石原についてあれこれ論《あげつら》えばきりがなかろう。軍人らしく簡明に述べれば、君の解答は満点だ」

「では、人事の件はご再考ねがえますか」

「いや」と、永田は白い手套《てとう》を嵌《は》めた手を軽く挙げた。

陸軍省軍務局長に就任する条件として、永田は石原大佐の処遇を陸軍大臣に要求した。それも参謀本部作戦課長という、帷幕《いばく》の最中枢の役職である。

「満洲事変の経過は、石原の作戦指導力を実証した。そして、さきほども言っていたが、石原は日本軍の華北への進出を否定している」

たしかにそう言っていた。日本軍は長城を越えてはならない、と。だからまともな北京語よりも、満洲訛りの支那語のほうが学ぶには適切だ、というようなことを。

「つまり、石原が参謀本部作戦課長である限り、関東軍の行動は満洲国内に制限される。もはや後戻りはできんが、事態を悪化させることもない」

思慮深い人である。たしかに今となっては、満洲国を安定させ、外交に力を入れて承認国を一国でも増やさねばならない。そのためにはまず、支那本土の混乱に乗じて、関東軍が長城を越えるようなことがあってはならないのである。

「マア、早い話が、自分が拡げた風呂敷を他人に畳ませてはならんということだよ。責任問題ではなく、要領を知らん者に後片付けをさせてもろくな整頓はできまい。作戦遂行中に指揮官を代えてはならんのは、陸軍人事の鉄則だ」

すべてが腑に落ちた。だが永田の思慮は深すぎて、説明されなければ誰も理解できまい。おそらく永田は、石原の同腹とみなされる。

永田は冷え切ったコーヒーを飲みながら付言した。

「ことのよしあしにかかわらず、ひとつの事業をひとりでやりおおさずに他人に委《ゆだ》ねるというのは、大いなる危険を伴う。私の悲願は国家総動員法の制定だが、正しい運用もまた一生の仕事だ。満蒙問題と同様、こればかりは他人に任せるわけにはいかない。まかりまちがえば大変な悪法になってしまう」

吉永は帝国ホテルの閑雅な中庭を見渡した。植栽は冬枯れずに鮮やかな緑をたくわえており、大谷石のテラスに沿って水仙が黄色い花を並べていた。中央の桜が咲けば、外国人の客はさぞご満悦だろう。

遠くの席では相変らず白人の老夫婦が陽光を浴びていた。話題が尽きてしまったのか、夫は籐椅子に沈んで居眠りをし、妻は膝掛けの上で毛糸を編んでいた。

おそらく永田少将は、浮世離れしたこの場所を周到に選んだのだろう、と吉永は思った。

天才とも狂人とも思えるあの男は、どこの国のいつの季節かわからぬここでなければ、心を開くはずがなかった。

六十六

門楼の石段に腰を下ろして、ただぼんやりとすることが好きになった。

棗樹胡同《ツアオシユフートン》は住みごこちがいいから住人の顔も変わらず、目に映る風景は面白くもおかしくもない。しかし左右の門前の陽だまりには、ぼんやりと座りこむ老人の姿があって、つまるところ自分もその仲間入りをしたのだ、と銀花《インホワ》は思った。

主婦の仕事はきりがない。このごろようやくそう気付いて、掃除も洗濯もさほど根を詰めなくなった。一区切りつくと門楼の石段に腰を下ろす。それでも暮らしに不都合は何もない。

夫が現役の軍人であったころは、屋敷も広く来客も多かったから、何人もの使用人を雇っていた。だからと言って銀花が楽をすることはなかった。主婦の仕事はきりがないのだ。

べつだん働き者だとは思わない。手を動かしていれば物を考えずにすむから、働きづめに働いていた。

「太太《タイタイ》、ご主人をお待ちかねかえ」

通りすがる人はみな声をかけてくれる。銀花は胡同の人気者だ。

「待ってるわけじゃないわ。きょうは陽気がいいから」

瀋陽《シェンヤン》に比べれば、北京の冬はずっと過ごしやすい。年寄りが公園で将棋を指したり、門前でぼんやりと時を過ごすなど、真冬の瀋陽では考えられなかった。もっともその分だけ、北京の夏は暑いのだが。

またひとり、声をかけてきた。

「夕食は何にするんだい、太太《タイタイ》」

「そうねえ。まだ考えてないわ」

案外のことに、長話をする人はいない。胡同《フートン》の雑院《ザーユアン》に住まう人々は、暮らし向きのちがう自分にいくらか遠慮があるのかもしれない。それはとても恥ずかしいことだと、銀花《インホワ》は思う。

「太太、卵はいらんかね」

なじみの辻売りが、天秤棒をしならせてやってきた。

卵。卵。まだあったかしら。茸と卵の炒め物はあの人の大好物。毎日だって文句を言わないくらい。

「間に合ってるわ。ごめんなさいね」

きょうは什刹後海《シーシャホウハイ》の市場に行って、肉を仕入れてこよう。帰りがてら公園に寄れば、ちょうど将棋も終わる時間になる。ああ、こんなふうにのんびりと物を考えるなんて、やっぱり年をとったのかしら。

褲子《クウヅ》の膝を抱えて背を丸めたまま、銀花はふと思いついた。

まめまめしく体を動かし続けてきたのは、何も考えたくないからだった。少しでもすきまができれば、たちまち傷口がぽっかりと開いて、悪い記憶が血膿のように溢れ出る。

何もわからずに死んでしまった二人の子供。なぜあのとき自分は、ともに死のうとしなかったのだろう。血膿の正体はその悔悟だった。

あの人が、とうとう忘れさせてくれたのだ、と銀花は気付いた。

忘了《ワンラ》。忘一切了《ワンイーチエラ》。

忘れろ。みんな忘れちまえ。何もかもだ。

二十六年もの間、あの人は経文のようにそう唱え続けてくれた。たぶん、二人きりのときばかりではないと思う。遠く離れた戦場の幕舎の中でも、行軍の馬上でも、救いきれない妻の顔を思いうかべて、ずっと念じ続けていたにちがいない。

忘了。忘一切了。

忘れろ。みんな忘れちまえ。何もかもだ。

老いたのではない。その経文の功徳がようやく顕《あら》われたのだ、と銀花は思った。だからこうして門楼の石段に腰をかけ、ぼんやりと時を過ごせるようになった。

悪い記憶は胸の奥に蔵《しま》われた。もちろん忘れ去ったわけではないけれど、日曜の朝の北堂の礼拝のとき、蠟燭の灯をともし指を組み合わせて、そっと鍵を開ければいい。

銀花《インホワ》は伸びをして立ち上がった。

東北軍が消えてなくなっても、李春雷《リイチユンレイ》将軍はあたしの英雄だ。

市場で上等の羊肉をしこたま仕入れたのは、来客がありそうな気がしたからだった。

勘働きには自信がある。かつて張作霖《チヤンツオリン》総攬把《ツオンランパ》も、「明日の天気は雷哥《レイコオ》の女房に訊け」と言ったほどだった。

はたして銀花の予感は的中した。湖のほとりの公園を通りかかると、夫が将棋盤を片付けながら、「きょうは負け知らずだ。夕飯をふるまってくれ」と言った。

客は二人。林純《リンチユン》先生と、このごろ将棋仲間に加わった王逸《ワンイー》先生である。

「はいはい、そのつもりですよ」

銀花は荒縄で縛った肉の塊を、目の高さに掲げた。

王逸先生のことはよく知らない。お住まいは湖南省で、もとは先朝のお役人だそうだ。何十年ぶりかで北京を訪ねたところ、この公園で旧知の林純先生とばったり出くわしたらしい。以来、たがいに別れがたくて、王先生は林家の食客になっている。

年寄りの時間はゆっくりと流れてゆく。だからきっと王先生も、湖南のおうちに急いで帰る必要はないのだろう。

「うちの主人の一人勝ちなら、みなさんに厄落としをしていただかなくちゃね」

銀花は王逸先生の腕を支えて歩き出した。什刹後海《シーシャホウハイ》はまっしろに凍りついていて、湖面を渡って吹き寄せる風は刃物のように冷たかった。ふた月もすれば岸柳が青々と芽吹くなど信じられない。

王逸先生は片方の足が不自由で、仙人のような籐の杖をついている。

「春になれば、先帝様がもういっぺんご即位になるんですってね」

先朝のお役人だったのなら、それはきっと喜ばしい出来事にちがいないと思って、銀花は大きな王逸先生を見上げながら言った。

しばらく歩いてから、やっと答えが返ってきた。

「そうですね。でも、北京の御城ではありませんよ。東北の長春《チャンチュン》です」

「対《トエ》、対。今は新京《シンジン》っていうらしい」

「長春ですよ」

王先生が機嫌を損ねたような気がした。

新聞が読めない銀花には世の中の動きがよくわからないが、大まかなことは文瑞《ウエンルイ》が教えてくれる。胡同《フートン》の噂も耳に入る。それによると、三月一日の吉日に先朝の宣統《シュアントン》陛下が、ふたたび満洲国の皇帝に即位なされるという。

「ごめんなさい、王老爺《ワンラオイエ》。あたし、変なことを言ってしまったかしら」

啊《アー》、と小さな声を上げて、王逸《ワンイー》先生が立ち止まった。銀花《インホワ》の勘働きに驚いたらしかった。ということは、やはり不愉快な話だったのだ。

「どうか私にお気遣いなく。林《リン》先生のご厄介になっているだけでも心苦しいのに、ご近所の夕食に招《よ》ばれるなど、図々しいにもほどがありますな」

「とんでもないわ。夫は友人が少いから」

振り返れば夫と林先生が、頭ひとつもちがう体を仲良く並べて歩いていた。たぶん終わった勝負を、あれこれ蒸し返しているのだろう。

王先生は立派な人だと思う。だが、得体の知れないところがあった。

夫を取り巻く人々には、悪人も善人もいた。本物もインチキもいた。夫は客を選ばなかったが、銀花の勘は働いた。その勘働きをもってしても、王逸先生だけは、「立派な人」というほかには何もわからない。

ふたたび歩み出して、銀花は訊ねた。

「あの、王老爺。夫が何か面倒なお願いをしなかったかしら」

「はい。伺っておりますとも」

ひやりと肝が縮んだ。王先生は三日にあげず家を訪れる。このごろではひとりでぶらりとやってくることもあった。もしや夫は、あの龍玉《ロンユイ》の秘密を、王先生に打ちあけたのではないかと銀花は疑っていたのだった。

「お宅の息子さんと、林先生のお孫さんの結婚式の立会人になってくれまいか、と」

ほっと胸を撫で下ろした。

「ぜひお願いします。母親のあたしからも」

「いえいえ、私にそんな資格はありません。妻も子もなく、かように年老いました私が、どうして祝言の吉事に立ち会えましょう」

夫婦が龍玉について語り合うことはない。ようやく手に入れたこの平安に、天命の具体はあまりにも重過ぎるからだった。

いつの日か托すべき人が現れる。こちらが探すのではなく、向こうからやってくる。そして龍玉をその手に托したとき、夫婦はようやく全き平安を得るはずだ。だが、老いて体も不自由なこの老人が今さら天下を取るはずもなく、むろん龍玉の守護者にふさわしいとも思えない。

白虎張《パイフーチャン》から漢卿《ハンチン》へ、漢卿から夫へと托されてきた龍玉が、立派な人にはちがいないがよくは知らない王逸先生の手に渡るのは、やはり不自然に思えた。

「太太《タイタイ》。あなたはいい人だ」

歩きながら王《ワン》先生の呟いた一言が、銀花《インホワ》の胸にしみた。

「あたしはいい人なんかじゃないわ。夫がいい人なの」

「そんなことはありませんよ、太太。あなたはとてもいい人だ」

新民府の天主堂での誓いの夜から、このどうしようもない女の幸福を願い続けてきた夫ならば、世界とあたしを引き換えてしまうかもしれない、と銀花は怖れた。

そんなことをさせてはならない。やっぱりあの人は、あたしひとりの英雄なんかじゃない。


葱と生姜をたっぷり入れた大鍋で、羊の肉を煮る。味付は岩塩の塊だけ。

新民府を根城にしていたころに覚えた、馬賊の料理だった。

乾杯はビールではなく、きょうばかりは火を噴くような白酒《パイジュウ》である。目を白黒させて肉を頬張る二人の進士様に、夫は得意満面で能書きを並べた。馬賊の思い出話をするとき、夫の表情は二十も若返る。

「いいかね、先生方。収穫の季節になると、馬賊は何ヵ月もかけて縄張りをひとめぐりする。馬の尻に大鍋さえくくりつけてりゃ、いつでもどこでも腹一杯になるのがこの料理さ。羊と葱と生姜。水と塩。満洲を丸ごと食らうようなもんだ。どうだ、うまかろう」

「好《ハオ》！」と進士様たちは声を揃えた。

「縄張り争いは戦争だ。出会いがしらの騎馬戦もありァ、敵の根城に攻めこむ押城《ヤアチヨン》もあった。白虎張《パイフーチャン》はいっぺんも負けなかった。しめえには黄色い三角旗を見ただけで逃げ出すやつらだっていた。先駆けはいつだって俺と、若え時分の馬占山《マーチャンシャン》だった」

「好！」

ふたたび揃った声は、少し意味がちがう。

「やつの根性は白虎張ゆずりだ。売られた喧嘩は必ず買う。兵隊の多寡も、勝ちも負けも、てんから頭にねえのさ。だから馬占山が満洲国とやらに迎えられたとき、このまんまじゃ終わるめえと俺は思った。ほれ、見たことか。やつは日本に売られた喧嘩を、今だってひとりで買ってやがる」

「好！」

話が一段落したところで、銀花は夫を中庭に連れ出した。今の今にも、夫が龍玉《ロンユイ》の秘密を二人に打ちあけそうな気がしたからだった。

院子《ユアンツ》の空は深い藍に染まって、星ぼしが撒《ま》かれていた。

オリオンの三ツ星を指でたどってゆくと、昴《すばる》にたどり着くのだと、夫が馬上で教えてくれた。あとさきの記憶はなく、いつ、どこであったのかも忘れたが、ひとつの鞍に跨ってまんまるの満洲の空を仰いだ。

子供のころに静海《チンハイ》の湿原から這い出たこの人は、星を読みながらさまよい続けて、長城を越え、満洲にたどり着いたのだろうと思った。そんな夫がかわいそうでならず、銀花は満天の星を見上げながら泣いたものだった。

「あんたにお願いがあるの」

あの日と同じ夜空を仰いで、銀花《インホワ》は胸前に指を組んだ。マリア様はどうか知らないけれど、この人はあたしの願いを必ず聞いてくれる。

「あたしのために、あの宝物を手放さないで。王老爺《ワンラオイエ》は立派な人だけど、あんたの待っている人じゃないと思うの」

しばらく物思うふうをしてから、夫は夜空に向かって白い溜息を吐き上げた。

「おまえの勘か」

銀花は肯いた。だが、けっして勘働きなどではなかった。もしかしたら王先生が新たな龍玉《ロンユイ》の守護者なのかもしれないが、夫は銀花に安息をもたらすために、龍玉を手放そうとしているにちがいなかった。

この人に愛されている。髪の先から踵まで。たとえ世界を滅ぼそうとも、この人はあたしの幸福を希《のぞ》んでいる。その純情が、銀花にはもう耐えがたかった。

「おまえより先に、俺が死んじまう」

夫は本音を吐いた。

「だったらあたしが守る。あたしが死んだら、文瑞《ウエンルイ》と明雪《ミンシュエ》が守ってくれるわ」

困り果てたように、夫は星明かりが切り落とした自分の影を踏み始めた。

何も言わなくていいの。あんたの胸のうちはわかっているから。

あたしは、あんたの昴なんかじゃない。

六十七

上海という町の住みごこちのよさを、今さらながら知った。

北京や瀋陽《シエンヤン》に比べれば、夏は凌《しの》ぎやすく冬はずっと暖かい。空気はほどよく湿っていて、川風がやさしかった。

そして、緑が溢れている。プラタナスが葉を落としても、そのすきまを常磐木《ときわぎ》が埋めて、けっして殺伐とした冬景色にはならない。ましてや私の住まうフランス租界の大部分は、広大な邸宅と、芝生を敷きつめた公園だった。

「不自由はねえか」

よく手入れのされた庭を眺めながら熱い茶を啜り、私に莨を勧めて、「鏞《ヨン》」は言った。

「好《ハオ》。満足している」

「そうか。不満があれば何でも言ってくれ」

モリエール・アヴェニューのこの屋敷を、彼は私のために用意してくれていた。

「鏞」が本名なのか、字《あざな》なのか、あるいは青帮《チンパン》の通り名なのか、私は知らない。ただ、周囲の人が「鏞親分」だの「鏞哥《あに》い」などと呼ぶので、私もそれに倣っているだけだった。

たとえ蔣介石《ジャンジエシイ》や張学良《チャンシユエリヤン》の名前を知らぬ者がいたとしても、杜月笙《トウユエシヨン》の名は知っているだろう。しかしその名を口にしようものなら命がなくなるような気がするので、みながみな本名だか字だか通り名だかもわからない「鏞」と呼ぶ。

「不満は何もない。君には恩義を感ずる」

私がそう言い終わらぬうちに、鏞は低く乾いた声で、「不要《ブーヤオ》」と遮《さえぎ》った。

ひどく無口な鏞は、それから何を言うでもなかった。つまり、恩義に感ずる必要はない、ということなのだが、ならば何の見返りもなく尽くしてくれる理由が、私にはいよいよわからなくなった。

東北軍を蔣介石に譲り渡して下野《げや》した私を、上海で迎えてくれたのが彼だった。私たち家族に安全な邸宅を提供し、阿片まみれの私のために、租界中の名医を差し向けてくれた。

当初は蔣介石の命令なのだろうと思っていたのだが、一ヵ月間も世話になるうちに、どうやら彼の一存であるらしいとわかった。

恩義に感ずる。不要。

このやりとりは、いったい何度くり返されただろうか。

金持ちが金を払うだけならば、難しい話ではない。だが、上海市の商工会長であり、銀行の頭取であり、そのほか夥《おびただ》しい事業の経営者として多忙をきわめる鏞は、毎日のように私の様子を窺いにきた。

彼がいなければ、私はたぶんヨーロッパに旅することもなく、阿片に命を奪われていたか、さもなくば暗殺されていただろう。

実際に、自宅の近くで信管をはずした爆弾が発見されたこともあった。「不抵抗将軍張学良は上海を去れ」という脅迫状が添えられていた。

心配するな、と鏞《ヨン》は言った。そして三日後には、蜂の巣にされた三つの死体が外灘《ワイタン》の埠頭に浮かんだ。

何もそこまですることはなかろう、と私がたしなめると、鏞は言葉少なに答えた。

「俺が虚仮《こけ》にされたんだ」

すぐには意味がわからなかった。すると少し考えるふうをしてから、鏞はちがうことを言った。

「上海のギャングは快 槍《クワイチャン》か手 提式《ショウテイーシー》を使う。蜂の巣になるのは仕方ねえ」

快槍は軽機関銃、手提式はアメリカのギャングが使う短機関銃のことだ。彼ら青帮《チンパン》にとって、拳銃は護身用の武器に過ぎず、いざ喧嘩となれば必殺のマシン・ガンを撃ち合う。

まさか外灘に浮かぶのを承知で私を脅す馬鹿はおるまい。張学良《チャンシュエリャン》の後ろ楯が誰であるか知らぬチンピラが、命ぜられるままに行動して、知れ切った往生をしたのである。

それがわずか一年足らず前の出来事だとは、どうしても信じられない。あのころの私は、十五分ごとに阿片を喫《の》まねばならぬ末期の中毒患者であり、私の妻たちや子らは、私の臨終を見届けるために付き添っているようなものだった。

だが、鏞はあきらめなかった。彼の助力がなければ、私は一年前の上海でまちがいなく死んでいた。

「ここに戻ってこい。もういちど」

沖合のコンテ・ロッソ号に向かう艀《はしけ》に乗り込むとき、鏞は雨のそぼ降る埠頭で私を抱きしめてくれた。私は答えることができなかった。立っているのがやっとという有様の骸骨のような体で、「再見《ツァイチエン》」のほかに何が言えただろう。おそらくあのとき私の帰還を信じていたのは、彼ひとりだったと思う。

「お帰り、漢卿《ハンチン》」

ふたたび祖国の土を踏んだ私を、鏞は抱きしめてくれた。

「約束だ、鏞哥《ヨンコオ》」

そう答えたとき、私はようやく知った。航海の間に阿片を抜くことができたのは、鏞との約束を守りたかったからだ。この男の俠気にそむくのは、敗戦にもまさる屈辱だった。

私の復活はすでに周知であり、埠頭は全国から集まった出迎えの人々でごった返していた。歓呼の声は私の帰国を祝うのではなくて、私がたちまち身に鎧うであろう権力に阿《おもね》っているのは瞭《あきら》かだった。蔣介石《ジャンジエシイ》は苦境に立たされており、もし彼が失脚するなら、後継者は張学良《チャンシユエリヤン》しかいないと、多くの人々が考えていた。

しかし、ひとり鏞《ヨン》だけは打算がなかった。私の復活を心から喜び、腕や背や肩の肉付きを確かめ、群らがる人々をみずから分けて、私をキャデラックの座席に押し込んだ。

このモリエール・アヴェニューの屋敷は、鏞が私と私の家族のために新築してくれたものである。つまり彼は、私の復活を信じていた。

明るい色調のスペイン風で、三階建の各層にテラスとバルコニーが付いている。広い庭は常緑の繁みに囲まれており、どこからも狙撃される心配はなかった。

副官が耳にした話によると、塀の向こうの高い建物はすべて鏞が買い取って、壊すか、窓に蓋を被《き》せるかしたという。

黄浦江《ホワンプージアン》を渡る風が煙雨を運んできて、私たちはテラスから居間に入った。ガラス窓を大きく取ってあるせいで屋内は温室のように暖かく、一月八日に到着してから一ヵ月以上の間、暖炉は数えるほどしか使っていなかった。

私たちはビロード張りの低い椅子に腰掛けて、相変わらずろくに口をきかず、茶を啜り、莨を喫った。

そうしていてもべつだん退屈せず、気まずくもならないのはふしぎだった。鏞の沈黙は雄弁なのだ。

彼がこれまでわずかに語ったこと、あるいは人伝てに聞いた神話や伝説を集成すれば、およそこんな話になる。

杜月笙《トウユエション》は光緒十四年、すなわち一八八八年に上海で生まれた。私のほぼ一回り上にあたる子《ね》歳である。

若くして青帮《チンパン》の大立物である黄金栄《ホワンチンロン》の子分となったが、やがて一家を構えて頭角を現わした。

上海暗黒街の三大ボスと言えば、黄金栄、張嘯林《チャンシャオリン》、杜月笙を指す。だがそれはあくまでそう喧伝されているだけで、杜月笙の威勢には比ぶべくもなかった。

青帮の始祖は達磨《だるま》大師とされる。杜月笙は数えて二十四代目の世代にあたり、黄金栄と張嘯林は二十三代目にあたるから、勢力にかかわらず立てなければならぬ。よって「三大頭目」と称されたのだが、現実には杜月笙ひとりに与えられた「地下皇帝《デイシアホアンディー》」の称号のほうが正しかった。むしろ彼以外の二人の親分は、「閉善門《ビイシャンメン》」と呼ばれる引退式をおえていない長老に過ぎなかった。

杜月笙が名を挙げたのは、一九二七年四月の上海クーデターだった。北伐を開始して上海に入った蔣介石《ジャンジエシイ》は、共産党員とそれに呼応した労働者たちの弾圧を強行した。

わずか三日の間に三千人が殺され、五千人が行方不明となった。虐殺の実行者は杜月《トウユエ》笙《ション》だった。

この四・一二クーデターのわずか六日後に、南京国民政府が樹立された。事実上の蔣介石《ジャンジエシイ》政権が誕生したのである。むろん杜月笙は、上海におけるさまざまの権威を獲得した。

彼ら二人の関係を、私はよく知らない。まさか蔣介石を問い質すわけにもいかぬし、杜月笙に訊ねたところで返答はあるまい。しかし二人は、たとえば陽光のもとの肉体とその影のように、分かちがたく結びついていた。

こんな噂がある。

蔣介石は達磨大師から二十二代目の世代の青帮《チンパン》だという。つまり黄金栄《ホワンチンロン》や張嘯《チャンシヤオ》林《リン》の先代、杜月笙からは先々代の頭目にあたるから、上海の親分衆はみなその要望に順《したが》わざるを得なかったというのだ。

真偽のほどは定かではない。むろん蔣介石の出自は正しく、ならず者であったはずはないが、闇の権力と結びつくためにそうした資格を買ったということはありうる。影は分かちがたく足元で結びつき、なおかつ都合のよいことには、口をきかない。

黄浦江《ホワンプージアン》の煙雨は庭を白く染めていたが、少しも寒くはなかった。常磐木の中に蠟《ろう》梅《ばい》の古木が黄色い花をつけ、春の匂いがそこはかとなく漂っていた。

「どうしてこんなにも、私によくしてくれるのだね」

私は訊ねた。ふつうの人間から見れば当然の疑問だろうが、自分が受けるべき礼遇に慣れ切っている私は、ふと思いついてそう訊ねたのだった。

鏞《ヨン》はしばらく考えていた。四十五の男盛りを迎えた表情は、険しく、厳《いかめ》しく、鷲か鷹を思わせた。

私は回答をせかした。

「明日、南京に行く。介石の指示ならば、礼を言わねばならない」

「不要《ブーヤオ》」と鏞は尖った顎を振った。

「俺が勝手にやっていることさ」

「ならば、よくしてくれる理由はあるだろう」

そこでまた、鏞は考えこんだ。短く刈り上げた半白の髪も、黒繻子の長袍《チャンパオ》に包まれた体も、湯呑を抱いた指も、この男は何もかもが尖っていた。中国人は誰もがある年齢になると、鷹揚な大人《ダアレン》を気取るものだが、鏞には刃物のような凄味があった。

「理由がなければ、何もしちゃならねえんか」

「そういうわけではないが、ふつう人間は、理由があって行動するものだ」

「ならば俺は、ふつうの人間じゃあねえんだろう」

白い雨を見つめながら、鏞《ヨン》は唇の端を歪めて笑った。そして笑いながら続けた。

「もし理由を上げるなら、博奕打ちの勘というやつだ。あんたは何かをやると思う。蔣介石《ジャンジエシイ》にも毛沢東《マオヅオトン》にも代わりはいるだろうが、張学良《チャンシュエリャン》の代わりはいねえような気がする。一枚しかねえ駒なら、捨てるわけにゃいくめえ」

身ぶり手ぶりを少しもまじえず、唇だけで鏞は言った。話すうちに笑みは絶えて、いつもの鋼の顔になった。

勘と言われてしまえば、その先は訊けない。私は鏞の言葉を黙って呑み込み、反芻するほかはなくなった。

「いいお湿りだぜ。じきに春が来る」

防弾ガラスごしに雨空を見上げて、鏞は重く静かな声で言った。

上海が「魔都」と呼ばれるのは、常に青帮《チンパン》の勢力が支配しているからである。

租界の面積は中国人居住区の数倍もあり、しかも当然のことながら中国の警察権は及ばない。繁栄を極めるほどに娼館妓館の類《たぐ》い、ダンスホールや賭博場といった遊興施設が競い立ち、広大なフランス租界では阿片窟までもが半ば公認されていた。

そうした事情では各国の警察や憲兵隊などは存在しても意味がなく、必要悪としての青幇によって秩序を保つほかはなかった。

すなわち、杜月笙《トウユエション》は上海の法そのものだった。

二人して白い雨を見上げているうちに、ふと思いついた。鏞の「博奕打ちの勘」は、たしかなのではないか。彼は父から私に伝えられたあの奇怪な宝物——天命の具体といわれる龍玉《ロンユイ》について知っているか、あるいはわけもわからぬまま勘を働かせているのではないか、と思ったのだ。

蔣介石が国家統一のために龍玉を欲しているのはたしかだが、鏞がその意を汲んで私の面倒を見ているとは思えなかった。あくまで「博奕打ちの勘」として、彼は私に何ごとかを予感しているのである。

一介の伝達者に過ぎぬ私に、天はいったい何をさせようとしているのだろう。その何かしらをなすために、私は地球を半周して毒を抜き、甦ってここにいるというのか。

かえすがえすも、龍玉を最も信頼できる部下に托しておいてよかったと思う。もし瀕死の私が持ち続けていたなら、中国はひとたまりもなく滅びていたかもしれない。あるいは、世界すらも。

「南京には何をしに行く。パーティの続きか」

雨を見ながら鏞《ヨン》が訊ねた。

「乾杯はもうあきあきだ。私に任務を与えるつもりらしい」

豫《よ》鄂皖《がくかん》三省剿匪《そうひ》副総司令。すなわち、河南、湖北、安徽三省における対紅軍作戦の副司令官に私は任命される。むろん蒋介石《ジャンジエシイ》が前線に出て指揮を執らぬ限り、事実上の軍司令官である。

いや、国民革命軍はもはや、蒋の指揮では動かない。自分自身で軍司令官を交替させるのだ。そうでもしなければ、紅軍を破ったのち日本に立ち向かうという、彼の「安内攘外」の政策は前進しない。

「鏞哥《ヨンコオ》。ひとつ訊ねたい」

「好《ハオ》。何なりと」

「君は蒋介石と同様、共産主義者を憎んでいるか」

「対《トエ》。憎くなけりゃ殺さねえよ」

「同じ中国人でも、憎いか」

「ソヴィエトの犬どもだろう」

「もし君が貧しければ、同じことが言えるか」

「貧乏が嫌なら稼ぎゃよかろう。みんなして働いてみんなして分けたら、正直者が馬鹿を見て、要領のいいやつが得をする」

「私は紅軍と戦う」

「很好《ヘンハオ》。けっこうなこった。皆殺しにしてくれ」

「軍人は命令に忠実であらねばならない。私は戦う」

正直を言えば、軍服を脱ぎたい。政治の前面にも出たくはない。顧問か秘書のような立場で蔣介石を支えていければいいと思う。そもそも私には、救国の志のほかに野望は毛ばかりもないのだから。

テラスにはオレンジ色のタイルが敷きつめられており、庭の緑との対比が鮮かだった。そこから先は芝生をめぐって、白い磚《せん》を並べたペーブメントが、煙雨にまみれた森へと続いている。

上海の植生は豊かで、木々の種類はとうてい覚え切れない。北京のように槐《えんじゅ》と松と柏ばかりというわけではなかった。

人間も同様に思える。上海にはさまざまの顔をした人々が、さまざまの人生を担って生きている。そして彼らの間には垣根がなく、たとえば今の私たちのように、やすやすと対話をする。

「上海もこの家も、すこぶる気に入っている。できることならもうしばらく住んでいたいのだが」

「どこへ行くんだ」

「軍司令部は武昌《ウーチャン》にある」

「遠いな」

長江を遥かに溯《さかのぼ》った湖北省の武昌に、東北軍は集結している。蔣介石《ジャンジエシイ》の命令では動かず、ひたすら私の帰還を待ち望んでいる。生まれ育った満洲を追われ、中原のただなかに置き去られた三十万の兵士たちが。

「家族はどうする」

鏞《ヨン》は芝生の上のブランコに指先を向けた。それは私の小さな息子のために、彼が用意してくれたものだった。

「できることなら置いていきたい」

「俺に訊くことじゃなかろう。あんたの家とあんたの家族だ」

そうは言うものの、鏞が私の家族を保護してくれるのはわかっている。護衛官にかわって腕利きの子分たちを警護にあたらせ、今までと同様に彼自身が日に一度、様子を見にやってくるだろう。

口に出かかった感謝の言葉を、私は呑み下した。鏞が嫌な顔をすると思ったからだった。

やはりわからない。どうして彼が、そこまで私によくしてくれるのかが。

私たちは映画でも観るように椅子を並べて、煙雨にくるまれた静かな庭を眺めていた。ストーリーは何もないのだが、川風に乗って訪れ、また白い裳裾をひらめかせて去ってゆく雨のダンスは見飽きることがなかった。

ふと、外灘《ワイタン》の埠頭で私を迎えた蔣介石の、満面のほほえみが思い出された。何の外連《けれん》もない笑顔だった。

艀から下りて桟橋に立ったとたん、私たちは申し合わせたように握手をし、世界中の新聞記者たちのために、古くさい挨拶をかわした。

「漢公のご帰国を、心から歓迎いたします」

「介公のお出迎えに心から感謝します」

これで国家統一は成ったとでも言わんばかりに、私たちは軍服の胸を思い切り張って、世界中のフラッシュ・ライトを浴びた。

鏞が私たちの間に割って入ったのは、一幕の茶番劇を見るに見かねたからだろう。本音を言うなら、四面楚歌の蔣が私に助けを求めたのであり、私は私で戦場に捨てた東北軍を、放っておくことができなかったのだ。そんな私たちがどう力を合わせたところで、国家の統一は夢のまた夢だった。ヨーロッパでは多くを学んだが、わけても痛感したのは国家指導者の求心力だった。

ブリンディジの軍港に上陸したとたん、はっきりとそれを感じた。私がかくも歓待され、礼遇を受けるのは、ベニート・ムッソリーニの賓客だからだった。彼の娘と娘婿が同行してくれたおかげで、麻薬中毒患者は国賓とされた。

イタリア国民はそれほど熱烈に、ベニート・ムッソリーニを支持していた。むろん、ドイツにおけるアドルフ・ヒトラーは、それ以上の存在だった。ドイツ国民の彼に対する熱狂ぶりは、理解でも支持でもなく、ほとんど恋愛と言ってよかった。

それでいいのだ。いや、そうでなければならないのだ。荒廃した国家をひとつにまとめて立ち上がらせるためには、国民すべてが忠誠を誓うことのできる、強力な指導者がいなければならない。そのたったひとりの英雄が出現しないせいで、中国はかくも混乱しているにちがいなかった。

蔣介石《ジャンジエシイ》にその資格があるのだろうかと、私は考え続けている。それは取りも直さず、彼が龍玉《ロンユイ》を抱くにふさわしい人物か、ということである。

もし李春雷《リイチユンレイ》に相談したなら、答えは知れ切っている。「不是《ブーシー》」。断固として反対するだろう。

しかし、今や悠長に英雄の出現を待つわけにはいかない。ファシストの擡頭により、ヨーロッパの実情は切迫している。ドイツとイタリアばかりではなく、イギリスもフランスもソヴィエトも、ほとんどの欧州諸国が戦争の準備を急いでいた。もし二度目の欧州大戦が始まれば、当然各国の権益が集中する中国も引きずりこまれる。そして中国は、そうした事態に対応しうる準備どころか、内戦の真最中なのである。

清国が亡びたときには、かろうじて国土を持ちこたえた。だが、今の実情で二度はあるまい。日本と欧州大戦の戦勝国によって、国土は瓜分《かぶん》される。すなわち亡国である。そして中国は世界地図から消え、五千年の文明はすべて伝説となる。

よって、そうならぬためには、英雄ではなくともその立場に最も近い人物にちがいない蔣介石に、私は服《まつろ》わねばならない。そしてできうる限り、服わぬ者たちを服わせて、国家の統一をなさねばならない。彼が龍玉を抱くにふさわしい人物か否かは、その苦労の間に瞭《あき》らかになるだろう。

鏞《ヨン》はくわえ莨のまま、風に騒ぐ棕櫚《しゅろ》の葉を見上げている。相変わらず余分な口はきかない。

私の秘密を打ちあけることができるなら、どれほど楽になるだろうか。信頼する人物であるのにそれができないのは、彼が私の友人であり、上海の顔役である前に、杜《トウ》月笙《ユエション》という神秘だからだ。

「誰かいるのか」

鉤型の険しい眉をいっそう吊り上げて、鏞《ヨン》が訊ねた。階段の吹き抜けからやにわに降り落ちてきた声を、その耳は聞き洩らさなかった。

「妻と倅がいる」

「男の声が聞こえた」

「天津《ティエンジン》から護衛を呼んだ。拳銃の腕も立つが、子供とよく遊んでくれる。父の子分になる前は床屋だったから、髪も器用に刈る。鋏《はさみ》もいい腕前だ。試してみるかね」

鏞は苦笑しながら、半白の坊主頭を撫で上げた。

「拳銃よりも快《クワイ》槍《チャン》がいい。頭を刈るのはバリカンに限る」

莨を揉み消して鏞は立ち上がった。とたんに屋敷の空気が変わった。

「魁《クイ》、回去《ホイチュー》！」

親分、お帰りです、という大声が廊下から門まで逓伝《ていでん》された。長袍《チャンパオ》の正装を凝らした子分たちの手で、扉が次々と開かれた。

「介哥《ジエコオ》には俺からよろしくと伝えてくれ」

そう言うだけで、南京における私の接遇は変わるのかもしれない。「鏞哥《ヨンコオ》がくれぐれもよろしくと」、と伝えれば。

キャデラックを見送ったあと、階段の吹き抜けを見上げて掌《て》を叩いた。

「かくれんぼうは終わりだ。下りてこい」

階下の様子を窺いながら、軍服姿の陳一豆《チエンイードウ》大佐が下りてきた。そのあとから、客人も続いた。

「太太《タイタイ》と少爺《シヤオイエ》は三階でお休みです」

「声が聞こえたぞ。撃ち合いは昼寝の邪魔だ」

父の従兵から出世した陳一豆は拳銃の名手だった。片足が不自由なので前線には出られぬし、馬賊上がりの古い将校は参謀も務まらぬから、天津に住まう母たちの護衛官を命じていた。銃嚢《じゆうのう》に収められた大型のモーゼルは、張作霖《チヤンヅオリン》の形見だった。

二番目の妻と三番目の倅を護るために、このとびきりのガン・マンを天津から呼び寄せたのである。

「申しわけない。つい話がはずんでしまって」

上等なホームスパンの背広を着た客人は、ソフト帽を胸に当てて詫びた。

「君が殺されてもさしつかえはない。だが、もし陳《チエン》大佐が反撃すれば、ほかの誰かが死んだろう。それがどれくらい面倒な話か、君にはわかっていたはずだ」

どうせ命を投げている男だ。自分の生き死になどは、てんから頭にないのである。それはともかくとして、事情を呑みこめぬ私の部下が、まかりまちがって杜月笙《トウユエション》を傷つけでもしたら、事態は相当にややこしくなるところだった。

「掛けたまえ、翔宇《シャンユー》。話の続きをしよう」

私はカード・テーブルに客人を誘った。時刻は十六時を回っている。少し早いがよかろうと思い、ボーイに酒を注文した。

翔宇はほんの二時間前、何の予約もなしに私の家を訪ねてきた。面識がなかったわけではない。初めて見かけたのは礼査飯店《リチャーズ・ホテル》のレストランだった。その後も大世界《ダスカ》の賭博場や百楽門《パラマウント》のダンスホールで、何度も顔を合わせた。

言葉をかわしたのは、彼がフランス語の通訳を買って出たからである。大世界か百楽門か、あるいはどこかほかの遊戯場であったか、フランス女に口説かれて往生している私を、翔宇が救ってくれたのだった。

翔宇はフランス語のほかに、日本語も達者だった。礼儀正しく、挙措は優雅で、けつして怪しい人物とは思えなかった。江南の名家に生まれて外国に留学した御曹司が、上海租界で浮かれているとでもいえばたぶん中《あた》っていると思った。

だが、友人ではなかった。旧知の人でない限り、私は特定の人物を新たに近付けてはならなかったからである。

それでもことさら彼を警戒しなかったのは、類い稀《まれ》な、とでも言うべきその面相のせいだった。オールバックの髪は、遠目には帽子を冠って見えるほど豊かで、眉は凜と太く二重瞼の目元は涼しく、鼻筋が通って耳が大きく、唇はいつも引き締まっていた。つまり信じようと信じまいと観相学の常識からすれば、健康で長寿が約束されており、意志が強固で仁慈に溢れ、裕福で聡明で忍耐強い福相の標本のような顔の持ち主だった。

要するに、道教の観《てら》の周囲に集まる占い師たちが、客寄せのために飾っている「大《ダア》福相《フーシアン》」そのものだったのである。

考えてみれば、私がフランス語か日本語の通訳を必要としたとき、しばしば目の届く範囲に都合よく彼がいたというのもおかしな話だった。それでも、類い稀なる福相と優雅な挙措のせいで、私も妻も護衛官たちも、彼を疑うことがなかった。

その翔宇が、煙雨が東から流れてきた午下りに、モリエール・アヴェニューの私の家をひょっこり訪ねてきたのだった。

両手を挙げて身体検査を受けながら、「近くまで来たものですから」と翔宇《シャンユー》は悪びれもせずに言った。

ついで、か。そう思えば呆れて物も言い返せず、どうせ雨宿りのつもりだろうと考えて居間に通した。外套と帽子が乾く間に、ヨーロッパの思い出話をするのも悪くはなかった。

ところが、外套が乾くどころか冷えた体も温まらぬほんの一分後に、彼の思いがけぬ正体を知った。

明日からは南京だ、と私が言うと、翔宇は暖炉の炎に手をかざしながら、蔣介石《ジャンジエシイ》委員長とは面識があります、とべつだん誇るでもなく言った。

「ほう。それはまた、どういうご関係だね」

「留学先から帰国したあと、黄埔《ホワンプウ》軍官学校の教官を務めていました。蔣委員長は当時の校長でした」

私は聞き返さなかった。翔宇の正体が一瞬で知れたのである。

広州に黄埔軍官学校が設立されたのは一九二四年、第二次奉直戦争の年だった。国民政府と中国共産党の蜜月時代で、教官はソヴィエトの軍人が多いと聞いていた。むろん学生の少なからずは共産党員だった。

日本とフランスに留学し、帰国して黄埔軍官学校に迎えられた中国共産党のエリート。今はおそらく、地下工作員として上海租界に潜伏している。

ただし刺客ではない。私の命を狙うのなら、これまでにチャンスは何度もあったはずだし、身体検査をしても武器は出なかった。何よりも彼は、私がこれまで返り討ちに果たしてきた大勢の刺客のような、捨て鉢でエキセントリックな空気をまとっていなかった。

私が通訳を必要とするとき、なぜ彼は都合よくそこにいたのだろう。それは偶然ではなく必然――つまり翔宇は私の命を狙うのではなく、つきまとっていたのだと知った。

そして、散歩のついでと称して、とうとう私の屋敷の門前に立った。おそらく私が明日は南京に向かうこと、さらには「豫《よ》鄂皖《がくかん》三省剿匪《そうひ》副総司令」に任命されることも察知していたのだろう。

「将軍。あなたは鋭い」

長い沈黙のあとで、穏やかな福相を何ひとつ変えずに翔宇は言った。

「折り入った話をしにきたのだな」

「対《トエ》。お人払いを」

顔見知りの翔宇《シヤンユー》を歓待しようとする妻に、三階に上がるよう命じた。息子とともに二階の客間やサン・ルームではなく、安全な三階の寝室にこもって、呼ぶまでは出てくるな、と。こうとなれば何が起こってもふしぎはなかったから。

「長くなるか」

「おそらく」

「ならば話の最中に来客があるかもしれない。おそらく、君が世界で一番会いたくない男だ。出直すかね」

「いえ。将軍が南京に発つ前に、長い話をすませておかねばなりません」

私が紅軍と戦う軍隊の、事実上の総指揮官となる前に、という意味にちがいなかった。

それにしても、翔宇の胆力には驚かされた。共産党員が最も怖れるのは、憲兵でも警官でもない。去る年のクーデターで、共産主義者とそれに雷同した労働者を皆殺しの目に遭わせた、杜月笙《トウユエシヨン》である。

その折には国府軍に逮捕され、処刑寸前のところで脱出に成功したのだと翔宇は言った。

怖れるふうもなく、暖炉の前に佇んで凍えた手を揉む翔宇は、私の考える共産党員とは余りに異なった印象があった。土の臭いがしないのである。良く言えば情熱的な、悪く言うなら狂信的な、あのコミュニストの臭いが。

「将軍は蔣《ジャン》委員長の安内攘外策に賛同なさいますか」

いきなり心を読まれたような気がして、私は答えをためらった。翔宇は炎を見つめたまま続けた。

「かつては立派な将校を養成するために、蔣委員長の下で私が働いたこともあったのです。現今の内戦は愚かしい。同じ中国人が殺し合い、疲れ果てて、やがて国がなくなる。こんな戦争はするべきではない」

戸口に侍立していた陳《チェン》大佐が拳銃を抜いた。気配を感じてさすがに肩をすくませながらも翔宇は落ち着いていた。

「私を殺すのは、話しおえてからにして下さい。そうでなければ、将軍に無礼を働いた意味がありません」

拳銃を控えるよう、私は陳大佐に目で言った。

「では、話を続ける前に訊いておこう。君は私を欺いたか」

「不対《プートェ》」と、翔宇は強い口調で否定した。

「余分は言っておりませんが、嘘もついておりません」

賢い答えだと思った。私は嘘を許さない。

「名は」

「翔宇《シャンユー》は偽名ではありません。字《あざな》です」

そう言えば、姓を知らなかった。名刺を貰った憶えもなく、「翔宇」がどういう字を書くのかも、正しくは知らなかった。私にとってはその程度の男だったのだ。

「本名を知りたい。生かすも殺すも、誰だかわからぬのでは後生が悪い」

翔宇は私に向き合い、右手を背広の胸に当てて名乗った。

「中華ソヴィエト共和国臨時政府の、周恩来《ジョウエンライ》と申します」

ちょうどそのとき、門前でキャデラックのクラクションが鳴ったのだった。


カード・テーブルの上に、歳月を経て黝《くろず》んだ紹興の古酒が置かれた。

東北の白酒《パイジュウ》を飲み慣れていた私は、薄くて甘い南の酒が口に合わないが、瓶《かめ》ごと届けてくれたこの黄酒《ホワンジュウ》は例外だった。むろん、翔宇に贈り主の名は明かさなかったが。

已《や》んだと思えた白い雨はたそがれとともに上がりそこねて、ふたたびテラスを濡らしていた。

妻と子は眠り続けており、護衛官とボーイは声も届かぬほど遠い居間の隅で、こちらを注視していた。

カード・テーブルには緑色のランプシェードが低くかかっていて、翔宇の顔は上半分が翳《かげ》っていた。

彼が語る共産思想を、私はもともと理解しない。鏞《ヨン》のように筋の通った理屈があるわけでもなかった。父と私の国であった東北はソヴィエトと長い国境を接しており、ごたごたが絶えなかったからだ。私が卒業した東三省講武堂の将校教育においても仮想敵は日本軍や直隷軍閥ではなく、常にソヴィエト赤軍だった。よって、共産主義は敵だと決めつけていた。

しかし翔宇は聡明だった。私の偏見を察知するやただちに思想的な話題を避け、酒席にふさわしい雑談に変えた。

「子曰《ツーユエ》、学而時習之《シュエアルシーシーチー》、不亦説乎《プーイーシュイフー》――子《し》のたまわく、学びて時にこれを習う、またよろこばしからずや。何の役にも立たぬ学問を無理強いされた、最後の子供ですよ」

翔宇はそう言って豪快に笑った。科挙の廃止は西暦一九〇五年であるから、一八九八年に生まれた翔宇は七歳まで「子曰」と声を張り上げていたことになる。士大夫の名家に生まれた子供ならば、それでも運が良いと言えるだろう。何十年も挑み続けたあげく、目標が消えてしまった老生はいくらも知っている。

彼より二歳下の私にとって、論語はすでに古典だった。科挙制度が廃止されたとたん、たちまち学習する意義が喪われたのだと思う。もっとも「東北王《トンペイワン》の世子」とはかかわりのないことだが、教養としてあるいは道徳としては必要だから、ときどき生員の学位を持つ教師が家にやってきて、死ぬほどつまらない講義をした。

「おかげで仁の道を知らず、礼に悖《もと》る人間になった。しかし、信義は弁《わきま》えているつもりだ。よって介公の信頼にそむくわけにはいかない」

「お言葉ですが、将軍。莫逆《ばくぎやく》の交わりが必ずしも信義であるとは限りません。むしろ、善を責《すす》むるは朋友の道です」

「共産主義が善であるとは思えない」

「はい。主義主張はそれぞれです。しかし同胞が殺し合うことは、不善です」

私の顔色を窺いながら、翔宇《シャンユー》は話題を引き戻した。酒が進んでも背筋は伸びたままで、けっして私に対する礼をたがえなかった。

「科挙がなくなったので、天津《テイエンジン》の南開中学に進みました。日本に留学して明治大学に通い、京都大学ではマルクス主義に接しました。あらゆる資本を社会の共有財産に変えるという発想は衝撃でした」

「それから」と私は話の先をせかした。コミュニストのご高説などは聞きたくない。私が知りたいのは、この男が、いったい何の権威に頼って、張学良《チャンシュエリヤン》将軍の説得を試みているか、ということである。

「天津に戻り、五・四運動に加わりました」

酒を勧めた。そこまで聞けばあとは知れている。お尋ね者になって国外に脱出し、パリでほとぼりをさましてから国共合作の成った中国に呼び戻されて、黄埔《ホワンプウ》軍官学校の教官となった。おおむねそんなところだろう。

「校長とはうまく行っていたのかね」

「蔣《ジャン》校長はソ連の教官も共産党員もお嫌いでした」

清朝の保定軍官学校を卒業して日本に留学し、日本陸軍の軍人でもあった蔣介石《ジェシィ》が、極めつきの共産党嫌いであるのは当然だろう。なにしろ北伐途中の上海で、合作を反古《ほご》にして共産主義者を皆殺しの目に遭わせたのだ。

「よもや君は、私にクーデターを勧めているのではあるまいね」

翔宇は答えずに盃を呷った。

「だとしたら私は、君を殺さねばならない」

「莫逆の交わりに誓って、ですか」

私はきっぱりと言い返した。

「いや。信義に誓って」

拳銃を握って歩み出た陳《チエン》大佐を、私は手を挙げてとどめた。

「やめておけ。昼寝の邪魔だ」

覚悟を決めたように瞑《つむ》った目を、翔宇《シャンユー》はゆっくりと瞠《みひら》いて、大きく息をついた。それでも背筋は立てたままだった。

いったいこの男を支えている権威とは何だろうと、私はもういちど深く考えねばならなかった。

陳大佐はモーゼルを後ろ手に握ったまま、翔宇を見つめていた。表情が堅かった。

「どうした、剪髪《ジャンファ》」

最も信頼できる護衛官の渾名は「床屋」だ。父と私の親子二代にわたって、彼は床屋が髭を当たるのと同じくらい造作もなく、大勢の刺客を返り討ちに果たしてきた。もし私の思い過ごしでなければ、その陳大佐が胸を撫で下ろしたように見えたのである。

「君は私の部下に魔法でもかけたのかね」

「いえ」と、コミュニストとガン・マンは口々に否んだ。

二階に身を潜めていたほんのわずかの間に、忠実な護衛官が共産主義に染まるはずはない。

翔宇がカード・テーブルに両肘をついて身を乗り出した。どうにもくたばりそうもない福相が、緑色のランプシェードの下に顕われた。

そして、思いもよらぬ話を始めたのだった。

「私と彼は、かつてある場所に居合わせ、ある瞬間を共有したのです。それがわかったとたん、思わず大声を上げてしまいました。まるで、二十年ぶりで友人にめぐり遭ったように」

護衛官は私の黒衣《くろご》に過ぎない。乾児子《カンアルヅ》と呼ばれる少年のころから、父と私の黒衣であり続けた陳一豆《チエンイードウ》が、いったいいつどこで、コミュニストと接点を持ったのだろう。

むろん、陳大佐に対する信頼が揺らいだわけではない。翔宇と陳一豆はこれまでにも、ダンスホールや賭博場で幾度も顔を合わせている。まさか二十年ぶりにめぐり遭った友人であるはずはなかった。

陳大佐は感情を表わさぬ顔のまま、不動の姿勢をとっていた。

雨の庭に眩ゆげな視線を向けて翔宇は続けた。

「あの日も雨が降っていました。一九一三年の三月二十日。十五歳の私は故郷から天津《ティエンジン》に向かう途中でした。四書五経を捨てて、新たな学問を始めるために。雨の上海駅頭で、私は宋教仁《ソンジアオレン》の演説を聞いたのです。第一声で体が震え、たちまち顔が紅潮しました。あの夜の彼は、目に見える神だった」

それは清王朝が倒れ、民国が成立して間もない、混沌とした時代の出来事である。私はまだ奉天《フォンテイエン》にあって、家庭教師たちからさまざまの学問を詰めこまれていた。孫文《スンウエン》や袁世凱《ユアンシイカイ》にかわって民国の指導者になると言われていた宋教仁が、上海で暗殺された。父は日がな一日ひどく不機嫌で、「孫文の腐れ卵野郎」だの「袁世凱の糞ったれ」だのと怒鳴り続けていた。

「宋教仁は言いました。中国に愚民などはただのひとりもいない。中華国民は老若男女これ等しく、世界第一等の賢人である、と。だから孫文の言う賢人支配などは必要ない。袁世凱の提唱する立憲君主制も誤りである。われわれの国のかたちは民主共和政体しかありえぬ、と。国家は神が支配するのではなく、ましてや神に信託された人間が支配するものでもない。この国の主権者は諸君であり、この国の統治者は諸君であると、宋教仁は人々を諭しました」

翔宇《シャンユー》の熱いまなざしが耐え難く、私は陳《チエン》大佐を振り返って問い質した。

「剪髪《ジャンフア》。君は何か勘違いをしているのではないかね。父の従兵だった君が、上海にいたはずはない」

陳大佐は長靴《ちょうか》の踵をかつんと鳴らして私に正対した。

「お答えします。本官はその日、上将軍《シャンジャンジュン》のご命令により宋教仁閣下の護衛を務めておりました」

「それは初耳だ。なぜ父が宋教仁に気を遣う」

「宋閣下があまりに無防備ゆえ、ひそかに護衛を付けたのです」

そう言ったなり、陳大佐は顔だけを力なく俯けた。

「もういい。今さら君が悔いても仕方あるまい」

もしや父は、宋教仁こそが龍玉《ロンユイ》を托すべき人物だと考えていたのではあるまいか。だとすれば、あたりかまわず怒鳴り散らしていたあの日の父の、異常な憤りと困惑もわからぬではない。

翔宇は姿勢を正し、朗々と続けた。

「七年に学を論じ、友を取るを視る。これを小成と謂《い》う。九年に類を知りて通達し、強立して反《かえ》らず、これを大成と謂う」

礼記《らいき》の一節である。語るほどに、翔宇は声を詰まらせた。

「宋教仁《ソンジアオレン》は言ったのです。われわれは五千年もの間、のうのうと生きてきた。だからその五千年ののちのこの七年で、小成しようではないか。この九年で大成しようではないか、と。私はその言葉を胸に括って、学問に励みました。しかし七年後も九年後も、パリでのうのうと暮らしていたのです。そして二十一年後の今となっても、同胞相撃つ戦争すら止めることができません」

事情はあらまし理解した。二十一年前のその日、周恩来《ジョウエンライ》は天津《テイエンジン》に向かう途中の上海駅で宋教仁の演説を聞き、陳一豆《チエンイードウ》は蔭ながら、その英雄を護衛していたのだ。翔宇《シャンユー》を支えている権威が共産主義ではなく、二十一年前にその耳が聴いた、宋教仁の声であると私は確信した。言葉だけで他者の人生を変えるなど、はたしてできるだろうか。しかも、相対して言って聞かせるのではなく、群衆を前にした駅頭の演説などで。

その夜の宋教仁は、まさしく目に見える神だったのだろう。そして数分後に死する人の末期《まつご》の声は、神の託宣にも等しい実力を持っていたにちがいない。

翔宇は雨の中の群衆のひとりとして、陳一豆は演者の背後から、その神の声を聞いた。

二階に身を潜めているうちに、何かの拍子で二十一年前の上海駅頭の出来事が話題になった。同じ場所に居合わせ、同じ瞬間を共有したと知った二人は、はからずも大声を上げてしまった。

翔宇は熱く語った。

「将軍。安内攘外策は誤りです。ただちに内戦を停止して、中国人はひとつにならなければいけない。そうでなければ、私たちの祖国が地球上から消えてしまう。その悲劇をとどめることができるのは、蔣介石《ジャンジエシイ》でも毛沢東《マオヅオトン》でもありません。張学良《チャンシユエリャン》ただひとり。そのことを伝えるために、私はここを訪れました」

みなまで聞かずに私は席を立ち、たそがれの窓辺に倚った。

黄浦江《ホワンプージアン》からやってくる煙雨は、相変わらず薄絹の帳《とばり》となって寄せていた。

私は目をとざした。窓ガラスに映る陳大佐と周恩来の姿が、眩ゆくてならなかった。

すると瞼の裏に、上海駅頭のバルコニーに立つ宋教仁のまぼろしが見えた。降りしきる雨を貫いて、幾条ものサーチライトが痩せた男の姿を闇に浮かび上がらせた。

宋教仁は叫んだ。

「わが勲《いさおし》はひとえに、民の平安である。そのほかの名誉は何もいらない。私が勲とするところは、ひとえに民の平安である」

そこで宋教仁《ソンジアオレン》は息を入れ、テールコートの袖で瞼を拭った。

「敬愛する中華人民諸君！　どうかこの歓呼の声を、私に対してではなく、祖国の未来に向けてほしい。この地球のまんなかに咲く、大きな華に。けっして枯れることもしおれることもない、中華という大輪の華に」

志なかばにして斃《たお》れた英雄の魂は、ひとりの革命家に引き継がれ、またひとりの軍人の拳銃に宿って私の命を護り続けた。

そう思えば、宋教仁のまぼろしが、二十一年の時を踏み越えて今まさに私に対して語りかけているような気がした。

思い屈してテラスに出た。両手をかざして雨を浴びながら、あなたならどうなさいますかと、私は亡き父に問うた。

六十八

遥か遥かな昔、奉天府には明国《みんこく》の総兵官があって、満洲族を虐げ苛斂誅求《かれんちゆうきゆう》の限りを尽くしていたころのことです。

十六歳のヌルハチが街道の宿駅を通りかかりますと、土埃を巻いて吹き荒れる蒙古風を楊柳の根方に避けて、老いたラマ僧が経を誦《ず》しておりました。

それは六字大明陀羅尼《ろくじだいみょうだらに》の真言で、どうやら飢えて力尽き、おのれ自身を冥土に送らんとしているように見受けられました。

楊柳の並木は今にも折れんばかりに撓《たわ》んでいます。濁った空には石くれや木の幹が渦を巻いています。どうかすると畑から逃げ遅れた農民が、蝙蝠《こうもり》のように飛んでゆくのです。宿駅の家々はどれも固く扉を鎖《とざ》しておりました。

覚悟を定めて経を誦すラマ僧が哀れに思えて、ヌルハチは馬から下り、路銀を革袋ごと差し出しました。

「お坊様、お坊様、私は根っから神仏を恃《たの》まぬたちだから、これはお布施ではありませんよ。困っている人を捨てておくわけにはいきません。さあ、宿屋の扉を叩きなさい」

命を救われたラマ僧は、おのれのためにではなくヌルハチのために陀羅尼経を唱えながらこう言いました。

「オンマニペメフン。オンマニペメフン。慈悲深き若者よ。おぬしにはきっと観音様のご加護があるだろう。オンマニペメフン。オンマニペメフン」

ふたたび街道を進むうちに、蒙古風はいよいよ吹きつのり、空には家や大木が渦を巻くほどになりました。

無一文になってしまったヌルハチは、いつものように慈悲心とやらを悔いました。どれほど力が強くとも、どれほど騎射の術に長けていても、厄介な慈悲心とやらのせいで、ヌルハチはいつも貧乏でした。

二十里を進んで次の宿駅に至ると、困ったことに槐《えんじゅ》の根方に風を避けて、女の薩《サ》満《マン》が地べたに俯しておりました。

「デヤンク、デヤンク、慈悲深き人よ。チンゲルジ、インゲルジ、たくましき若者よ。どうか憐れみを垂れたまえ」

ヌルハチが知らんぷりで通り過ぎようとすると、薩満《サマン》はやおら身を起こし、楡《にれ》の枝の桴《ばち》で鼓を叩きながら唄い始めました。

「婆さん、すまないが私は一文なしなのだ。あなたを救けたくとも救けようがない」

すると薩満は立ち上がって、腰縄に吊る下がった神鈴を鳴らし、鼓を叩いて踊ります。

「ケラニ、ケラニ、剣も弓矢もあるではないか。デニクン、デニクン、馬もおるではないか」

ヌルハチは考えました。たとえ無一文であろうと、ジュルチンのつわものにとって剣と弓矢と馬とは、命と同じくらい大切なのです。しかし老いた薩満には命ひとつしかないのだ、と。

そして迷うことなく馬から飛び下り、手綱を薩満に托したのです。

「さあ、婆さん。この馬に跨ってどこへなりとも行くがいい。さもなくば売り払って路銀にするがいい」

命を救われた薩満は踊りながら唄いました。

「ホバゲ、イエバゲ、心やさしき人よ。ホゲヤゲ、ホゲヤゲ、おまえ様にはきっと文殊菩薩の功徳があるじゃろう」

もともとヌルハチは神仏の加護や功徳を欲して善行を施したわけではありません。だから聞く耳を持たずに、箙《えびら》を背負い弓と剣を手にして、さっさと歩き出しました。

それから三日三晩を歩きつめて、四日目の日昏れどきにようやく奉天府にたどり着きました。

「その話はもう百回も聞いたわ――」

私の胸に頰を預けたまま、妻は溜息まじりに言った。

話が面白いかつまらないかはともかく、私自身の声が遮られたことに驚いた。たぶん生まれてこの方、玉音に他者の言葉が割りこんだことなど、ただの一度もなかったはずである。

「ねえ、ヘンリー。どうしてあなたは、ご先祖様の話しかして下さらないの」

幸福な日光浴のひととき、妻に話を聞かせるのは習慣になっていた。しかし言われてみればなるほど、その内容は幼いころ太監《タイチエン》たちから寝物語に聞いた、肇国《ちょうこく》の神話や祖宗の伝説ばかりだった。

それらも私なりに作り変えてはいるのだが、数を重ねればやはり同じような話になってしまう。百回は大げさにしろ、妻が退屈するのも当然だった。

「ほかの話を知らないんだ」

つい本音を洩らしたとたん、西の方角から雲の塊が流れてきて、高窓に豁《ひら》けた空を濁らせた。

夫婦の会話は底をついていた。北京や天津《テイエンジン》の思い出は口に出すだに悲しく、私たちの共有する体験は貧しかった。だから妻は私の独り語りをせがむのだが、私には日ごろ小説を読む習慣もなく、庶人の子らが当たり前に知っているお伽話すらもよくは知らなかった。

「だったら、それでいいわ」

雲が流れ去っても、私の顔は翳《かげ》っていた。バスローブの胸をはだけたまま、妻が被いかぶさるようにして私を見つめていた。洗い髪の醸《かも》す女の匂いがうとましくてならず、思わず顔をそむけた。

「お願いよ、ヘンリー。話を聞かせて」

耳朶《じだ》を嚙みながら妻が囁《ささや》いた。

私たちは同い齢で、十六歳の冬に結婚し、十一年をともに過ごした。その間、妻が同じ年齢だと感じたことはない。女のほうが早く大人びるものだと聞いていたが、二つ三つ齢上に思える印象は、いつまでたっても縮まらなかった。

原因のひとつは、妻が天津租界の自由な空気の中で育ったからであろう。そしてもうひとつは、私が生母を知らず、姉もいなかったせいだと思う。

大婚のその日からずっと、婉容《ワンロン》は私の妻である前に母であり姉であり、憧れでなければならなかった。

もし私を性的不能者だと診断する医者が現れたなら、反論する準備はできている。いったい世界中のどこに、母や姉を女として抱く男がいるのだ、と。

あるいは、もし私を同性愛者だとするゴシップ記事が書かれたなら、やはり反論は用意してある。

婉容《ワンロン》を愛している。心の底から。乾隆陛下が香《シャンフェイ》妃様を愛したように、光緒陛下が珍《チェンフェイ》妃様を愛したように。しかも妃嬪ではなく皇后を。

「ねえ、ヘンリー。話を続けて」

私は女の息がかからぬよう、妻のうなじを肩に抱き寄せて、忘れかけた昔話を語り始めた。

ヌルハチがへこたれたのは、総兵官の屋敷の門前でありました。

何の下心があったわけではありません。日が落ちて夜寒が身にしみ、腹がへって一歩も動けなくなった場所が、たまたま明国の総兵官たる李成梁《リイチヨンリヤン》の屋敷の門前であったのです。

屈強な門番が近寄ってきて、「おい、小僧。くたばるのなら寺に行け。さもなくば犬の餌だぞ」と叱りつけました。

「おや。行き倒れにしては立派な道具を持ってやがる。何か事情があるなら聞いてやろう」

水をふるまわれて息を吹き返し、ヌルハチは身を起こして答えました。

「剣と弓矢は命より大切です。ほかに事情はありません。お寺はどちらですか」

するど門番はほとほと感心し、衛兵長を呼びに行きました。

髭面《ひげづら》の衛兵長が言うには、

「剣も弓矢も手放さずに飢え死のうとは、見上げた心がけじゃ。寺になど行かんでもよい」

こうしてヌルハチは屋敷内に担ぎ込まれ、肉と高粱飯《ガオリヤン》をふるまわれて甦りました。のみならず、汚れた体を洗い新しい衣まで与えられて、お屋敷に雇われることとなったのです。

井戸端で水を浴びながら、ヌルハチはふと気付きました。

右足の腓《こむら》に七つの痣《あざ》ができており、虫に食われたかと思って左足を確かめれば、やはり同じところに七つの痣がありました。

痛くも痒くもなく、ごしごしとこすっても落ちません。しかもためつすがめつするうちにそのかたちは、北斗七星の柄杓《ひしゃく》に見えてくるのです。

神仏を信ずることのないヌルハチも、さすがにこう考えました。

もしや右足の北斗星は、観音様のご加護のあかしではないのか。

もしや左足の北斗星は、文殊菩薩様の功徳のあらわれではないのか。

そのおかげで自分は三日三晩を歩きつめてなお死なず、お屋敷に雇われる幸運まで授かったのではないのか、と。

さて、お目通りをした李《リィ》総兵官が言うには、

「ほう。この者、目に一丁字もなく、経文のひとつも知らぬというが、なかなかの面構えをしておる。さては騎射の技に覚えがあるか」

ここで自慢のひとつもしようものなら、かえってまわりからうとまれるやも知れません。

「格別の腕前ではありませぬ。剣も騎射も、ジュルチンの心得なれば」

漢族は畑を耕して生計《たつき》としますが、満洲族は巻狩で仕留めた獣の肉を食い、皮を衣とするのです。よって漢族の明から見れば、関外の満洲族は野人であり、また騎射の術に長けた怖るべき異族でもありました。明国には満洲族に対する蔑みと脅えがともにあることを、ヌルハチは読み取っていたのです。

「格別の腕はなくとも心得があるのなら、下働きの小僧にしておくのはもったいない。これからはわしの侍衛を務めよ」

こうしてヌルハチは、李総兵官のお側近くに仕えることとなりました。

その夏、総兵官は五千の軍隊を率いて大遼河のほとりを巡りました。輿《こし》のかたわら

には、黒鹿毛の馬に跨ったヌルハチの姿がありました。

軍勢が東に百里を進み、撫順《フーシュン》を過ぎて唐松の深い森に入ったころ、一頭の大きな虎に出くわしました。山をも動かすほどの吠え声を聞いたとたん、兵隊たちは怖れおののいてちりぢりになってしまいましたが、ひとりヌルハチだけは総兵官の輿の前に立ちはだかり、唸りながら近寄ってくる虎に向かって弓弦を引き絞りました。

ひょうと放たれた矢は虎の胸を貫き、二の矢は顎を砕き、それでも遁《のが》れんとするところを追いすがり、剣を抜いて馬上から飛びかかるやみごとに咽《のど》をかき切ったのです。

それはほんの一瞬の戦いで、総兵官も兵隊たちも喝采《かっさい》すら忘れて立ちすくみました。大虎を斃《たお》した腕前はまさか騎射の心得とばかりは思われず、格別の腕前どころか神業と見えたからです。

奉天府に還ったのち、ヌルハチは褒美として大枚の銀と、侍衛長の地位を与えられました。そのとき答えて言うには、

「銀は科《とが》なくて死んだ虎の供養をさせていただきます。いまだ十六の若輩ゆえ、侍衛長の任は重すぎます」

人々はほとほと感心し、口を揃えてヌルハチを讃えました。

「満招損《マンチャオスン》、謙受益《チエンシヨウイー》、時乃天道《シーナイテイエンタオ》——」

話の中途で思いつくままに、私は「書経」大禹謨《だいうぼ》の一節を唱えた。

満は損を招き、謙は益を受く。これすなわち天道と。

満ち足りて驕り昂《たかぶ》る者は損失を蒙り、謙虚な者はおのずと利益を得る。これは天の道理である。

「私たちは満ち足りていないわ」

妻が耳元で呟いた。

「対《トエ》。だから損を蒙ることはない」

「でも、損をしているわ」

「謙譲の心が足りないのだろう」

「そうかしら」

私の肩から顔をもたげて、妻は寝室を見渡した。

庶人の目からすれば、豪奢な御殿にちがいない。だが、中華皇帝が住まうにしては、余りにも粗末な仮宮殿である。そして私たちは、同じ寝室で朝を迎えることがない。

これでも謙譲の心が足りないのですか、と妻が抗議したように思えた。むろん言葉にはできまい。どれほどの不満があろうと、妻が阿片に溺れているのはたしかなのだから。

言い争いを怖れて、私はバスローブの背を抱き寄せた。

「もうじき復辟《ふくへき》が成る。共和制は帝制に変わる。私たちが満ち足りず、謙虚であり続けた結果だ」

話が尽きれば、妻は自室に戻って阿片を喫《の》み始める。少しでも正気でいてほしいから、私は語り、抱き寄せる。

窓辺に番《つがい》の小鳥がとまって、ガラス越しに寝室を覗きこんでいた。鵲《かささぎ》よりは小さく、雀よりは大きい名も知らぬ鳥だった。

私の示す指先をたどって、妻は小鳥に視線を向けたが、面白くもおかしくもないというふうにまた顔を伏せてしまった。

「ヘンリーは物知りだから」

「だが、鳥の名は知らない」

「お説教のことよ」

「ああ、べつに説教をしたつもりはないんだ。ふと思いついてね」

物心ついたころから詰めこまれた学問のうち、のちに役立ったのはレジナルド・ジョンストンに習った英語ぐらいのものだろう。四書五経や古典籍の丸暗記にあれほど時間を費すのなら、せめて花や鳥の名を教えてほしかった。

記憶していた書経の一節も、そうした学問の成果ではない。生家である醇《チュン》親王府に、祖父の筆になるその銘文があった。古ぼけた欹器《きき》に刻まれた箴言《しんげん》を、私はまるで家訓《かきん》のように記憶していたのである。

満は損を招き、謙は益を受く。

初代醇親王奕譞《イーシュアン》は偉大な人物であったが、誰にとっても祖父は偉大なのだから、実のところはわからない。ただ、ふいに絶えてしまった正統の血脈にかわって、わが子を光緒帝として玉座に昇せ、なおかつ孫である私が宣統帝として即位したのはたしかだった。

しかし、その事実は祖父にとって、必ずしも益であったとは言えまい。伯父よりも父のほうがまだしも幸せであろうし、私よりも弟たちのほうが、ずっとましな人生だと思うからである。

満は益を受け、謙は損を招く。

それが真実なのではないかと私は疑った。すなわち、驕りも謙《へりくだ》りもなくて、世の中は力こそがすべてなのではなかろうか、と。

「続けてよ、ヘンリー」

体が阿片を欲しているのであろう。妻は腿を私の脚に絡め、胸に爪を立てて身悶えた。

「お願い、あなたの声を聞かせて」

ヌルハチのせいで立つ瀬のなくなった侍衛長は、李《リィ》総兵官に告げ口をしました。

「お気をつけなされませ、閣下。ヌルハチめの脚には、北斗七星の痣がござりまするぞ。しかも左右の腓《こむら》にありありと」

北斗七星は天穹の北極星の近くを回座するゆえに、天に服《まつろ》う皇帝の星とされます。よって体にその徴《しるし》を持つヌルハチは、やがて天下を窺い、帝位に就くやもしれません。

しかしヌルハチに目をかけている総兵官にはにわかに信じられず、恋仲にあると噂される端女《はしため》を呼んでひそかに問い質しました。

「おまえはヌルハチと親しいらしいが、素足など見たことはあるか」

端女が顔を赤らめて申すには、

「やつがれはまだほんの子供ゆえ、男の体に触れようはずはござりませぬ。けれどお み足ならば、井戸端にて洗ってさし上げたことがございます」

総兵官は息を詰め、穏やかに訊ねました。

「ヌルハチには瑞兆の痣があると聞いた」

「はい、はい、それならば北斗の七つ星が」

「何と、北斗星が」

「左右の腓にありありと」

聞くやいなや、総兵官は相を改めて侍衛長を呼び、ただちに命じました。「ヌルハチを殺せ」と。そして青ざめる端女にも釘を刺しました。

「もろともに殺されたくなければ、物を言うてはならぬ。よいな」

ハイと答えたものの、端女の肚は定まっておりました。愛する人の命はおのれの命より重かったのです。

それは月のない星降る晩のことで、夜陰に紛れて寝込みを襲われれば、さしものヌルハチも抗えまいと思えました。

端女は侍衛たちの住まう廠子《チャンツ》へと走り、温床《オンドル》の上で眠るヌルハチを揺り起こして告げました。

「あなたは殺される。すぐに逃げるのよ」

それから寝呆けまなこの恋人の手を引いて厩《うまや》に行き、千里を走る青い馬と、強く賢い青い犬を与えました。

「おまえもともに逃げよう」

「いえ、女連れでは逃げ切れません。さあ、早く」

青い馬も青い犬も総兵官に忠実でしたが、日ごろ世話をしている端女にはさらに従順でした。そして何よりも、満洲に生まれ育った馬と犬でありました。

「青き犬《ヤチン・インダフン》よ先駆けて導け。青き馬《ヤチン・モリン》よ千里を走れ。北斗七星《ナダン・ウシハ》の加護あらんことを」

端女が命ずると、犬と馬は引き開けられた裏門から風のように駆け出して、たちまち闇に紛れてしまいました。

捕えられた端女は総兵官の部屋に引き立てられ、後ろ手に縛られて梁から吊るされました。さんざんに打ち据えられ、生殺しの目に遭わされても、自分が生きている間はヌルハチも死なないのだと思い定めて耐え続けました。

愛しい人よ、一里でも遠くへ。

端女はけっしてみずからの死を怖れず、ただ恋人の死を怖れたのでした。

西の高窓には北斗星が懸かっていて、端女を励ましてくれました。そうして幾夜かを耐え、星が巡って窓から見えなくなると、端女の命も尽きました。

「――満洲族の家に必ず西向きの窓があるのは、この故事にちなむらしい。夫が狩や戦に出れば、妻は窓の下に蔭膳を据えて、星に祈るのだそうだ」

私の胸の上で少し考えるふうをしてから、婉容《ワンロン》はいくらか疑わしげに、「そうかしら」と呟いた。

「御城には西向きの窓なんて、ひとつもなかったわ」

なるほど言われてみれば、紫禁城《ヅチンチヨン》の御殿は窓も扉も南と北に設《しつら》えられており、東西は壁であった。外朝の三殿も内廷の諸宮殿もみな同様である。すなわち礼に則り風水に順って気を正しく通さんとすれば、建物という建物はみなそうした形に定まる。

「祖宗は四百余州を治めるため、漢族の暮らしに倣ったのだよ。だから御殿に西向きの窓は開けなかったが、庶人の家はきっと今もそうなっているはずだ」

さて、それはどうだろう。五族協和とは言うものの、三千万国民の八割方は漢族で、満洲族はほんのわずかである。むろん庶人の家の中など覗いたことはなし、「必ず西向きの窓がある」だの「きっと今もそうなっている」だのは、私の願望と想像でしかなかった。

「私もお星様にお願いしようかしら」

「君の夫は狩にも戦にも出ない。いつもここにいる。いったい何をお願いするのだね」

「私の寝室にいらして下さるように」

奥歯で怒りを嚙み潰し、きつく目をとじた。妻を叱りつける正当な理由は見当たらなかった。皇帝の行いに非があるはずはないが、夫の務めを十全に果たしていないのはたしかだった。

心を鎮めてから、妻の肩を抱き寄せた。

「乾隆様は巻狩を好まれたし、鎧《よろい》を召されて戦陣にも立たれた。だが私は、今どき狩でもあるまいし、国軍を率いて長城を越えるわけにもいかない。いつもこうして、君のそばにいる」

このごろ私たちの会話は、少しも嚙み合わなくなっていた。外出もままならず、訪ねてくる人と会うだけの生活は、ただでさえ狭苦しい仮宮殿を、いっそう住みづらくしていた。私たち夫婦は籠の中でたがいを啄《ついば》み、はては羽を毟《むし》り合う小鳥のようなものだった。

ふいに妻が、思いがけぬ名前を口にした。

「漢卿《ハンチン》が帰ってきたの。ご存じですか」

イギリスに亡命したはずの張学良《チャンシュエリャン》が、一ヵ月ほど前に突然帰国した。今は上海にあって、近々軍務に復帰するという噂である。

私と彼のかかわりは余りにも複雑すぎて、誰に対しても話題にのぼせることはできない。むろん誰も、彼の消息を私に伝えはしなかった。新聞記事で知り、心にとどめているだけである。

「ああ。帰国したことは知っている。だが、興味はない」

私と二人の妻、そして漢卿と二人の妻は、かつて天津《ティエンジン》社交界のスターだった。しかしそれは今や前生の記憶のように朧《おぼ》ろで、とうてい数年前の出来事とは思えなかった。

私とてあのころの自由を、懐しまぬわけではない。それでも張学良の名は満洲国の禁忌であった。大臣も役人も関東軍の将軍たちも、私の前では彼の名を噯《おくび》にも出さなかった。張学良などという人間は、はなからこの世に存在しなかったとでも言うように。

しかし、けっして夢ではない。

起士林《チーシリン》でクリームソーダを舐めながら語らったことも、イタリア租界の賭博場で打ち揃ってカモにされたことも、慶《チン》王府のダンスパーティで競い合ったことも。さほど親しかったわけではないが、私と漢卿は、私たちしか理解できない「貴子の感情」とでもいうべきものを、共有していたように思う。

そもそも満洲は、その名の通り満洲族の故地であった。私の父祖は長城を越えて中原に至り、満洲を封禁の聖域とした。

しかし飢饉の折などには、流民の群が長城を逆に越えて満洲に至った。華北の乾燥地帯に比べ、満洲は冬の寒さこそ厳しいが、むしろ土地はずっと肥沃だった。

漢卿の父祖はそうした貧しい漢族の流民であったという。やがて「白虎の張」と呼ばれた張作霖《チャンヅオリン》は、大清の威勢が衰えたころに無一物の馬賊から伸し上がり、東三省をわがものとする東北軍閥を形成した。

私にしてみれば、張作霖は国土の四分の一を奪った謀叛人である。だが皮肉なことに私は、その土地に打ち立てられた満洲国に執政として迎えられ、のみならず雌伏のときを堪えて、帝位に就かんとしている。

一方の漢卿は、故郷を日本軍に奪われ兵を蔣介石《ジャンジエシイ》に譲って、姿を消してしまった。

そうした私と彼のかかわりは、今さら考えても仕方なかろう。誰であろうと、人生思い通りにはならない。ただそれだけのことだ。

おそらく、この先も。

青い馬は千里を走りおえて、とうとう動かなくなりました。

「ヤチン・モリンよ、よくぞ駆けてくれた。わが子孫はとこしえに馬を大切にし、またとこしえに青き馬を崇めるであろう」

ヌルハチは馬を捨てて歩み始めました。青い犬の導くところ道は開かれ、水も木の実も、寒さを凌ぐ洞もありました。そしてさらに千里を歩んで、犬はとうとう動かなくなりました。

「ヤチン・インダフンよ。よくぞ導いてくれた。わが子孫はけっして犬を食わず、またけっして犬の皮をまとわぬであろう」

ヌルハチはひとりぽっちでさらに千里を歩きました。大興安嶺の山ぶところに入っても、総兵官の追手はあきらめません。それどころか数を増して、まるで巻狩のようにヌルハチを追いつめます。火を焚くこともできないので、昼間は洞《ほら》に身を隠し、日が昏れたころ歩き出しました。

馬や犬にかわって供連れとなったのは、夜目にも白い鵲《かささぎ》の群でした。先に立って導き、肩や頭にとまって励まし、また追手が近付けば鳴いて知らせてくれました。

山深い湖のほとりまできて、ヌルハチは力尽きました。もはや水を飲む気力さえありません。それでも鵲はかわるがわる湖の水を羽に含ませて、ヌルハチの唇に運んでくれました。森の奥から、茱萸《ぐみ》や山査子《さんざし》や栗の実をくわえてくる鵲もおりました。

ヌルハチは天に問いました。

「こうもつらい思いをしてまで、なぜ私は生き続けなければならないのですか。もしこの有様が観音様のご加護や文殊菩薩様の功徳であるのなら、筋ちがいというものです」

すると、それまできっぱりと晴れていた空がにわかにかき曇り、雷鳴が轟き、錦繡《きんしゅう》の森をおののかせて大粒の霰《あられ》が降り始めました。

天が叱ったのです。そうではないのだ、と。両脚の北斗七星は、おまえひとりが授かった加護や功徳などではなく、漢族の皇帝に代わって天下万民がおまえを戴く徴《しるし》なのだ、と。

しかし、天の声は聞こえません。心も通じません。だからヌルハチは、迫りくる雷《いかずち》もたばしる霰も、自分の願いを天が聞き届けてくれたのだと思って覚悟を定め、静かに目をとざしました。

その様子を見て驚いたのは鵲たちでした。もしヌルハチが天命にそむいて死んだとしたら、八大地獄の底に落とされてしまいます。天下はいよいよ乱れます。

そこで鵲たちは、天の怒りが静まるまでヌルハチを庇わなければと思い、そちこちの枝から舞い下りて翼を拡げ、その肌を啄み、生きよ目覚めよと鳴き騒ぎました。

そんな折も折、足跡をたどって総兵官の追手がやってきたのです。鎧兜に身を固めた、見るだに剽悍な一騎当千のつわものどもでありました。

「せっかく追いつめたと思うたら、勝手にくたばって鵲の餌か」

「このような穢《けが》れ首を持って帰れば、勲《いさおし》どころか科《とが》を蒙るぞ」

「剣を呑んで湖に身を投げたということでよかろう」

「死んだはたしかゆえ、これで天下は安泰じゃ」

「そうじゃ、そうじゃ、衛所に還ろうぞ」

いっそう鳴き騒ぐ鵲の群に埋もれて、ヌルハチは小《こ》動《ゆる》ぎもせず息すら止めて、死人を装っておりました。

そのさまがよほど気味悪かったのか、つわものどもはたちまち馬首を返して駆け去って行きました。

蹄の音が聞こえなくなったころ、ヌルハチはむっくりと身を起こし、鵲たちに両手を差しのべて言いました。

「心やさしき鵲よ。よくぞ護ってくれた。わが子孫は月ごとの祭天礼に神杆《しんかん》を立て、豚の臓物を供えてこの恩に報いるであろう」

いつしか雲は去り天は青く霽《は》れて、大興安嶺の山々から幾筋もの虹が渡っておりました。

こうして窮地を脱したヌルハチは、のちに天命を奉じて皇帝に即位するのです。その子孫たちは馬を尊び犬を愛し、また月に一度は宮殿の露台に杆《はしら》を立て、鵲の餌を与えることも忘れません。

「啊呀《アーヤー》！」

私の胸の上で眠ってしまったと思えた妻が、小さな驚きの声を上げた。

「坤寧宮《こんねいきゆう》の露台に竿が立っていたわ」

「そう、それだよエリザベス」

「小鳥の餌台ではなかったのね」

ようやく夫婦の会話が成立したように思えて心が浮き立った。

それは長さ十フィートもある鋼鉄の竿で、先端は皿の形になっていた。長さと重みのせいで少し撓《たわ》み、鵲に肉を与える祭祀などは忘れられて久しいのか、風雨に晒されたまま赤錆びていた。

坤寧宮は紫禁城内廷の正殿である。私は幼いころからしばしば玉座に昇って、退屈な時間を過ごさねばならなかった。だからおそらく、その神杆は私の視野に入っていたはずなのだが、余りにも身近すぎて、たとえば同じ露台に並ぶ神亀仙鶴や獅子の置物と同様の風景にすぎなかった。

いくらか齢が行ってから大総管太監《ダアツオンクワンタイチエン》の李春雲《リイチユンユン》がそうと教えてくれるまで、御花園に小鳥を集めるための餌台だと思っていた。いや、妻もそう思っていたのだから、寝物語を聞かせてくれた太監や女官たちもみな、その鉄の竿が伝説の神杆だとは知らなかったのだろう。

聞くところによれば、奉天故宮の内廷にもその神杆は立っているらしい。まさに二代太宗公が政を執った御殿であるから、月々の祭天礼の折には先端の皿に豚の臓物が盛られ、鵲に与えられたのであろう。

だが、私は奉天故宮を訪れたことがない。奉天城内に昔のままの姿であるというのに。南満洲鉄道の急行列車に乗れば、たった四時間半の場所であるのに。

故宮の探訪も、太祖太宗公の墓参さえもできぬ理由は、日本にとっても中華民国にとっても、満洲国が大清の復辟であってはならないからである。それは聞くまでもないことであるから、私はあえて希望もしない。

もし日本が、大清の復辟という私の悲願を容れるならば、そもそもこの凍餒蛮野《とうたいばんや》のただなかに新しい京《みやこ》を造る必要などなかったのだから。

「そこのバルコニーで、鵲に餌をあげようか」

「豚の臓物はいやよ」

「ソーセージならいいだろう」

妻はクスッと笑った。

「鵲が気付く前に犬たちが食べてしまうわ」

囂《かしま》しい犬の吠え声が聞こえる。妻は六匹の狆《ちん》を飼っていた。夫婦の時間を大切にするため、犬たちを私の寝室に入れることは禁じている。きょうはふだんよりご主人様の帰りが遅いので騒ぎ始めたらしい。

私は動物が好きだが、六匹の狆は苦手だった。それらは妻の飼犬であって、私のものだとは思えなかった。

理由は二つある。

ひとつは朧ろな記憶に残る西太后《シータイホウ》様が、やはり狆を可愛がっていらした。私は大伯母にあたるその御方が怖ろしくてならなかったから、常にお膝の上かかたわらにある小さな犬も、恐怖の一部分だった。

天津《テイエンジン》を脱出するとき捨ててきた三頭のドーベルマンは今も折にふれて思い出すが、正直のところ狆は愛せない。

もうひとつの理由は、やや複雑である。妻は満たされぬ心のすきまを、犬で埋めようとしている。しかし、いくらかごまかすことはできても埋められるはずはないから、一匹の狆は次第に数を増やしてとうとう六匹になった。

その経緯は何かに似ている。そう、阿片だ。犬も阿片もけっして妻の心を満たしはしない。

それとも愛新覚羅《アイシンギョロ》家の嫁は、太祖公の誓いを守って、今も六匹の犬を愛しているのだろうか。

「私を探しているわ。抱いてあげなくちゃ」

起き上がろうとする妻の背を、私は抱きすくめた。

「あら。どうしたの、ヘンリー」

「もう少しだけ、こうしていてほしい」

顔のない母にせがむように、見知らぬ姉に願うように、私は言った。

ふたたびしなだれかかってきた妻の体は、小刻みに震えていた。私の寝室を訪れて日光浴をしたあと、自室に戻って犬と戯れながら阿片を始めるのが、自堕落であってもなぜか几帳面な彼女の日課だった。

私の長話によって、その正確な時間割は三十分以上も超過していた。肉体を乗っ取った悪魔が、業を煮やして彼女を揺すぶり続けているのだった。

「煙草《ヤンチアオ》」

私が一言命ずると、たちまち御前太監《タイチエン》が膝行してガラスの灰皿を置き、英国製の巻《まき》莨《タバコ》を献じた。阿片の代用品にはならないが、いくらか気を紛らわすことはできるらしい。

太監の差し向けるマッチの火を受けるとき、妻の体は手元が定まらぬほど激しく震えた。身中の悪魔が「ばかにするな」とわめいてでもいるかのように。

「暖かくなったら、馬に乗ろう」

妻はせわしなく莨を喫いながら、高窓の冬空を見上げた。

「まだ先の話ね」

「じきに春がくる」

三月一日の登極式をおえて名実ともに皇帝となれば、私たちもいくらかは自由な暮らしができるのだろうか。欲するところがすべて可でなければ、真の皇帝とは言えない。しかし即位まであと二十日ばかりだというのに、私の待遇は変わる気配がなかった。

旧臣たちはかつての権威を恢復する様子もなく、相も変わらず日本人の役人や関東軍の軍人たちの顔色を窺っている。

もしや名実ともに皇帝となるのではなくて、私との約束を守るために、あるいは日本の国体と似せるために、執政という役職を皇帝にすりかえるだけなのではないかと、私は危ぶみ始めていた。

「馬に乗りたいわ。今すぐにでも」

「馬場は凍っている。春がこなければ乗れない」

煙を吐き出しながら、妻は季節の巡りすらも私の責任であるかのように、恨めしげな目を向けた。

私も妻も乗馬が好きだった。趣味というより、満洲族の嗜《たしな》みである。

物心ついたころ、隆裕《ロンユイ》太后様から小さくて大人しい満洲馬を贈られた。むろん馬術と呼ぶには程遠く、太監たちに手綱を引かれ両脇を固められて、紫禁城《ヅチンチヨン》の中を乗り回すだけだった。

天津《テイエンジン》のイギリス租界の乗馬クラブで仕込まれた妻の腕前は、私よりずっと上等だった。

仮宮殿の西側に立派な馬場が造成されたのは、まさか私と妻の無聊《ぶりょう》を慰めるためではない。周囲には禁衛軍の兵舎が並んでおり、皇帝の鹵簿《ろぼ》をなす騎兵たちが訓練に明け暮れていた。

式典をおえれば、彼らも一休みするであろう。氷は溶け、風はぬるみ、梅も杏《あんず》も辛夷《こぶし》も一斉に花開く新京《シンジン》の春がくる。

遠乗りまではできまいが、轡《くつわ》を並べて馬場を巡る日を私は夢見た。

「君のために、とびきりの青い馬を探そう」

小さな顔を両掌《て》でくるんでそう約すると、私の婉容《ワンロン》はうちなる嵐など嘘のように、嫣然《えんぜん》とほほえんでくれた。

「ヤチン・モリンね」

青き馬。私たちは母なる満洲の言葉をすべて忘れてしまったが、純血のマンチュリアンにちがいない妻の唇から零《こぼ》れれば、その響きは風のように潔く、花のようにかぐわしかった。

ふと、これまでの会話が頭の中で錯綜して、妙な考えがうかんだ。

漢卿《ハンチン》の軍隊はほとんど日本軍と戦わずに満洲から逃げ出した。その正規兵の数は三十万とも五十万とも言われ、ために東北では「馬と男がいなくなった」らしい。

それは大げさだとしても、数十万の大軍には数万頭の軍馬が必要であろうから、まともな馬は残っていないのではなかろうか。

そこまで考えると、頭の中はいよいよ混乱した。

国民革命軍は日本軍と停戦協定を結び、安内攘外策に則って紅軍の征伐を優先した。漢卿《ハンチン》は下野し、彼の軍隊は国民革命軍の一部となったから、満洲を追われた東北軍の兵隊たちは、今もどこかで紅軍と戦い続けているのであろう。

その中には満洲族の兵も多くいるはずである。ならば彼らの母や妻は、西向きの窓に蔭膳を据えて、夜ごと星に祈っているのではなかろうか。

みずから語り、みずから解説まで加えた祖宗の伝説が、思いがけず腑に落ちてしまった。

犠牲となった恋人。馬。犬。鵲。そして、天命。話には何ひとつ無駄がなく、私と私の妻の身の上に収斂《しゅうれん》しているように思えた。

しかし、べつだんふしぎな一致ではない。私は太祖ヌルハチ公の血を享けた十二代目の子孫であり、私の妻は満洲正白旗郭布羅《ゴブロ》氏の娘であるのだから。

そして二十日ばかりのち、私はついに復辟の悲願を果たして帝位に就き、妻は皇后に復位するのである。これは天命だ。今はひたすら忍耐し、ひたすら寛容しなければならない。

私は確信した。

小忍《しようしの》ばざれば、則ち大謀を乱るのである。尺蠖《せきかく》の屈するは、以て信《の》びんことを求むるがゆえである。不満を言えばきりはないが、日本人の胯下《こか》を潜ってよく辱《はずかし》めに耐えていると思えば、腹も立つまい。私には天命がある。

「ねえ、ヘンリー」

私の胸の上で爪を噛みながら、いくらかおずおずと妻が言った。

「春になっても、馬には乗れないわ」

「おや、どうしてだね」

私はサングラスをはずし、南中した白い太陽に目を細めた。

「赤ちゃんができたから」

ひとしきり笑ったあと、私の唇は凍りついた。

その物言いは切実でとても冗談とは思えず、また私の妻はけっしして聖母ではなかった。

天命を信じ、忍耐と寛容を誓うそばから、どうして私はこれほどまでの仕打ちを受けねばならないのだろうか。

嘆いてはならない。天子が泣けば大雨が降る。

怒ってはならない。天子が憤れば雷《いかずち》が鳴る。

私はまなこを瞠《みは》って、白い太陽が雪雲に隠れるのを待った。

六十九

蔣介石《ジャンジエシイ》の用意してくれた特別列車は、上海から南京までの百九十マイルを三時間半で突っ走るという。

先行する囮《おとり》の列車もなく、護衛はたった一個小隊の兵と、杜月笙《トウユエシヨン》の選りすぐりの子分が三人、それだけである。

だから英国製の大型機関車が牽《ひ》いているのは、対空機関銃を据えた無蓋車と、護衛の乗る二等車と、私のための一等展望車だけだった。これならば速いはずだ。

空路より陸路を選んだ理由は二つある。

ひとつは、梅や辛夷《こぶし》や山茱萸《さんしゆゆ》の咲き始めた江南の閑《のど》かな風景を、心ゆくまで眺めたかった。

いまひとつは、六年前の父の最後の旅を追体験してみたかった。

その昔、康熙乾隆の両大帝はそれぞれ六度にわたって南巡したという。それぞれ、というのは乾隆皇帝が、敬する祖父の事績を何ごとにおいても超えようとしなかったからで、つまり南巡の旅も六回で辛抱したという意味であろう。

それでも遥か北京を出発し、大運河に船を列《つら》ねてこの地まで行幸するのは、ずいぶん大ごとだったはずである。

揚州。蘇州。南京。杭州。温暖で湿潤で、緑と水の豊かなこの地は、東北や華北に比べれば別天地に思える。

展望車の窓に額を預けて、私は流れゆく江南の風景に見入る。いにしえの皇帝たちのように。可ならざるところのなかった彼らは、この風景すらも北京に持ち帰り、紫《ツ》禁城《チンチヨン》や離宮や王府の庭に、そっくりそのまま再現した。

ふと私は、父が最後の旅で見たであろう景色を想像した。

初夏であったとはいえ、京奉線の車窓を過ぎる風景は、この江南の豊かさに比ぶべくもなかっただろう。乾燥した土漠。岩山。高粱《ガオリヤン》と玉米《ユーミー》の畑。

やはり父もこんなふうに、展望車の窓に額を預けて、何を思うでもなく、移ろいゆく景色を眺めていたのだろうか。

私は外見も性格も母親似だと思うが、ふとしたしぐさが父に瓜ふたつだとしばしば人に言われる。

「漢卿《ハンチン》、ちょっといいかな」

ロマンチックな想像を破ったのは宋子文《ソンヅウエン》だった。いいかも何も、私が許可を与えるより先に向かいの席に腰をおろし、ボーイに手を挙げて茶を運ばせた。

無礼にもほどがあるが、彼は中国人の感覚を持たぬのだから仕方がない。

「君と蔣《ジャン》委員長の間に意見の食いちがいがあることは知っているがね、南京での会談を議論の場にしないでほしい」

「我知道《ウオチータオ》」

そんなことは承知している。はたが考えているほど私は身勝手な御曹司《おんぞうし》ではない。むろん蔣の唱える安内攘外策には賛同できないが、軍務に復帰するからには、軍司令官と副司令官の序列は弁《わきま》えている。

展望車の奥には、私の副官と護衛官と、宋子文の秘書官が乗っていた。車掌とボーイの耳もある。私たちは会話を英語に変えた。

「君が考えているほど、私と蔣委員長の考えに食いちがいはない。私たちはともに反共主義者であり、国家の統一を望んでいる」

それに続く「しかし」を私は呑み下した。

しかし――足かけ五年も日本に住み、日本の軍人であった蔣委員長は、日本も日本軍も憎み切れまい。私は日本人に故郷を奪われ、父を殺されたのだ、と。

「イエス。それでいい」

尊大にそう言って、宋子文はアメリカ人のしぐさで啜りこまずに茶を飲みながら、どうでもいい時候の話を始めた。

蔣介石《ジエシイ》が全幅の信頼を置いている部下といえば、宋子文のほかにはいないだろう。いや、部下という言い方はそぐわない。たとえば劉備《リウベイ》玄徳《シウアンドー》の帷幕にある諸葛《チユーグア》亮《リアン》のような、あるいは父の東北政権における王永江《ワンヨンジヤン》のような存在とでも言えば当を得ている。

孫文《スンウエン》の死後、事実上の後継者となった蔣介石を支えたのは、宋子文とその一族だった。

彼の父は「チャーリー宋」と呼ばれた客家《ハッカ》人で、浙江財閥を創始した大富豪だった。なおかつ孫文の革命運動の熱心な支援者でもあった。そうした家に生まれたおかげで、宋子文はのちのち糞の役にも立たなかった四書五経を学ぶかわりに、ハーバードで経済学を修め、ニューヨークの銀行に勤めるかたわら、コロンビア大学で博士号を取得した。

そのような経歴だけでも逸材と言えるうえに、彼は父親譲りの働き者でエネルギッシュで、英語も立ち居ふるまいも洗練されていた。妻の弟でもある宋子文《ソンヅウエン》を、孫文《スンウエン》が見逃すはずはなかった。

宋家の長女である宋靄齢《アイリン》は、父と同じ浙江財閥の事業家であり国民政府の金庫番でもあった孔祥熙《コンシアンシー》の妻だった。次女の慶齢《チンリン》が孫文に嫁し、あまつさえ宋子文の三歳下の妹である美齢《メイリン》は蔣介石《ジャンジエシイ》の妻となった。

何ともできすぎた閨閥である。わけても蔣介石は、妻を離縁し、愛人らとも別れ、キリスト教に改宗してまで結婚に踏み切ったのだから、正しくは宋美齢を娶《めと》ったのではなく、宋家に婿入りしたというべきであろう。

ともあれ好むと好まざるとにかかわらず、ハーバード出身の中国系銀行員は、孫文と孔祥熙の義弟になり、それだけでも大変な義理を背負いこんだところに、よもやまさか蔣介石の齢下の義兄とされたのだった。

孫文の死後、宋子文は国民政府の財政部長に就任した。その間にも、清朝以来失われていた関税自主権の一部を回復したというのだから辣腕《らつわん》である。だいたいからして、国家の完全なる統一もならず、国土の保全さえままならぬ有様で条約の改正など、できるはずはない。よほど欧米諸国に知己があり、なおかつ通訳官を経ずに自在な議論ができなければなるまい。そのことひとつをとっても、宋子文は諸葛亮や王永《ワンヨン》江《ジャン》のような、異能の軍師にちがいなかった。

だから私は、彼の無礼や尊大さを咎めるつもりはない。諸葛亮《チューグァリアン》はどうであったか知らないが、少くとも王永江は父と同じ目の高さで語り合うことのできる、唯一の幕僚だった。

私に帰国の決心をさせたのも宋子文である。その書簡は数日ごとに航空便で届き、緊急事案は大使館あてに電報が打たれた。おかげで私は、いいかげんなゴシップ記事に惑わされずに、祖国の実情を知ることができた。

のみならず、宋子文は私を説得するためにイギリスを訪れた。同じ目的ではるばるやってくる蔣介石の使者は大勢いたが、私が耳を貸したのは宋子文ひとりだった。

彼には情熱があった。また、もともと大富豪であるから個人的な打算を感じなかった。つまり、デモ行進をして声を上げる大学生と同様に、けっして自分自身の功利ではなく、救国だの済民だの国家統一だのを、まっすぐに訴えかけてきた。

漢卿《ハンチン》、中国には君が必要なのだ、と。

わかっている。三十万の東北軍はいわば張学良《チャンシュエリャン》の私兵で、ほかの指揮官の命令に順わぬのは自明だった。蔣介石《ジャンジエシイ》はおのれの権威を過信していたのである。

ブライトンの浜辺で海峡を眺めながら、あるいはサヴォイのゲスト・ルームで酒を酌《く》みながら、彼は財政家らしく理路整然と説得を続けた。

私が黙って聞いていたのは、長い外国生活に退屈していたせいもあるが、それまでさほど親しく語らったことのない宋子文《ソンヅウエン》に、自分と似た匂いを嗅いだからである。思えば私が与《くみ》した国民政府の連中は、孫文《スンウエン》にしろ蔣介石にしろ孔祥熙《コンシアンシー》にしろ軍閥の領袖たちにしろ、あらましは好運な成り上がり者だった。だが宋子文に限っては、成り上がった父親に富と知を授けられた公子だった。

純粋な勇気と情熱。功利や打算は最初から持ち合わせない。その生まれついての性格は私とよく似ていた。

私はけっして蔣介石の帰国要請に応じたわけではない。自分と同じ匂いのする宋子文の情熱に絆《ほだ》されたのだった。私が東北の地を賭けて蔣介石に服《まつろ》ったのと同様、彼もまた父の遺した浙江財閥の命運を賭して、蔣介石に尽くしているのだから。

「漢卿《ハンチン》。君は楊忠祥《ヤンチヨンシアン》将軍と親しいかね」

厚い近眼鏡のレンズをナフキンで拭いながら、宋子文は唐突に訊ねた。

彼の質問に悪意がないことは知っている。だが、蔣介石がそんな彼をどんなふうに利用するかはわからないから、回答には十分な配慮が必要だった。

「親しいというほどではない。私を軍閥の領袖《りょうしゅう》どもと一緒くたにされても困る」

宋子文はポマードでべっとりと撫でつけた髪に櫛《くし》を入れ、メガネをかけ直した。おかげでせっかく拭ったレンズは台なしになった。働き者でエネルギッシュな彼は、残念なことに手先がひどく不器用だった。

「虎城《フーチョン》がどうかしたかね」

楊忠祥の号は虎城という。軍人にふさわしい名である。親しくないと言いながら、親しさを匂わせて、私はあえてその号を口にした。

もっとも、宋子文も私と楊虎城の関係がよくわからないから、「楊忠祥将軍」という改まった言い方をしたのだろう。私たちの会話は手探りだった。ここはロンドンではなく、私はこれから南京に蔣介石を訪ねて、「豫《よ》鄂皖《がくかん》三省剿匪《そうひ》副総司令」に任命されるのである。

「いや、べつに何がどうしたというわけではない。今後の剿共作戦は、君と楊将軍が力を併せることになるから、仲が悪くては困ると思った」

私は苦笑を返した。宋子文《ソンヅウエン》は財政家であって、軍事には疎《うと》い。

「蔣《ジャン》委員長が二人の関係を探っておけ、と」

「気になって当然だろう。君の東北軍と楊将軍の西北軍を併せれば、五十万の大軍になる」

私の臆測を否定しないところが、いかにも彼らしかった。なるほど、まさか蔣介石《ジエシイ》自身が面と向き合って訊ねられる話ではあるまい。

「では、委員長にはこう伝えてくれ。軍人はたがいに仲が悪くてはいけないが、仲が良すぎてもならない。もっとも、委員長ご自身は承知しているだろうがね。つまり、張学良《チャンシユエリャン》と蔣介石の関係が手本だよ」

私の答えが気に入ったのだろうか、宋子文は背広の足を組んで寛《くつろ》いだまま、「好《ハオ》」と肯いた。

本心を言うなら、私はひとり楊虎城《ヤンフーチヨン》にかかわらず軍閥の領袖という連中が嫌いだった。むろん、かく言う私もはたから見れば、東北軍閥の領袖にちがいないのだが。

楊虎城は年齢も四十のあとさきで、軍服をきちんと着こなし風貌も知的であることから、日本の士官学校か国内の軍官学校を出た生え抜きの軍人と思われているが、実は陝西省の地方軍閥である。

そもそも中国にはその昔から、軍隊は兵力も軍費も自給自足で戦うという、奇妙な伝統があった。その結果として、国が乱れれば軍事力のほかに経済力も政治機構も有する小国家、すなわち軍閥が出現した。

父の築いた東北軍閥は、中国全土の四分の一を支配する、独立国家の観があった。父は押しも押されもせぬ東北王《トンペイワン》であり、私はその世継ぎだった。だから父からすべてを引き継いだあとも、自分を軍閥の領袖だなどと思ったためしはない。それくらい東三省は、関内に割拠する軍閥とは格がちがった。

そうした軍閥の多くは、離合集散をくり返したのち国民政府に合流した。一九二八年の暮には、東三省の五色旗も私の決心により、青天白日旗に変わった。

楊虎城はかつて「クリスチャン将軍」馮玉祥《フォンユイシアン》の配下だったが、一九二九年の反蔣戦争では寝返って、蔣介石に服従した。以後は覚えめでたく、陝西省政府主席に抜擢され、国民党第十七路軍、通称「西北軍」を率いていた。しかしその実態は依然として「自給自足する軍隊」であるから、西安《シーアン》を根拠地とした地方軍閥であることにちがいはない。

「ところで、君は虎城の要求に応えていたのかね」

ためしに訊いてみた。もし宋子文が国民政府の財政部長として、西北軍に十分な軍費を与えていたならば、楊虎城《ヤンフーチョン》の人となりや私との関係は把握しているはずだからである。

「できるだけのことはしていた」

ほれ、見たことか。

必要最低限の兵器と弾薬は送っていた、というほどの意味であろう。敵が日本ならばともかく、剿匪と名付けた内戦では戦費は集まるまい。辛亥革命とはわけがちがう。中国人同士の殺し合いに、大義を見出せるはずはなかった。

ために楊虎城は、太平天国の昔とさして変わらぬ自前の戦争を強いられた。苦労な軍人である。

いったい蔣介石《ジャンジエシイ》は、孫文《スンウエン》の偉大さをわかっているのだろうか。それは思想でもなければ指導力でもない。内外から調達した莫大な資金で軍閥を買収し、革命軍の戦力として清朝を倒した。だが、蔣介石が軍費調達に奔走したという話は、ついぞ聞かない。

今となっては、宋《ソン》家を始めとする浙江財閥が頼みの綱なのだろう。そう思えば、銀行家になるはずだった宋子文《ヅウエン》も、苦労な人間である。

目の前が明るんだと思うと、線路際の運河の土手に水仙が咲きつらなっていた。蘇州のあたりだろうか。

ワオ、と宋子文はアメリカ人のように感嘆した。

水仙はこんなふうに自生するまい。誰かがこの土手に、えんえんと球根を植えた。時速六十マイルで走る列車の窓から、しばらく見続けていられるほど、えんえんと。まるで輝かしい黄緞《おうどん》を敷きつめたように。

ふと、命を的に私を説得しようとした、周恩来《ジョウエンライ》の顔が思いうかんだ。おそらく彼は、九分九厘死ぬつもりで私の家を訪ねた。だが私は、死ぬつもりの人間をあえて殺すほど愚かではない。

「私が東北軍の指揮を執り、虎城の西北軍が従えば、紅匪をたちまち叩き潰せると委員長は考えておられるのだろう」

「イエス。その通りだ」

メガネを水仙の黄色に染めながら、宋子文は力強く肯いた。

「いや、その通りにはなるまい。やつらは委員長が考えているほど弱くはない。激戦になる」

私の弱気がよほど意外だったのか、宋子文は風景から顔をそむけて、穏やかな表情をしかめた。水仙の群生はようやく視界から消え、かわりに湖が豁《ひら》けた。

勇敢に戦う軍人はいくらでもいる。しかし、やすやすと命を投げ出す人間は、めったにいるものではない。そしておそらく、周恩来は特別な人物ではなく、共産主義者の典型だった。つまり怖ろしいことに、めったにいるはずのない人間が、「紅匪」と呼んで私たちが蔑む敵の中には、いくらでもいるのだ。

強大な日本軍に育てられた蔣介石にはわかるまいが、幼いころから馬賊の押城《ヤアチョン》を見て育った私は、戦争が数では決しないと知っている。物を言うのは軍隊の練度と、戦う意志である。

「漢卿《ハンチン》。その意見は僕の胸にしまっておく。委員長には言わないほうがいい」

わかっているさ。だが、張学良《チャンシュエリヤン》将軍の帰還を心待ちにしていた東北軍の兵は、勇敢に戦って死ぬ。奪われた故郷に帰れぬまま、見知らぬ戦場で。

「委員長に具申するのは、軍費の拠出だけだ。東北を失った私は、もはや軍閥ではない。税収もなければ、支援者もいない」

しばらく考えるふうをし、ひとつ溜息を洩らしてから、宋子文《ソンヅウエン》は「できるだけのことはする」と言った。

まったく、嘘もハッタリもない好人物である。おそらく私も似た者なのだろうが。

まさか金に不自由しているわけではない。ただ、稼ぎのない亭主の言いなりになるのは、もうたくさんだった。

「しばらく眠る」

まだ何か言いたげな宋子文を斥《しりぞ》けて、私は軍服の襟を緩め瞼を下ろした。

睫毛《まつげ》のすきまを、康熙乾隆の愛した江南の景色が過ぎてゆく。

何をこうも急ぐのだ。運河に舟を浮かべて行方を水に委ねれば、千里に啼《な》き渡る鶯《うぐいす》の声も、緑に映る紅《くれない》の花も、さぞかし耳目を楽しませるであろうに。

私は命を惜しまない。

いや、正しくは命を惜しむという意味がわからない。

勇敢だの臆病だのと言う前に、それはおそらく個体と種族を守らんとする動物の本能なのだろうけれど、どうにも私は生まれつき、その最も肝心な動物性を欠いているらしい。

死というものが、あまりにもありふれていたからだろうか。幼いころから、目の前で父が造作もなく人を殺すさまを、あるいは父の部下たちがあっけなく死んでゆくさまを、私はずっと見続けてきた。

むろん父は、好んでそうした教育を施したわけではない。分別がなかっただけである。ただしその無分別は、儒家や僧が規定した基準によれば、ということであって、けっして父が人間として劣っているという意味ではない。父はいっさいの道徳に束縛されぬ、実に端倪《たんげい》すべからざる人物だった。

私が生き死にに無頓着であるのは、遺伝などではなく、父を見習っただけなのかもしれない。

戦場にあっても、私はしばしば陣頭に立った。掩体《えんたい》に身をひそめるでもなく、鉄甲すら冠らなかった。風を巻いて耳元を過ぎる弾丸が、ほんの数インチそれれば命がなくなるなどとは、考えもしなかった。

それでも、かすり傷ひとつ負ったためしはない。一方では、軍司令部付になったばかりの若い見習士官が、私のかたわらでバッタリ死んでしまうのだから、人間の運命などははなから決まっているとしか思えなかった。

父の体にも傷は見当たらなかった。その事実は張作霖《チャンヅオリン》の神的威厳に通じていた。目に見えぬ何ものかが父を守護している、と考えられていた。

つまり、陣頭に立つ私を部下たちがことさら諫めなかったのも、父から継承された神的威厳を信じているからだった。

父は大がかりなテロによって命を落とした。だから私の副官や参謀たちもテロを怖れた。私の居場所には常に、ひとめでそうとわかる示威も兼ねて、見映えのする護衛官が付き添っており、そのほかにも三百六十度の視野をきっかり六十度に分けて、六人の護衛官が目を光らせていた。

レストランの厨房には必ず毒味役が入り、私が声をかけそうな女性は、あらかじめ身元を訊ねられた。接吻をする前には解毒剤を口に含むよう勧められたが、さすがにそれだけは実行する気になれなかった。礼儀の問題ではない。私が私自身を護るつもりはなかった。

杜月笙《トゥユエション》の好意も断るわけにはいかなかった。ダンスホールやシアターの玄関に、人相のよからぬ男がマシン・ガンを抱えて立っていれば、刺客ばかりか無辜《むこ》の客まで踵を返してしまうだろうが、それもやはり杜月笙のすることだから、誰も文句はつけられなかった。

もっとも、私は損害以上の代金を支払ったし、杜月笙も同じくらいのことはしたはずなので、誰に迷惑をかけたわけでもあるまい。

そんなある日、ちょっとした事件が起こった。

クレッセント・アヴェニューの百楽門《パラマウント》は、一九三三年に完成したばかりの豪華ダンスホールである。

三階建と言っても二つのボールルームは広々とした吹き抜けだから、優に七階の高さがある。交叉点に堂々たる威容を誇り、なおかつ屋上には三階分のネオン塔が聳《そび》えている。賓客が踊り疲れて帰るときには、そのネオン塔に自家用車のプレート・ナンバーが表示され、路上で待機していた運転手はただちに車寄せへと向かうのである。

ボールルームには長居をしなかった。お義理で顔を出して拍手と指笛に応え、お望みとあらばせいぜい一曲か二曲、それから私専用の部屋に入った。

そのわずかな間にも、護衛官たちはダンスの邪魔にならぬ程度に警戒を怠らず、吹き抜けの桟敷にはマシン・ガンを抱いた杜月笙の手下たちがうろついていた。

私専用の部屋というのは、ボールルームの奥の密室である。楕円形のモダンなデザインで緑色のソファが壁ぞいのぐるりをめぐり、ガラスの床の底から青いライトが室内を煽り立てていた。

おそらく杜月笙《トウユエシヨン》が私のために用意してくれた部屋だと思う。おかげで私はすこぶる安全に、歌い、踊り、騒ぐことができた。しかも上海随一のダンスホールの中にはちがいなく、もしお義理で顔を出したボールルームに知人がいれば、招待してもさしつかえはなかった。

ちょっとした事件はその部屋で起きたわけではない。

その夜は妻も一緒だったので、いつもより早目にお開きとなった。私がパラマウントに出入りをする前後五分間は、身の安全のため念には念を入れて、いかなる賓客でも玄関には近寄れなかった。

私と妻の前後を私服の護衛官が固め、玄関の両脇には黒繻子の長袍《チャンパオ》を着た杜月笙の手下が立っていた。ボーイもドア・マンも遠ざけられた。これでは戦闘機が急降下して機銃掃射を浴びせぬ限り、私に手出しをする方法はない。

屋上のネオン塔にプレート・ナンバーが表示され、交叉点近くに待機していた車がヘッドライトを灯もした。そして、いかにも待ってましたとばかりのフルスピードでクレッセント・アヴェニューを横切り、パラマウントの車寄せに走りこんだ。

――と、実はそんな場面を私が見ていたわけではない。あとから聞いたところでは、そうであったらしい。

では、そのとき私が何をしていたかというと、玄関を出てもまだ上機嫌で、妻とジターバッグを踊っていたのだった。ブライトン桟橋《ピア》のダンスホールで覚えたその四分の四拍子のリズムは、私たちのお気に入りだった。

妻はアメリカン・スピンを決めた勢いで私に抱きついた。支えきれずに倒れこむと、どうしたわけか私の上の妻のまたその上に、陳一豆《チエンイードウ》大佐の体が被いかぶさった。

車寄せに乗りこんだのは私の専用車ではなく、ネオン塔の表示で標的の出現を知ったテロリストの車だったのだ。

むろん私の専用車もすぐうしろから来た。二台分のヘッドライトが灯もるはずはないと勘を働かせた陳《チエン》大佐は、ジターバッグを踊る酔っ払い夫婦を、とっさに押し倒した。リア・シートの窓から突き出されたマシン・ガンは、標的を見失って玄関の回転扉とガラスを、粉々に砕いただけだった。

刺客の車はたちまち走り去った。

撃つな、と私は命じた。護衛官たちの反撃で刺客は返り討ちにされるかもしれないが、彼らの生き死になどはまるで意味がない。杜月笙《トゥユエション》の縄張りでことを起こした刺客たちは、どのみち必ず殺されるからである。そんなことよりも、余分な弾丸で関係のない人を傷つけてはならなかった。

私と妻を扶け起こしてから、陳大佐は部下たちの無事を確かめた。怪我人のなかったことは奇跡と言ってよかろう。あえて奇跡の原因を探るとしたら、テロリストの腕がよほど悪かったか、あるいはやはり目に見えぬ何ものかが、私を庇護したかのどちらかだと思う。

陳大佐は私の外套を剝ぎ取って、体をくまなく検《あらた》めた。撃たれていても本人は気付かないことがままあるからだ。

それから私の許しを得て、妻の体も同様に調べた。

「申しわけありません、将軍」

「いや、君に落度はない」

もしテロリストたちが標的を見失わなかったとしても、その弾丸はすべて陳大佐の体に呑みこまれたはずである。いったいどれほどの覚悟があれば、とっさにあのような行動を取れるのだろう。

陳一豆《イードウ》は父の従兵を長く務め、愛用のモーゼルを与えられたほどの拳銃の名手でもある。だが彼はそのモーゼルを抜き合わせる間もなく、私と妻の楯になった。

おそらく名人だの達人だのと呼ばれる者は、拳銃の実力を知り尽くしているのだろう。至近距離からマシン・ガンを掃射されたのでは抗うすべがなく、射界から私と妻を消してさらに楯となるほかはないと、とっさに判断したのである。

もしかしたら陳大佐は、東北軍の将校として出世を果たしたがために、あの日あのとき父のかたわらにいられなかったことを、悔いているのかもしれない。そして、のちにはこうも思った。上海駅頭で暗殺された宋教仁《ソンジアオレン》の陰の護衛官でありながら、その使命を果たせなかったことを今も悔い続けているのではないか、と。

軍人にとって大切なものは、勝利の記憶よりも敗北の経験であると思う。勝利のもたらすものは栄光だけだが、敗北は知恵と覚悟を生むからである。そしてその知恵と覚悟によって、私はあの夜、死なずにすんだ。

まだ硝煙のたちこめる玄関に、野次馬がおそるおそる集まってきた。柱の蔭に蹲《うずくま》っていた支配人がようやく我に返って、私の足元に跪《ひざまず》き、祈るように詫びの言葉を並べた。

「君に落度はない。ただし――」

と、私はファサードの石段を下りて、何ごともなくクレッセント・アヴェニューの交叉点に光を撒き散らしているネオン塔を指さした。

「どうやらあの背高《せいたか》ノッポが共犯者らしい。便利な機械は危険を伴うものだ」

その夜を限りに、上海租界名物のパラマウントのネオン塔は、客の車のプレート・ナンバーを表示しなくなった。

やはり私は、命を惜しむという動物の本能を欠いているらしい。

あの出来事を思い返してみても、恐怖心は私の中のどこにも見出せない。グランド・シアターやキャセイ・シアターで観るハリウッド映画の活劇シーンと、どこも変わらないのである。

眠れぬまま瞼を開くと、彼方に山なみが見えた。

宋子文《ソンヅウエン》と副官はバー・カウンターに背中を並べて何やら打ち合わせており、その向こうの飾りガラスに、陳《チエン》大佐の影が映っていた。

もしや私は、あの龍玉《ロンユイ》の伝達者として、天に庇護されているのではないか、と思った。

天命の具体。まことの皇帝のみしるし。私はその重みに耐えかね、なおかつその安全を願って、李春雷《リイチユンレイ》将軍の手に托した。だがむろん、私が伝達者であることに変わりはあるまい。

咽の渇きを覚えて、すっかり冷めた茶を呷った。ボーイが湯を差しにきた。

あの山なみには見憶えがある。南京は近いにちがいない。長江のほとりの、緑豊かな古都。呉の孫権から太平天国まで、山河に囲まれたこの要害の地を都と定めた王は数知れない。

私はまだ蔣介石《ジヤンジエシイ》をあきらめたわけではない。龍玉の伝達者にすぎぬ私が、個人的な事情や好き嫌いで継承者を選別してはならないからである。そして欧州滞在中に、龍玉を抱くべき人物はファシストにちがいないと確信した。現今の中国において、アドルフ・ヒトラーやベニート・ムッソリーニに最も近い人物と言えば、蔣介石《ジャンジエシイ》をおいてほかにはいないと思える。

彼は龍玉《ロンユイ》の所在を知っており、かつそれを希んでいる。だが私は冷静な判断をしなければならない。もし彼の体が天の怒りに触れて砕け散るようなことになったとしたら、どうにかこの国を導いている、たったひとりの船頭がいなくなる。

「漢卿《ハンチン》」

宋子文《ソンヅウエン》の声が天から降り落ちてきたように思えて、私はびくりと身をすくめた。

「三十分後に到着だそうだ。委員長はプラットホームでお出迎えだよ」

龍玉の神秘とはまったくかかわりのなさそうな現実が、私を待っている。世界中の新聞は第一面に書き立てるだろう。南京駅で握手をする二人の写真を添えて、「張学良《チャンシュエリヤン》将軍軍務に復帰す」と。

しかし、そうした現実と龍玉の神秘が、かかわりのなかろうはずはない。ただその両者を綜合して考える頭脳を、私が持ち合わせぬだけなのだ。

ふたたび座席に沈んで目をとじた。仕度を斉《ととの》えるには早過ぎる。私は蔣介石に呼びつけられたわけではなく、礼を尽くした招きに応ずるのである。父から譲り受けた東北軍と喪われた満洲の名誉に誓って、私は副将でこそあれ蔣介石の部下であってはならない。

パラマウントでの事件の数日後、外灘《ワイタン》の埠頭に四つの死体が浮かんだ。

むろん見たわけではない。黒幕も知らなかった。その日の午後、モリエール・アヴェニューの自宅を訪れた杜月笙《トウユエシヨン》は、相変わらず言葉少なに、「善後了《シャンホウラ》」——始末はつけた、と言ったきりだった。

張学良の命をリクエストする人間は山ほどいる。だから背景の調査などは意味がない。実行犯を黄浦江《ホワンプージアン》に浮かべて見せしめとすることが大切なのである。死体がどれも全裸で、両手首を切り落とされていたのは、拷問の結果ではない。杜月笙の縄張りで張学良の命を狙えばこうなるのだ、という伝言だった。

チベット・ロードの大世界《ダスカ》でも、ちょっとした事件があった。

中庭をぐるりとめぐる巨大なビルディングの中には、ダンスホールも賭博場も映画館も劇場も百貨店もあって、いわゆる「魔都」上海の雛型《ひながた》のような遊戯場がダスカだった。

経営者は杜月笙の親分にあたる黄金栄《ホワンチンロン》である。嘘かまことかは知らぬが、親分よりもずっと成功してしまった杜月笙が、手切れ金がわりにプレゼントしたという噂だった

た。

ある晩、そのダスカのボールルームで見知らぬ女に声をかけられた。

「あら、お久しぶり。上海でお会いできるなんて」

女はシガーとシャンパン・グラスを持ったまま、無遠慮に近寄ってきた。護衛官が制止するより先に、私は彼女に手を差し延べて、「やあ、しばらく」と当てずっぽうに言った。たぶん天津租界のダンスホールか、もしかしたらロンドンかパリの社交場で会ったことがある女かもしれないと思ったからだった。

記憶力には自信があるのだが、私には女の顔をいちいち覚えないという悪癖があった。だからそのときも、一度か二度ダンスパートナーとなった、どこぞの貴婦人か令嬢だと考えたのである。

「おじゃまかしら」

「とんでもない」

「ポーカーで大負けして、パートナーが帰っちゃったの」

「もし私でよければ」

滅法な美女だった。上海一、と言ってもいいぐらいの。

しばらく嚙み合わぬ話をかわしている間に、いよいよ彼女がロンドンかパリで出会った。中国系ハリウッド女優のような気がしてきた。

背は高く、ほっそりとして、小造りな顔を引き立てる短髪だった。唄うような北京語を聞くまでもなく、体型も顔立ちも北方の女だった。

私がロンドンやパリを連想したのは、彼女の着ていたドレスのせいもあったと思う。それはすこぶるシンプルな黒のシルク・ベルベットで、ローウエストのストレート・シルエットは、ひとめ見てあのココ・シャネルの服だった。ただし、いくらか時代遅れのデザインに見えたが、パリではなく上海なのだから仕方あるまい。

このごろの流行はドレスの丈も長くなり、細身になっている。もう足を撥《は》ね上げて踊るチャールストンの時代ではない。

「ジターバッグは？」

「将軍がお望みなら」

私たちが踊り始めると拍手と歓声が湧き起こり、ホールはたちまちお祭り騒ぎになった。護衛官たちは人ごみを右往左往した。

彼らの勘は鋭い。少しでも怪しいそぶりや、背広の胸のわずかな膨らみを見つけても、廊下に連れ出して体を検めた。

もっとも、青帮《チンパン》の大立物「黄金栄《ホワンチンロン》」が経営するダスカで、私の命を狙うのは不可能だった。男性客はひとり残らず玄関で身体検査を受け、女性客もハンドバッグの中身を調べられるからである。

　私ですら同じ扱いをされ、護衛官たちも拳銃を預けねばならない。そんなダスカでは、コックかバーテンダーが刺客でない限り、テロが起こる可能性はなかった。つまり、私の部下たちはそれでも気を抜かぬくらい任務に忠実だったのである。

　しかし、彼らの勘も及ばず、黄金栄《ホワンチンロン》や杜月笙《トウユエシヨン》の子分どもも気付かぬ場所に、刺客は入りこんでいた。

　カーテンの陰でもテーブルの下でもなく、桟敷席の暗がりでもなく、バンドマンに紛れこんでいたわけでもなく、私の腕の中に。

　もし私が、愛人とダンスパートナーの区別ができる程度の紳士であったなら、きっと命を落としていただろう。だが幸いなことに私は、ジターバッグを踊りおえたその足で、彼女をキャセイ・ホテルのスイートルームに拐《かどわ》かすつもりだった。

　踊りながら膝を割り込ませた内腿に、硬いものが触れた。とたんに女は腰を引いた。私は合わせた掌《てのひら》を握りしめ、細い体を弓弦《ゆづる》でも引き絞るように抱き寄せ、最初で最後の接吻をした。

「誰のリクエストだね」

答えはなかった。

「クライアントの名を明かせば、気付かなかったことにしよう」

女は自由を奪われながら、それでもステップは乱れなかった。

「どうして？」

「美しいものを壊したくはない。悪い取引ではないと思うが」

女はにっこりと笑って、啄《ついば》むような軽い接吻を私に返した。

「おあいにくさま、将軍。私はそれほど安い女じゃないの」

「そうか。残念だ」

今でも残念に思う。命のかわりにキャセイ・ホテルの朝食をともにすることが、悪い条件であったはずはないのだが。

女は杜月笙の手下に引き渡した。軍人の手を汚させてはならないと思ったからだった。

「辱めるな。殺せ」

よほど緊張していたのだろうか、私の命令を聞いたとたん女は、がくりと首を折って気を喪った。

時代遅れのドレスは彼女の企みのうちだった。ローウエストのストレート・シルエットならば、隠し持ったベレッタがわからない。女性客はハンドバッグの中身は調べても、身体検査まではされない。ジターバッグを踊りながら短い裾をたくし上げてベレッタを抜き、パートナーの心臓に銃口を押し込むのは、さほど難しい芸当ではなかろう。少くとも、パラマウントの車寄せでマシン・ガンを掃射するよりは、よほど簡単で確実だ。

翌る日の午後、自宅を訪れた杜月笙は、やはり言葉少なに「善後了《シャンホウラ》」と言っただけだった。

しかしいつもとちがって、美女の全裸死体が黄浦江《ホワンプージアン》に浮かんだという話は噂にも聞かなかった。

むろん、美しき刺客の正体も、依頼人もわからずじまいである。あえて知る理由もあるまいが。

連結器を大げさに鳴らして、列車は速度を緩めた。南京の城壁が見えた。

「鏡子《ジンヅ》」

ひとこと命ずると、従兵が等身大の姿見を抱えてきた。いったい誰がこんなものまで用意させたのやら。

軍服を斉えながら宋子文《ソンヅウエン》に訊ねた。

「虎城《フーチヨン》は同席するのかね」

「いや、戦線を離れるわけにはいかないらしい」

鏡の中で宋子文を睨みつけた。私を事実上の軍司令官に任命するならば、楊《ヤン》虎城を同席させなければなるまい。彼の子飼いの西北軍が、東北軍とともに私の指揮下に入るのだから、総司令官たる蔣介石《ジヤンジエシイ》がみずから命令を下すべきである。

楊虎城が臍を曲げたか、あるいは蔣介石が面倒を私に押しつけるつもりか、そのどちらかだろう。

「委員長には言いづらい話だが――」

私は軍帽を冠り、宋子文に正対して続けた。

「楊虎城は西安《シーアン》の王だ。敵だろうが味方だろうが、いかなる軍隊の進出も望んではいない。いわゆる軍閥とは、そういうものなのだよ。すなわち、軍閥の長にほかならぬ私が、他の軍閥を指揮するためには、国家的な権威に頼らねばならない。委員長はその権威を行使しなかった。それはファシストの取る態度ではない。ヒトラーやムッソリーニとは比ぶべくもない」

聡明な宋子文は、それ以上私に愚痴をこぼさせなかった。肩を叩いて宥め、「私の言葉で伝えておく」と言ってくれた。

市街地に入ると、子供らが線路際に整列して、青天白日旗を振っていた。日本かぶれの蔣介石《ジャンジエシイ》が考えそうなことだ。

そんな風景を展望車の窓から眺めているうちに、自分が列車に乗っているのではなく、頼りない小舟のへりにしがみついて、風まかせ波まかせに漂流しているような気がしてきた。

東北を追われてからというもの、私の居場所は定まらない。流浪するうちに、あれほどこみ入っていた家族や従者たちも、みなちりぢりになってしまった。

それでもふしぎなことに、行く先々で歓呼の声が私を待っている。

数日後には南京を出発して、武昌《ウーチャン》に向かうだろう。その後のことはわからない。私はけっして死なずに、ひたすら流れ続ける。

勇ましい軍楽に迎えられて、列車は南京に到着した。

七十

袁金鎧《ユアンチンカイ》は俄然忙しくなった。

つい先日までは暇を持て余し、新聞を広告まで熟読して効きもせぬ精力剤を買ってしまったり、占いに熱を上げて今さら知れ切った未来に一喜一憂したり、あげくの果てに日本人の性悪女の駆け落ちを手引きして、地道に築いてきた関東軍の信頼をいっぺんに失ったことなど、まるで夢のようである。

建国二周年の本年三月一日を以て、満洲国は共和制から帝制に移行すると決した。執政愛新覚羅《アイシンギョロ》溥儀《プーイー》閣下は、初代皇帝康徳帝として即位する。晴れて「陛下」である。したがって元号も「大同」から「康徳」に改まる。

袁金鎧が暇であったのは、その間の経緯があんがいすんなりと運んだからなのだが、思った通り年が明けてから事態は混乱した。

執政閣下とその取り巻きは、あくまで大清復辟にこだわり、古式ゆかしい郊天祭祀ののち登極式を挙行すると主張して譲らない。

一方の関東軍も日本政府も、さきの辛亥革命を否定するような復辟は、民国を刺激し国際世論も許すまいとして、清国の祭祀や儀礼は控えるべきとした。

そこでいよいよ袁金鎧の出番である。双方の意見が対立してともに譲らぬときは、調整役が必要だった。

西洋の寓話によると、蝙蝠《こうもり》は獣と鳥のいずれにも属さず、戦争に際しては旗色のよいほうに靡《なび》く右顧《うこ》左眄《さべん》の性《さが》として軽侮される。

しかるに古来、中国においては祥瑞《しょうずい》の象徴とされているのである。

帝政実施はすでに内外に公表され、延期も後戻りもできぬ。時日が迫るほどに、袁《ユアン》金鎧《チンカイ》の自宅や参議府の執務室を訪れる客は増えていった。

ここで一仕事をして名を上げたなら、勲章と位階をみやげに生まれ故郷の遼陽《リアオヤン》に帰り、悠々自適の老後を送るつもりである。念願の百寿を全うするためには、いくら何でもこの新京《シンジン》の冬は厳しすぎる。

袁金鎧は手元の書類から顔を上げて、執務室の凍った窓を見つめた。

帝政実施を三月一日としたのは、建国記念日だからである。しかし北京の天壇に詣でるならばともかく、零下十度の屋外で郊天祭祀の儀式を行うなど無理なのではあるまいか。そうした当たり前の現実を考えずに、やれ復辟だの、いや肇国《ちょうこく》だのと、空論を戦わせているように思える。

本心を言えば袁金鎧は、二年前の執政溥儀《プーイー》擁立を必ずしも支持したわけではなかった。そういう雲行きだったからやむなく賛成しただけだった。

いわゆる奉天派――張作霖《チャンヅオリン》と学良《シュエリヤン》父子の政権に加わっていた者は、みな同様だったと思う。それぞれ口にこそ出さぬが、内心は張学良の帰還と復権を信じ、それまでは東北を行政委員会によって自治運営すべきだと考えていた。だが、日本の行動は余りにも速すぎた。

「閣下、民政部総長がお見えです。いかがいたしましょう」

こんな具合である。つい先日まで自分など洟もひっかけなかった大臣までが、朝っぱらから相談にやってくる。

しかし、さすが民政部総長と奉天省長を兼務する実力者は、袁金鎧の許しを得るまでもなく秘書官を押しのけて執務室に入ってきた。

「やあ、潔珊《ジエシャン》。急に押しかけてすまない」

よほど激務が続いているのだろうか、臧式毅《ザンシィイ》は会うたびに痩せてゆくように見える。

「どうしたんだね、奉久《フォンジユウ》。電話をくれればこちらから出向いたのに。朝食はすんだかね」

などと、袁金鎧の笑顔は相変わらず如才ない。握った手をそのまま引き寄せて、上座の椅子を勧めた。

臧式毅は働き盛りの五十歳、二年前の建国に際しては、今さら廃帝を担ぎ出すくらいなら彼を新国家の首班にするべし、という声もあったほど人望がある。

若くして東京振武学校に学び、日本の陸軍士官学校に進んだ。東北軍にあっては張《チヤン》作霖《ヅオリン》の信任ことのほか篤く、彼が北京に進出したのちは留守司令として奉天《フオンテイエン》にとどまった。

柳条湖事件では関東軍との和平交渉に当たったがかえって拘禁され、置き去りにされるかたちで張学良《シユエリヤン》と袂を分かつことになった。しかしその人望は関東軍も無視できず、満洲国には不可欠な人材として釈放されたのである。

傑物は偉ぶらない。臧式毅《ザンシイイ》に会うたび、しみじみおのれの卑小さを思い知る。親子二代にわたって腹心としたこの男を失ったことは、張学良にとってさぞかし痛手であったろう。

関東軍は事変後たちまち東三省全域を占領したどころか、旧政権の人材までも張学良から切り離したのだった。

「式典の次第はおおむね固まったのだがね、どうにも肝心要の部分で話がまとまらない」

「嗯《ウオン》、不錯《ブーツオ》」

フムフム、なるほど、と袁金鎧《ユアンチンカイ》は偉そうに肯いた。

帝政移行に伴う式典について、満洲国政府と関東軍は、「清朝復辟の印象を与えぬよう留意しつつ、清代の前例に倣った簡素な典礼を実施する」という大要で合意した。

すなわち、三月一日の式典当日は、まず市外南郊に設けられた即製の天壇において、天子としての即位式である郊天祭祀を「清朝の前例に倣って」挙行し、しかるのち執政府に戻って龍袍《ロンパオ》を満洲国軍の大礼服に改め、皇帝としての登極式に臨むのである。

ようやくそうした結論を見たのは、袁金鎧の奔走があったればこそだった。

しかし大要は決定しても、細部についてはいくらでも意見の食いちがいが出てくる。それらをいちいち妙案をもって調整するのも、袁金鎧の使命だった。

「で、どういう問題なのだね」

茶を啜りながら、袁金鎧はいよいよ偉そうに訊ねた。老いたりとは言え禿頭は精力的に見え、このごろ色メガネも様になってきたと思う。

「執政閣下が、郊祭式に祖先を配さなければならぬと言って譲らない」

正しくは執政閣下おひとりではなく、鄭孝胥《チョンシャオシュ》国務総理を始めとする、清朝の遺臣どもの総意であろう。大清の復辟とするためには、式場に愛新覚羅《アイシンギョロ》の祖霊を配さねばならぬのである。

これればかりは日本政府も関東軍も妥協するまい。さきの合意大要にそぐわぬばかりか、天皇に親任された関東軍司令官が、式場において太祖太宗に頭を下げることになってしまう。

執政溥儀《プーイー》は郊祭式によって天命を戴く「天子」となり、登極式によって天下を統べる「皇帝」となるのである。復辟の印象を与えるかどうかというより、中国すなわち世界とする中華思想のある限り、まったく相容れぬ難しい問題だった。

「奉久《フォンジユウ》、それはさほど難しい問題ではないよ」

袁金鎧はかるがると言った。苦悩を色に表さず、いとも簡単なことのように言ってのけるのは、彼の得意わざである。

「清代の前例に倣えば、第五代世宗雍正帝が北京において即位の際、あえて祖先を配さなかった」

臧式毅《ザンシイイ》はぎょっと目を剝いた。その前例に驚いたのではなく、なぜおまえがそんなことを知っているのだ、と言いたげな目つきだった。

「いや、べつに口から出まかせではないよ。私はかつて、趙爾巽《チャオルシュン》とともに清朝の歴史を編んだ。どのような滅びようであれ、先朝の歴史を伝えることは、中国のうるわしき伝統であり、民国にそのつもりがないのならば、われわれがやるほかはあるまいと

た。
初耳だったのだろうか、臧式毅には返す言葉もなく、金壺まなこはいよいよ瞠《みひら》かれ
「むろん正史とは認められぬ。よって、清史ではなく清史稿と呼ぶべきであろう。そ
の中に、さきの記述がある。謹厳なる皇帝として知られる雍正陛下は、北京天壇にお
ける郊祭式に際して、太祖太宗の御位牌も配さなかった」
いくらか疑わしげな目つきで、臧式毅は「それはまた、なぜ」と問うた。
けっして口から出まかせではない。清史稿には多少の作話はあるが、宮廷資料は尊
重している。雍正帝にまつわる実話である。
「陛下のご覚悟だよ。ご自身が新たなる天下を闢《ひら》くとの気慨で登極なされたのだ。す
なわち、父君以前の祖宗のご事績は神話であり、ご自分こそが肇国の天子なのだと宣
明なされた」
か、どうかはわからぬけれど、何となく雍正帝の考えそうなことだと、袁金鎧《ユアンチンカイ》はお
のれの説に酔うた。
「好《ハオ》！」
臧式毅が手を叩いて立ち上がった。

「潔珊《ジエシヤン》。君はかけがえのない人材だ。それですべては解決するじゃないか。満洲帝国は大清の復辟ではない。引き継ぐのではなく、新たなる天下を闢くのだ。雍正帝の例に倣い、清朝を先史神話とする気概もて、康徳帝は肇国の皇帝として立たれる。よって郊祭式に祖宗を配するべきではない。很好《ヘンハオ》！　すばらしい」

差し出された臧式毅《ザンシイイ》の掌を「好好」と握り返しながら、人望があるとはいえ、こいつはあんがい単純な男なのではなかろうか、と袁金鎧《ユアンチンカイ》は色メガネの底から冷ややかな目を向けた。

そう。蔣介石《ジヤンジエシイ》と同じ一介の武弁なのかもしれぬ。

「しかし潔珊。その話は私の口からはうまく言えない。君から執政閣下を説得してほしい」

それはそうだろう。一介の武弁が説明できる話ではあるまい。しかも、ほんの思いつきでも称賛されたのだから、二度目はもっとうまく言う自信はあった。

「では、ただちに参内して執政閣下にご説明をする。しかるのち関東軍司令官を訪ねる。吉報を待っていたまえ」

臧式毅を帰したあと、執務室の窓辺に倚って凍った街路を眺めながら、袁金鎧はふと、かつて張作霖《チヤンヅオリン》の幕下でともに働いた王永江《ワンヨンジヤン》の堅長い顔を思いうかべた。

百寿を全うしたところで、苦労が嵩《かさ》むだけのような気がする。馬賊の頭目が天下を窺うところまで見届けて、早くに死んだあの男は幸福だと思った。

袁金鎧はガラス窓に息を吹きかけ、日本人の子供に教わった戯画を指先で描いた。

「へ、の、へ、の、も、へ、じ」

日本語はわからないが、子供らが大笑いした通り、その戯画はどのように描いても、必ず自分の顔に似た。


重臣たちが執政府会議室に顔を揃えたのは、その日の夜更けである。

鄭孝胥《チョンシャオシユ》国務総理。臧式毅民政部総長。熙洽《シーチア》財政部総長。張景恵《チャンチンホイ》軍政部総長。帝政実施を目前にしてさぞ忙しかろうに、よくも集まった。

きょうのきょうという緊急会議では、新京《シンジン》を離れている閣僚も体調のすぐれぬ者もいたが、とりあえずこの四人が納得すれば政府の総意とみなしてよかろう。

袁金鎧は執政閣下の臨席を一時間遅らせて、清史稿の巻九「世宗本紀」を回覧した。五代雍正帝の即位に関する部分である。

雍正帝は北京天壇で挙行された郊天祭祀において、父君康熙帝のほかにはあえて祖宗の位牌を配さなかった。みずからが新たなる時代を闢くという気概を明らかにしたのである。

読みおえたとたん、ひとりひとりが「好《ハオ》」と呟いた。この前例に倣えばよい。祖先を配さずとも、清朝の眷族《けんぞく》や遺臣たちにとっては復辟にほかならぬ。

満足な読み書きのできぬ張景恵《チャンチンホイ》には、袁金鎧《ユアンチンカイ》が噛んで含めて説明した。豆腐屋の主人になるつもりが、どうしたわけか一国の大臣になってしまった算《かぞ》え六十三歳の老人は、しきりに肯きながら「好、好」とくり返した。

その張景恵と臧式毅《ザンシイイ》の二人は、張学良《チャンシュエリャン》政権から満洲国に居流れた、いわゆる奉天派である。必ずしも復辟を望んではいない。

しかし鄭孝胥《チョンシャオシュ》国務総理は清朝の遺臣であり、熙洽《シーチア》は愛新覚羅《アイシンギョロ》家と血脈の通ずる満洲旗人だった。この両者はむろん復辟を熱望している。

そこで、袁金鎧の出番である。遼陽《リアオヤン》の生まれで張作霖《チャンヅオリン》の幕僚であったのだから奉天派とも言えるが、そののち趙爾巽《チャオルシュン》とともに清史の編纂に携《たずさわ》ったのは遺臣としての功績だった。周囲から軽侮され、またうまく利用されてきた蝙蝠の性は、ついに時宜を得て発揮されたのである。

「まことに妙案だが、私にはうまく言葉にする自信がない。ここはひとつ、あなたから執政閣下にご説明をお願いしたい」

鄭国務総理がしきりに咳《しわぶ》きながら言った。算え七十五歳という高齢に加えて帝政移行の激務が重なり、その困憊《こんぱい》ぶりは痛ましいほどだった。

「甚だ僭越ではありますが、ほかならぬ総理のご指名とあらば喜んで」

袁金鎧は自信満々に答えた。するとふいに、とうの昔に失われたはずの野望が胸に滾《たぎ》った。その唐突さと言ったら、まるで高価な精力剤が卓効を顕《あらわ》したかのようだった。

この老いぼれは長くは持つまい。人望のある臧式毅には野心がない。愛新覚羅の血を引く熙洽では復辟を疑われる。読み書きもろくにできぬ張景恵は論外だ。だとすると――。

故郷に帰って悠々自適の余生を過ごそうなどという気分は、たちまち吹き飛んでしまった。思えばおのれは、鄭孝胥より十歳も齢下なのである。むしろ後継の宰相にふさわしい齢回りと言ってよかろう。「満洲帝国国務総理　袁金鎧」。ふむ、悪くはない。

「では、私から執政閣下にご説明しよう。それでよろしいか」

袁金鎧は一同に向かって偉そうに言った。異論はなかった。

「では、執政閣下にお出まし願う。やはり世宗本紀にお目を通していただいたのち、私から雍正帝のご事績についてご説明申し上げる。もし執政閣下が何かご不満を申されるようなら、それぞれが説得に当たっていただきたい」

異論はない。これで宰相の椅子は手に入ったようなものだ、と袁金鎧《ユアンチンカイ》は胸をときめかせた。

すきま風を感じて首をすくめた。スチーム暖房は通っているが、かつて税務署であったという建物は底冷えがする。あんがい安普請であるうえ、それらしく改装されてもそもそもが宮殿の規模ではなかった。

新市街の役所は続々と完成を見ているのに、その中心になるはずの新宮殿は、基礎を打つ気配すらなかった。執政閣下がそのように命じられたと聞いているが、作られた美談にちがいなかった。

後回しになっているのだ。つまり日本にとっては、国家元首が執政であろうが皇帝であろうが、たいした問題ではない。執政閣下を東北にお迎えしたときの約束を果たすだけなのだろう。いずれ遠からず、共和政体を帝政に改めるという密約である。

いったいこの老いぼれは何をしていたのだ、と袁金鎧は上座の国務総理を睨みつけた。

天津《テイエンジン》における亡命政府の要人。あるいは落魄した愛新覚羅《アイシンギヨロ》家の家令。それ以上の器ではないはずの男が、運命に身を委ねて一国の宰相に祀り上げられた。くたびれるはずだ。

もし自分が国務総理に就任したならば、何はさておき帝宮の造営にとりかかろう。皇帝の座《いま》す宮殿を定めずして、何の王道楽土であろうか。

袁金鎧がそのようなことを考えてみずから発奮したとき、ふいに会議室の隅で長身の影が立ち上がった。

「ご出御を賜わる前に、みなさまにひとこと」

まこと影のような男である。執政府顧問とされているが特段の権威はない。無位無官の遺臣だった。

「どうぞこちらへ、梁老爺《リアンラオイエ》」

国務総理が丁重に席を勧めても、梁文秀《ウエンシウ》は壁際の席から離れようとはしなかった。

「では、遠慮なくご発言を」

「かしこまりました」

梁文秀は長袍《チャンパオ》の袖を重ねて拱手の礼をした。まるで紫禁城《ヅチンチヨン》の宮殿にあるような、優雅な挙措だった。

年齢は袁金鎧よりいくつか上だが、いささかも老耄《ろうもう》はない。背筋は伸び、声も明らかである。

「執政閣下をお呼びしたい。後にしてもらえんかな」

そう言ったとたん、非難がましい視線が集まった。袁金鎧《ユアンチンカイ》は咳払いをして、「いや、どうぞどうぞ」と言い直した。

「しかし、梁老爺《リアンラオイエ》。清史稿の世宗本紀に目を通していただかぬことには、話になりませぬぞ」

すると梁文秀《ウエンシウ》はひとつ肯いて、「対《トエ》」と言った。いよいよ悠揚迫らぬ態度である。笑顔のよい年寄りというのはまこと珍しい。

「清史稿は常ひごろより座右に置いておりまする。しかるに、畏れ多くも雍正陛下の郊天祭祀におけるご事績は、ふつつかながら失念いたしておりました。雍正陛下の先例に倣って、あえて祖宗のご位牌を天壇に配さぬとするは、けだし名案にございまする」

この堅苦しい、苛立つような物言いは誰かに似ている。そうだ、趙爾巽《チャオルシュン》。書き物どころかしゃべる言葉までが八股文《はっこぶん》だった。だとすると、この梁文秀が光緒年間の進士だという噂は、本当なのかもしれぬ。

趙爾巽の編んだ清史稿が座右の書だと。おいおい、全五百三十六巻に及ぶ史書だぞ。「ふつつかながら失念」という言いぐさはあるまい。

八股文のような弁は続いた。重臣たちはみな、粛々と耳を傾けているように見えた。

「康熙大帝の長きご治世を経ても、天下は定まったとは言えぬ、と雍正陛下はお考えになりました。いまだ祖宗を天壇に配するほどの、安寧なる国家ではない、と。ましてや今日の満洲国の安寧ならざること、往時に比ぶべくもござりませぬ。よって、万《ワン》歳爺《ソイイエ》におかせられましては、復辟か肇国かの理屈にご執心あそばされることなく、雍正陛下の大御心もて、堂々と天壇にお昇りいただきたく存じまする。みなさまもどうか、世宗本紀に記されたるご宸念に添い奉るべく、万歳爺をお支え下さりませ」

「好《ハオ》！」と張景恵《チャンチンホイ》が手を叩いた。駆引きや策略を好まぬ彼にとっては、わが意を得たりというところなのだろう。

拱手したまま梁文秀は続けた。

「こたびの帝政実施において最も肝要なる点は、儀式の体裁ではござりませぬ。何よりもまず独立不羈《ふき》の国家として、官吏任免権を皇帝陛下が完全に掌握なされることを企望いたしまする」

肯きながらも袁金鎧は、無理な話だと思った。謀略によって張学良《チャンシュエリヤン》政権を倒し、東北軍の多くを追い出し、廃帝擁立という荒技を使って満洲国を打ち立てたのは、けっしてわれわれではない。このうえ人事権までよこせなどと誰が言えよう。

窓の外で唸り声を上げる夜風が悪魔の咆哮に聞こえて、袁金鎧《ユアンチンカイ》は怖気をふるった。

日本人の姿がない密議だが、内容は誰かしらの口から洩れるにちがいない。どこかに隠されたマイクロフォンから、武官室か侍衛室に声が通じているかもしれなかった。むろん参会者たちはそれを承知のうえで、日本に対する不満はいっさい口にしていない。

だが梁 文秀《リアンウエンシウ》は、どこかで耳を欹《そばだ》てている日本人に説いて聞かせるように言った。

「人事権の獲得は、けっしてわがままではござりませぬ。満洲国は五族協和を標榜するとはいえ、人口の多くは漢民族によって構成されているのですから、王道楽土を建設するためには、あえて政治的もしくは民族的な混淆は避けるべきと愚考いたします。すなわち、日本は政治に容喙《ようかい》せず、教導的立場にとどまることこそが、世界各国から承認される唯一の道であり、ひいては日本の国益に寄与すると信じます。卒直に申し上げるのなら、郊天祭祀にまつわる礼式などどうでもよいのです。皇帝陛下に官吏任免権を掌握していただかねばなりませぬ」

言葉が耳に障ったのだろうか、熙洽《シーチア》財政部総長が柔かに反論した。

「礼式がどうでもよいなどと、光緒先帝のお側近くにあったあなたの言葉とは思えませんな」

袁金鎧は息を詰めた。梁文秀があの戊戌《ぼじゅつ》変法の指導者であったという噂は、本当なのだろうか。

「言葉が過ぎました、ご寛恕下さりませ」

梁文秀はふたたび拱手の礼を尽くしてから、気をこめるような声で言った。

「されば言葉の過ぎたる理由をご説明いたします。満洲国執政は閣僚の同意を得ずに専制をなしえません。しかるに満洲帝国皇帝はあらゆる決定権を保持なされます。共和政体と帝政との相違は、つまるところそうしたものにござりましょう。帝政移行は自然の推移であり、国民の等しく待望せる国体であることに疑いはござりませぬ。しかしながら、権威の集中は悪意による操作を可能とする危険を含みまする。すなわち、皇帝陛下ご自身が一体の傀儡《くぐつ》とされる危険にござりまする。共和政体として出発した満洲国が、歴史の逆行とも思える帝政にいともたやすく改まる理由は、国民運動や嘆願書や約束にもまして、そのほうが操作しやすいからである、と思えてなりませぬ。そうした仮定を杞憂とするためにも、何より必要なる権利は、皇帝陛下による官吏任免権の掌握にござりまする。皇帝が皇帝の意志により人事を決定せねば、真の帝政とは申せませぬ。その帝政のかたちをした何ものか、帝国を名乗る何ものかにござりまする。たとえ礼式のすべてを捨てても、取るべきはこの一点、という意味で無礼を申し上げました。ご理解いただければ幸いです、熙洽《シーチア》閣下」

拱手したまま退いて、梁文秀《リアンウエンシウ》は会議室を出て行った。

袁金鎧《ユアンチンカイ》は感心した。まるで流るる水のごとき弁舌であった。淀まず、とどまらず、透明で耳にここちよい。しかも、たしか「私」という言葉をただの一度も使わなかった。

光緒年間の状元であるという噂も、あながち噂とばかりは言えぬ気がした。状元《チユアンユアン》。ああ、何という矜り高き響きであろう。四百余州を挙る幾万人の才子《こぞ》の、首席合格者に与えられる称号である。

町なかにはしばしば「状元樓」という料理屋があるが、むろん実物の状元様などは見たためしもない。それどころか、貢士《こうし》進士と呼ばれる最終試験合格者すらも、趙爾巽《チヤオルシユン》を始め数えるほどしか知らなかった。

袁金鎧の持つ学位は、「県学の生員《せいいん》」というもので、朋友の王永江《ワンヨンジヤン》もそこまでであった。一見して進士様と思える鄭孝胥《チヨンシヤオシユ》国務総理ですら、実は一段階だけ上の「挙人」にすぎない。さればこそ、梁文秀の言葉は重いのである。

おそらく彼は、執政閣下に対しても同じ建言をしているであろう。だが、大清の復辟にのみ固執する閣下は、聞く耳を持つまい。そこでやむなく、重臣会議の席で訴えたのだと思う。

官吏の任免権、すなわち政府の人事権を掌握しなければ、皇帝とは言えぬ。それが帝政国家の最低条件であり、そのほかの要求はすべて二の次である、と梁文秀は主張したのだった。

好《ハオ》。その通りだ。満洲帝国が五族協和の独立国家か、それとも虚飾に被われた植民地なのかという判定は、その一点にかかっている。しかし――。

「まあ、そうは言っても、何から何までお膳立てをしてもらって、政治に口を出すなとは言えますまい」

緊迫した空気をほぐすつもりで、袁金鎧は笑いながら言った。

とたんに、張景恵《チャンチンホイ》が両手で卓を叩いた。

「おい、潔珊《ジエシャン》。与太もたいがいにしろ。張作霖《チャンヅオリン》を殺したのは誰だ。柳条湖の鉄道を爆破したのは誰だ。どれもこれも、けっこうなお膳立てだと抜かしやがるか」

会議はすくみ上がった。一昔前の「好大人《ハオダアレン》」ならば、物を言う前に拳銃を抜いていると、誰もが考えたからだった。

「閣下、冷静に。他聞がありますよ」

隣席の臧式毅《ザンシイイ》民政部総長が、怒りに震える手を握りながら宥めた。

袁金鎧《ユアンチンカイ》はあわてて言い直した。

「いや、どうか誤解なきよう。梁老爺《リアンラオイエ》のおっしゃることはいちいちごもっともです。しかし、帝政移行を目前にした今このときに、持ち出す問題ではありますまい。国家としての実力を身に付けたのち、漸次そのようにはからうというのが賢明だと申しておるのです」

会議はしばらくの間、気まずく沈黙した。重臣たちのここに至る道程はそれぞれに異なるが、置かれた立場はみな同じだった。蔣介石《ジャンジエシイ》にも張学良《チャンシユエリヤン》にも見捨てられ、日本という継母にあてがわれた毒か薬かもわからぬ飯を、食うほかはない子らである。

臧式毅が痩せこけた頰に手を添え、目をとじたまま言った。

「袁参議の申されることは、遺憾ながら現実です。帝政移行後の策としては、まず憲法の制定、次に国籍法の整備。それらの法に則って、公平な人事を実現すべきです」

誰に聞かれようが、差し障りのない言い方である。

しかし袁金鎧には異論があった。まず、皇帝の大権が明文化される憲法の制定を、日本が許すはずはない。次に、五族協和の理想のもとに国籍法を定めれば、日本が国策として推進している移民計画と、日本の兵役法との間に矛盾が生ずる。満洲国民を日本軍の兵役に就かせるわけにはいかないのである。すなわち、当分の間は憲法も国籍法も成立しえず、法による公平な人事は期待するべくもない。

袁金鎧は悲しい気分になった。そんなことは、みながみなわかっているのである。だが満洲の孤児たちは、毒だと知っていても生きんがために、飯を食うほかはないのだ。

「まあ、梁老爺のご意見はさておくとして、執政閣下にお出まし願おう。清史稿の世宗本紀は、私から奉呈する。雍正陛下のご事績に拠るのであれば、ご理解を賜われることと思う。そのあたりの説明も、私からさせていただきたいが、よろしいかな」

反論はなかった。袁金鎧は得心した。これでとにもかくにも、祖宗の位牌を配さずに郊天祭祀を行うことができる。

「ところで――」

国務総理が呟きながら言った。

「郊祭式においては、皇帝陛下が御みずから璽《シイ》と玉《ユイ》とを天帝に奉るらしい。その際には国務総理たる私が、宝器を捧持して天壇にお供せねばならぬのだが、この老体ではとうてい務まるまい。どなたか私にかわって大役を引き受けてはくれまいか」

郊天祭祀は午前八時に始まる。三月とは言え氷点下十度の寒さで、天壇の設けられる順天広場は吹き晒しであろう。

だが、誰も名乗り出ようとしないのは、その寒さゆえではあるまい。いや、国務総理が辞退を申し出たのも、老齢や健康のせいではないと思う。皇帝のみしるしを掲げて即位を天に告げるほど、満洲帝国が正統の王朝であるなどとは誰も信じていない。むしろ天帝の怒りに触れるのではないかと、怖れているのである。

袁金鎧《ユアンチンカイ》は一昨年九月の満日議定書調印式における、鄭 孝胥《チヨンシヤオシユ》国務総理の取り乱しようを思い出した。武藤関東軍司令官の落ち着きぶりに比べ、鄭孝胥の顔は青ざめ、筆を執る手は署名もままならぬほど激しく震えていた。この調印は売国行為ではないかという疑いを、拭い去ることができなかったのであろう。ましてや郊天祭祀は、政治ではなく神事である。天を欺くかもしれぬ宝器の捧持に、この実直な老人が耐えられるはずはなかった。

二つの宝器のうち、「璽《シイ》」は皇帝の御璽《ぎよじ》である。帝政移行に際しては、すでに「康徳御印」としるされたものが用意されている。「玉《ユイ》」は天命が宿るとされる宝玉であるらしい。

だとすると、皇帝に付き従って宝器を捧持する遺臣は二人いなければならないが、そのうちの一人にちがいない鄭孝胥すらも、ご勘弁を願い出たことになる。

「奉久《フォンジユウ》、どうかね」

袁金鎧は臧式毅《ザンシイイ》に水を向けた。

「私は先朝の臣ではない。その資格はないよ」

両手を大げさに拡げて、臧式毅は拒否した。そう言われたのでは、隣の張景恵《チャンチンホイ》には訊くまでもあるまい。立場は同じである。

「熙洽《シーチア》。君はどうかね。満洲旗人であり愛新覚羅《アイシンギョロ》の眷族である君なら、適任ではないか」

否とは言わせぬというほどの気合をこめて、袁金鎧は財政部総長を指さした。

腕組みをしたまま椅子に沈みこんで、熙洽は苦笑した。

「よく考えたまえ、潔珊《ジェシャン》。私が天壇に昇れば、これは復辟だと宣言するようなものじゃないか。許されるはずはあるまい」

よく考えなくてもわかる。熙洽は辛亥革命の勃発にあたり、共和制に反対し清朝を守《も》り立てようとした宗社党の活動家だった。

重い溜息をつきながら国務総理が言った。

「潔珊。やはりこの大役は、君がふさわしい。常に無偏無党、誰にも与《くみ》せず王道を歩んできたのは君だけではないか。まず君自身が引き受け、適当な人物をもうひとり選んでほしい」

物は言いようである。しかし袁金鎧《ユアンチンカイ》は踏みとどまった。宝器の捧持という大役は、宰相の椅子への大きな一歩にはちがいない。だがどうしても、この国の未来が信じられぬ。こんなふうに欺瞞で塗りたくられた国家を、天が嘉《よみ》するとは思えない。もし宝器をかざして天壇に昇れば、たちまち天の怒りに触れて五体が砕け散るような気がした。

答えをためらううちに、良心が口をきいてしまった。

「無偏無党《ウービエンウーダン》。王道蕩蕩《ワンタオタンタン》。いい言葉だ。しかし私がさほどの人物でないことは、諸君がよく知っているだろう。辞退する理由を、あれこれ語る必要はあるまい。お断りする」

会議はふたたび沈黙した。

悪魔の息吹のように風が唸り続けていた。窓には間断なく氷の粒が吹きつけた。もしやここはかつて税務署だったのではなく、監獄だったのではないかと袁金鎧は疑った。

もしその通りだとしたら、今もその役割を果たしていることになる。世界で最も貴い四人を、そうと気付かせぬよう幽閉する監獄である。麻薬中毒で正体のなくなった夫人とともに。

「咋《チャ》ーッ。万歳爺《ワンソイイエ》、お成りにござりまする」

御前太監《ごぜんタイチエン》の大声で、袁金鎧は我に返った。柱時計の針は予定の時刻を回っていた。

重臣たちは一斉に立ち上がって頭《こうべ》を垂れた。三月一日からはこうした作法も改まるのだろう。執政は政権の首班に過ぎぬが、皇帝は君主であり、天に信託された統治権者である。大臣たちと同じ目の高さにあってはならず、会議といえども玉座が用意される。

国務総理が非常の時刻を詫び、緊急会議の案件を説明した。郊天祭祀の天壇に祖宗を配するか否かという問題について、袁金鎧参議から提案がある、と。

執政閣下は長袍《チャンパオ》の上に、綿入れの馬褂《マーコワ》を召されている。もともと表情に乏しいお方だから、ご機嫌のほどはわからない。

袁金鎧は清史稿の「世宗本紀」を開いて、執政の前に置いた。

「この項をお読み下されませ。雍正陛下のご事績にござりまする。しかるのち、会議に入らせていただきます」

席に戻って執政閣下のご様子を窺った。まるで家庭教師の進講を受けるように、書物を読む姿勢は正しかった。

ああそれにしても、この類い稀なる凶相はどうしたことだ。

このお方が去ること二十数年前、宣統皇帝として即位なされたご本人だという事実を、袁金鎧《ユアンチンカイ》はしみじみと噛みしめた。

わずか三歳であったのだから、ご記憶にはあるまい。冬至の朝の、凍った大理石を踏みながら、なされるがままわけもわからず、北京の天壇にお昇りになられたのであろう。

同じ年ごろの孫たちを思えば、いたわしさもひとしおだが、まして悲しいことには、その郊天祭祀を見届けた百官百僚のただひとりとして、ここにはいなかった。

挙人の学位しか持たぬ、逃げ遅れた老臣。

王朝とは無縁の軍閥から居流れた、氏素性のよくわからぬ男。

三百年前に枝分かれした、遠い遠い親類。

そして馬賊の親分と、一羽か一匹かの数え方もわからぬ蝙蝠。

この御方のまわりには、そんなろくでなししかいない。しかも、宝器を捧持して随うなどまっぴらごめん、という程度の忠義しか持ち合わせぬ家来どもだった。

おそらくわが身の不幸に気付いていない執政になりかわって、袁金鎧はひそかに眦《まなじり》を拭った。

七十一

三月一日が近付くほどに、首都新京には応援の特務機関員が続々と集まってきた。満洲全土はおろか、華北や上海からの動員もあった。「まるでスパイの大安売りですな」と、広東なまりのきつい熟練の下士官が言った。

特務機関は諜報活動や特殊工作を任務とする。よって機関員たちは、全体の編制も員数も知らない。各々の所属も「軍司令部付」か「大公使館付」とされ、表向きには「奉天特務機関」も「上海特務機関」も存在しない。

支那語は必須である。それも支那人に化けても疑われぬくらい堪能でなければならない。いきおい在満在支の勤務は長くなるから、こうした動員があると実は知った顔だらけで、「まるでスパイの大安売り」という冗談も出るのである。

かつて苦労な任務を共にした仲でも、旧交を温めるわけにはいかない。無事を確かめ合い、夜更けに盃を傾けながら軍機の暴露にならぬ程度に、情報を交換するのがせいぜいのところだった。

大所帯となった臨時特務機関は関東軍情報参謀の指揮を受け、新京憲兵隊と連繫して、郊祭式および登極式の妨害を未然に防止する。任務はそういうことなのだが、新京は広すぎ、命令は大雑把すぎた。

中華民国政府は、そもそも満洲国の存在を認めていない。しかも辛亥革命によって退位したはずの清朝皇帝が、ふたたび即位するのである。あるいは満洲事変によって東北を追われた張学良軍の残党が、馬占山の指揮下で今もゲリラ戦を展開している。そのほかにも満洲国に抗う勢力はいくらでもあった。

正直のところ、どれほど警戒を厳にしてもテロのひとつやふたつは起きるだろうと、志津《しづ》大尉は考えている。

「それにしても、だだっ広い場所ですなあ」

運転席の窓を開けて双眼鏡を構えたまま、相方の機関員が言った。

「上海とはだいぶちがうだろう」

「それはもう。共同租界なんて、上野か浅草みたいなものですからね。志津さん、上海勤務は」

「何度か行ったことはあるがね。言葉が通じなくて往生した」

「ああ、そうでしょうねえ。幸い私は両刀使いなので、ここでも不自由はありません」

ともに背広と外套、ソフト帽を冠った会社員のなりである。軍籍を疑われるものは何ひとつ身につけず、かわりに「大倉商事新京支店」の名刺を持っている。

変装をすれば言葉づかいも改まる。階級のかわりに「さん」だの「君」だのと呼び合い、まちがっても「アリマス」などという軍隊語は使わない。それでも軍服を着れば、たちまち言葉も挙動も軍人のそれに戻るからふしぎである。

「窓を閉めてくれ。こんな日にテロリストがうろついているとも思えん」

寒さがしみてくると古傷が疼く。痛みそのものよりも、渡辺《わたなべ》曹長の最期が思い起こされてつらくなる。

若い相方は窓を閉めると、問わず語りに身上を話し始めた。根は饒舌な男らしい。志津がさほど難しい上官ではないと読んで、自己紹介をする気になったのだろう。

春日《かすが》少尉は横浜高等商業卒の甲幹で、生家は在日華僑だそうだ。祖父母は上海出身、父の代に帰化して日本国籍を得た。「春日」は母方の姓であるらしい。

横浜高商に進んだのは、むろん家業を継ぐためだったが、父親と反りが合わずに軍隊を志願した。陸軍将校としては相当に特異でも、わかりやすい経歴ではある。

「父は商売がら、しばしば上海にやってきます」

「さっさと帰ってこい、か」

「いえ。まだ跡取りを考える齢ではありません。私の口から支那情報を取りたいんですよ。そういう人間です」

春日少尉の物腰からは、育ちのよさが感じられた。父親は並の貿易商ではないのだろう。

「たとえ親でも、めったな話はしなさんなよ」

「承知しています。ご心配には及びません」

「もひとつ、老婆心ながら――」

志津大尉は手袋を嵌めた人差指を立てた。

「軍隊は長くいるところではない。お父上に情報は流さなくても、支那で得た知識はゆくゆく君の財産になるはずだ」

しばらく黙りこくってから春日少尉は言った。

「私はこのごろ、執政溥儀《ふぎ》という人物が他人のように思えんのです」

自分の人生を勝手にできぬしがらみを、まとっているという意味なのだろうか。

春日少尉がゆっくりと車を発進させた。運転は手慣れている。凍った路面に鎖を噛ませながら、公用車は茫々たる順天広場を巡って走った。

「志津さんは本村町《ほんむらちょう》のご出身と聞いていますが」

ハンドルを握りながら春日が訊ねた。「本村町」とは「市谷本村町」、すなわち陸軍士官学校の隠語である。

「べつに珍しくはなかろう」

「いえ。そうは見えないな、と思いまして」

「話を蒸し返すようだが、軍隊は長くいるところではないよ」

意が伝わったのかどうか、春日少尉はやや考えてから苦笑した。

志津には何の志があったわけではない。軍人の家に生まれたから軍人になっただけである。小学校を出て陸軍幼年学校に進んでしまえばあとは一直線で、自分の人生を考え直す間などなかった。

あげくの果てに、軍隊そのものに懐疑し、反抗した。今はおめおめと帰る家もなく、大陸の特務機関に飼い殺されている。

そんな志津大尉にとって、士官学校出に見えないという感想は、むしろ愉快だった。

「あの、志津さん。誤解なさらないで下さい。どうも本村町の人は、偉そうでかなわんのです。志津さんはそうは見えません」

「大倉商事の課長で通るかね」

「はい、通りますとも。内地から着任した課長を、駐在員の私が案内している、と。さあ、ご覧下さい課長。ここが三月一日に郊祭式が挙行される順天広場です。北側の空地は、康徳帝がお住まいになる帝宮の建設予定地です」

巨大な官庁は続々と建てられているのに、帝宮が未着工であるのはなぜだろう。また、即位を天に報告する場所ならば、北京の天壇のように立派な御堂を想像していたのだが、どうやら改った祭殿は造らぬらしい。

氷点下の風が吹き渡る広場に、無数の作業員が立ち働いていた。あちこちに火を焚いて凍土を溶かし、お供え餅のような三段の円丘をこしらえている。

時間がないのか、それともやる気がないのか、式場はひどく粗末でいいかげんなものに見えた。

かつてここは、杏花村《シンホワツン》と呼ばれる郊外の地であった。風水の理に則って、皇帝は南面して政を執らねばならない。帝宮造営に際して、執政溥儀はそのことにこだわった。

要望に従って三ヵ所の候補地が挙がり、最も長春旧市街に近い杏花村が選ばれた。

その帝宮の南に開かれた順天広場が、郊天祭祀の式場となる。

道路はほぼ整備されているが、ぽつりぽつりと見える周辺の建物の多くは、足場が組まれたままだった。それらが地吹雪に巻かれて見え隠れするさまは、さながら異界の風景と思えて気味が悪い。労働者を式場の建設に取られて、工事はどこも中断しているのだろう。

「それにしても、この膨大な予算はどこから出ているのでしょうね」

広場に沿ってのんびりと車を進ませながら、春日少尉はソフト帽の庇を上げた。

「本村町には経済などわからんよ。横浜高商出はどう見るね」

そうですねえ、と考えるふりをしたが、たぶん見当はついているのだろう。回答は興味深い。

「東京の国会議事堂も建てきらんのですから、日本政府に余分な金があるとは思えません。満鉄や民間会社の負担は高が知れています。外債を募集したという話も聞きませんし、第一、金持ちの国は満洲国を承認していません。すると、考えられることはまず――」

「当たり前に考えれば税収だろう」

「いいえ。建国後の二年間で、税制を確立させたとは思えません。満人の地主や商人が、まともに税金を払うとも思えませんしね。そこで、もっと当たり前に考えれば、没収した張学良の資産を関東軍が運用している」

志津は胸の中で肯いた。そもそも満洲事変は、関東軍が勝手に始めた戦争である。その結果としての鹵獲《ろかく》品を、日本政府や中央省部に納めるはずはない。

張学良政権は事実上の独立国であった。強大な軍事力を背景にして経済を進展させ、独自の紙幣を発行する銀行まで経営していた。その莫大な財産の多くを、関東軍が手にしたのはたしかである。

「しかし、春日君。軍司令官も参謀も交代するじゃないか。満洲事変当時の幕僚などひとりもいないのに、軍事機密だけが申し送られているとは思えん」

「そこですよ、そこ。満洲事変そのものは板垣さんや石原さんが主導したのでしょうが、その裏にはさらなる黒幕がいる、ということになります」

「ちょっと車を止めんか」

話がただごとではなくなった。車を路肩に寄せると、春日少尉は巻莨《まきタバコ》をくわえた。

「やりますか」

「いや、俺は喫《の》まん」

上官の前で一服など、軍隊の躾《しつけ》ではありえないが、春日が横柄なわけではない。正体を覚られぬよう、そうした挙動まで地方人になり切るのである。莨の銘柄もいかにも商社員らしい「スリーファイブ」だった。

「何から何まで関東軍が仕切っているように見えますが、思いのほか政治家や官僚が、肝心のところは握っているんじゃないですかね」

志津の表情を窺いながら、遠回しに春日少尉は言った。

「根拠は」

「ありませんよ。そんな気がするだけです。軍隊に入ったときまず感じたのは、軍人というのは乱暴だが扱いやすいな、と」

春日はダテにちがいないロイドメガネを、雪原の色に染めながら続けた。

「お気を悪くなさらず、課長」

「いや、なかなか面白い意見だ。扱いやすいというのは、つまり単純だということだね」

「その通りです。とりわけ本村町のご出身は、みなさん判で押したように一律です。帝大出の政治家や官僚にとっては、御しやすい相手でしょう」

支那の新聞は、満洲国を「傀儡国家」と書き立てる。日本の軍部、わけても関東軍に操られている、と。だが春日の説によれば、その関東軍も実は政治家に操られる傀儡ということになる。

たぶん春日は、自分の過去を知っているのだろうと志津は思った。

怪文書を撒いて軍法会議にかけられた危険人物。だが退役陸軍少将の倅を免官にするわけにはいかないので、大陸の特務機関に流謫《るたく》された。むろん、それ以上の秘密は知るまいが。

「俺も御しやすい相手と踏んだのか」

「いえ。話のわかる方だな、と。それに、私は政治家でも官僚でもありません。考えていることを、話してみたいと思いました」

「ひとつ言っておくが、私はきょうび世間を騒がせている革新将校とはちがうよ。治安維持法の改悪に我慢がならなかっただけだ」

志津は春日の表情を注視した。やはりそれくらいのことは知っているらしい。

「春日君。根拠のない話なら口にせんほうがいい。俺を信用してくれたのはありがたいがね。しかし、いずれにしろ面白い仮説だ。では俺からも、お返しの情報を提供しよう。この膨大な予算の出どころについて」

車窓には幾何学紋様の氷の花が咲いている。外は零下十度の下だろう。相変わらず満人の作業員たちは、凍った大地を相手に悠長な土木工事を続けていた。

「やつらの半数ぐらいは、阿片を買うために働いている。むろん阿片はご禁制だが、医療用として政府が管理し、専売としているわけだ。そんな話、誰が信じる。この阿片まみれの満人たちを見れば、れっきとした財政収入であることは明らかだろう。君は満洲の地理をよく知らんだろうが、東満と熱河《ねつか》省は一面の罌粟《けし》畑だ。在満邦人に対しては厳禁し、満人に対しては事実上の奨励策を取っている。その結果、人口比率が多少なりとも変化すれば、一石二鳥さ。どうだね、春日君。張学良の遺産に阿片の専売益を加えれば、これだけの都市を造る立派な財源になるんじゃないかな」

春日は答えなかった。莨の喫い殻を窓から投げ捨てると、怖気をふるって外套の衿をかき合わせた。

「根拠はあるんですか、志津さん」

「俺は根拠のない発言はしない。君が馬鹿よばわりする本村町の教育のたまものでね」

春日は話の先を求めずに、「勉強になりました」と言った。この男のいっぷう変わった聡明さは、体に流れる中国人の血のせいだろうか。

昨年の熱河作戦の目的は、領土の画定ではなく、阿片の大生産地の確保だと志津は読んでいる。そこまでは言わずにすんだ。

口髭を真白に凍らせた巡査が、コツコツと窓を叩いた。

春日少尉が大倉商事の名刺を差し出すと、巡査はむしろ訝しげに訊ねた。いい勘をしている。

「こんなところで、何をしておられるのですかね」

「内地から着任した課長に、名所案内をしています。ご不審なら、その電話番号におかけなさい」

軍司令部内の臨時特務機関には、三台の着信専用電話があり、それぞれが「南満洲鉄道新京支店」「三井物産新京支店」「大倉商事新京支店」と名乗る。名刺の社員はたしかに在籍しているが、今は外出中なのである。だが、現実にはそんなややこしい真似をする特務機関員はいない。

志津大尉は春日の頭ごしに言った。

「関東軍第二課、巡察中だ。敬礼はするな」

ハッと声だけ上げて、巡査はそそくさと立ち去った。

新市街はどこも同じだが、道路は広く建物は疎《まば》らで、身をひそめる場所もない。車がしばらく停まっていても、警察官の職務質問を受けるのである。広すぎるというのは、あんがいテロリストにとって、不利な条件かもしれなかった。

順天広場の両側の道路は、東西の万寿大街と命名された。皇帝の長寿を願うという意味なのだろう。

車はその西万寿大街を、馬車のあとについて進んだ。

やはり天壇には、何を建てるわけでもないらしい。円丘の上に着ぶくれた作業員たちがぎっしりと乗って、土を搗《つ》き固めていた。道具は少なく、ほとんどは足踏みである。

即位を天に告する郊祭式の挙行に、執政はこだわった。それは武藤軍司令官と会見するたび、執政が必ず口に出す要求だった。将軍は確約しているのに、執政は念を押した。そのこだわりようは病的で、通訳をためらうことすらあった。

執政はその要求に対する回答が、北京の天壇とは似ても似つかぬ、お供え餅のような円丘だと知っているのだろうか。阿片中毒の労務者たちが、凍土を足で踏み固めているのだ、と。

執政溥儀という人物が、他人のように思えない、と春日少尉は言った。さほど深い意味はあるまい。神のごとく超然としているわけではなく、人間的な苦悩を感ずるのである。

しかしその苦悩は、凡下《ぼんげ》の人々の及ぶところではない。貧しさとは無縁でこそあれ、生きながら地獄をさまようほどの不幸であろう。そしてその苦労を知ったればこそ、武藤将軍はやさしかったのだと思う。

「さて、腹ごしらえでもするか」

想像が天皇陛下のお姿に重なることを怖れて、志津大尉は話を変えた。

「いいですね。上海料理に慣れた舌には、やたら塩辛くて油っこいですが」

「まずいかね」

「いえ、病みつきになりました。油に当たると聞いていますので、食前にはビオフェルミンを服用しています」

「一度ぐらい腹を下さなければ、満洲料理のうまさはわからんよ」

「やあ、腹がへりました」

車は市街地をめざして速度を上げた。

思いがけぬ人物と出くわしたのは、志津大尉が正月休暇をおえて、明朝は満洲に帰るという日だった。

渡辺曹長の生家を訪ねて遺品を渡し、帰りがてら思い立って、仙台の歩兵四聯隊に石原大佐を訪問した。さらに翌日には、東京牛込の吉永大佐宅で七草の粥をごちそうになった。

九段坂の偕行社に立ち寄ったのは、防寒着を買うためだった。幸いなことに、吉永大佐が立川飛行場から新京に向かう輸送機の席を用意してくれたのだが、機内はひどく寒いと聞いた。

軍服の下に着る防寒襦袢《じゆばん》と股引《ももひき》を買い、将校行李に詰めこんで偕行社を出ると、ふいに名を呼ばれた。あたりを見回せば靖國神社の大鳥居を背にした道路の向かいに、旧友の顔があった。

村中孝次《むらなかたかじ》は陸軍士官学校の同期生である。本科では区隊も兵科も同じだった。

「貴様は例の一件で免官になったとばかり思っていたよ。で、今はどこで何をしているんだ」

志津の軍服の襟には、所属部隊を表す徽章がなかった。

「関東軍司令部の使いっ走りだ。辞めたくても辞めさせてもらえん」

「さてはお父上の肝煎《きもい》りか」

冗談を飛ばして村中は笑った。色白で丸顔の好男子ぶりは、士官学校の時分と変わっていない。

それから二人は、どちらが誘うでもなく靖國神社に向かって歩き出した。参拝をするというより、参道の掛茶屋で汁粉でも食おうと志津は思ったのだった。神田の学生街は居心地が悪いし、九段坂下の軍人会館は三月の開業と聞いていた。

たぶん村中も、一通り同じことを考えたのだと思う。幼年学校から純粋培養された軍人は、発想があらまし似ている。

村中は歩きながら、身の上を話し始めた。

いまだに中尉のままなのは、士官学校の区隊長を務めていたころ、教え子たちに革新思想を吹きこんだ懲罰だそうだ。旭川の原隊に戻されて、長いこと冷や飯を食わされた。

「しかしなあ、志津。今さら蒸し返しても仕様がないが、どうして相談してくれなかったんだ。治安維持法うんぬんという意見書は、いささか的を外してやしないか」

「俺はそうは思わん。言論の弾圧は国を殆《あやう》くする」

議論をするつもりはない。村中中尉はいわゆる革新青年将校の指導者だった。

大正十四年卒業の三十七期には活動家が多くいた。村中孝次を始めとして、香田清《こうだきよ》貞《さだ》、大蔵栄一《おおくらえいいち》、菅波三郎《すがなみさぶろう》といった面々である。中央省部から見れば、たぶん自分もその一味とされていたのだろう。

だが、志津は何度か会合には顔を出したものの、彼らには同調できなかった。天皇絶対主義を唱えながらも、主張するところは抽象的で情緒的で、むしろ社会主義に近いと感じたからだった。

士官学校では政治も経済も社会学も、一切学ばないのだから仕方がない。そのくせ士官学校出の将校たちには、自分たちが国を動かすのだという、何の根拠もない自負があった。

同期の予科入校者は三百八十六名、しかし本科卒業者は三百二名に過ぎなかった。大正軍縮下の少ない入校者を厳しく鍛えて、少数精鋭をめざした結果であろう。三十七期とその前後から多くの革新将校が出たのは、そうした教育方針の副作用とも思えた。

「ところで、まだ冷や飯食いか」

志津が訊ねると、村中はひとこと「陸大」と呟いた。まるで恥じ入るような口調だった。

陸軍大学校の学生ならば、吉永大佐の講義を受けているかもしれなかったが、あえて訊ねなかった。

「旭川の聯隊長に説得されて、受けるだけは受けたんだが、俺のような危険人物がよもや合格するとは思わなかった。軍隊は公平だな」

「こうなったら早いとこ出世して、軍隊を上から変えてくれ」

「さあな。どうも落ち着かない。とりあえず三月には大尉に昇進させてもらえるだろうが」

同志たちの誤解も蒙ったにちがいなかった。陸軍は陸大卒が支配する。上級部隊の指揮官や参謀職はほぼ例外なく陸軍大学校をおえているからである。

入学試験そのものはたしかに公平だが、およそ二十人に一人という狭き門では、省部の参謀たちと隊付将校たちの間に、差別感情や嫉妬心などの軋轢《あつれき》が生ずるのは当然だった。陸大に合格した村中が、志を捨てて奔敵したと思われてもふしぎはあるまい。

村中の言う「どうも落ち着かない」とは、たぶんそういうことなのだろうと志津は思った。

「貴様、何だか丸くなったな」

熱い汁粉を啜りながら村中は言った。参道の掛茶屋には何人かの兵隊がいたが、直立不動の敬礼をすると、大急ぎで汁粉をかきこんだ。

村中はこっそりと、見知らぬ兵隊たちの汁粉代を払った。昔からそういう気遣いをする男だった。

「俺が丸くなった、か。褒められているのか、貶《けな》されているのかわからんな」

「貶してやしないよ。あれからどんな苦労があったか知らんが、ともかく貴様は角が取れた」

ふと志津大尉は、市ヶ谷台上の琵琶湖のほとりや馬場の土手で、こんなふうに村中孝次と語り合ったことを思い出した。

あんがい仲がよかったのかもしれない。村中はいつも冷静で、自分のほうがずっと感情的だった。

「なあ、村中――」

「何だい、改まって」

「俺は特段の苦労をしたわけじゃない。勅諭にある通り、軍人は政治にかかわるべきではないと悟った。貴様は、陸軍大臣にでも参謀総長にでもなってくれ。満洲はひどいところだ」

その有様を審《つまびら》かにできぬことは苦しかった。何から何まで打ちあければ、きっとこの優秀な友は人生の方向を変えるはずだった。

「ひどいところだ」

もう一度それだけをくり返して、志津大尉は掛茶屋の縁台から腰を上げた。

村中とは大村益次郎の銅像の下で別れた。べつに何を申し合わせたわけでもないのに、二人は靖國の社殿を詣でようとはしなかった。

春日少尉と差し向かいで包子《パオヅ》を食べながら、日本と支那は本気で戦争などできまいと、志津はしみじみ思った。

同じ肌の色をし、同じ顔かたちをしている。漢字の姓名を持ち、三度の飯を箸で食う。道徳心も共有し、仏に掌《て》を合わせて線香を上げる。

そんな日本人と支那人が、よほど個人的な恨みでもあるならともかく、国ぐるみで憎しみ合うことなどできるはずはない。

「しかし、志津さん。いくら何でもあの式場は安すぎます。員数合わせにもほどがあると思いませんか」

包子を頬張りながら春日が言った。昼飯どきは過ぎて、店内に客の姿はない。仮に女給が多少の日本語を解するとしても、葬式か結婚式の話だと思うだろう。

「約束は果たすにしても、そこまでは予定していなかったんじゃないかね。日本人は面倒が嫌いだ」

「なるほど。儀式にこだわらない、と。そう言えば葬式が簡単ですね」

「あるいは――」

志津はいっそう声をひそめた。

「北京の天壇を使うつもりだったのかもしれんよ」

ほう、と春日は肯いた。

「だとすると、帝宮の工事が始まらないというのも合点がいきます」

「仮説だよ、春日君。根拠は何もない」

熱河作戦の余勢を駆って関東軍が長城を越えたときの、執政の興奮ぶりを志津は思い出したのだった。

日本軍が長城の古北口《こほくこう》および喜峰口《きほうこう》を陥として河北省に侵攻したのは、ちょうど一年前である。北京はわずか九十キロの指呼の間にあった。

武藤軍司令官からの報告を受けた執政は、少年のように欣喜した。たちまち北京を攻略し、皇帝として紫禁城に回鑾《かいらん》できると信じたのだった。

しかし関東軍は北京を指向せず、長城の線まで撤兵した。それは関東軍に対し勅命も辞さずとする、天皇陛下の強いご意志であったと聞く。

五月の停戦協定により、熱河省は事実上満洲国の領土として画定し、長城の河北省側に非武装地帯が設けられた。

作戦は満洲国にとって大成功であったと言ってよい。だが、執政溥儀の失望は痛ましい限りであった。

武藤将軍に向かって、「為何《ウエイホー》！　為甚嘛《ウエイシエンマ》！」――なぜだ、どうしてだ、と怒鳴り続けた執政の声は忘れがたい。

「北京を取るつもりだったのでしょうか」

「さあ、どうだろう。作戦の大義があるまい。停戦協定は、うまい落としどころだったと思う」

「大義、ですか。懐しい言葉だ」

春日少尉は氷花の咲いた窓ガラスに額を寄せて、白く濁った新京の空を見上げた。

「三月一日だからと言って、いきなり春がくるわけでもありますまい。せめて青空だったらいいですね」

「晴れるさ。知っているかね、四月二十九日の天長節は、毎年必ず快晴だ」

氷点下の寒さは仕方あるまい。だがせめてあの土饅頭のような円丘の上に、北京の天壇に続く蒼穹《そうきゆう》が拡がることを、志津大尉は心から願った。

七十二

即位の大礼が近付くほどに、執政府はあわただしくなった。太監《タイチエン》や女官らは暗いうちに起き出して働き始めた。東の空が白むころには門が開いて、待ち受けていた人や車がどっとなだれこんできた。

たちまち靴音が入り乱れ、中国語と日本語が飛び交い、まるで徹夜のダンスパーティがはねたような有様になった。

おかげで私の時間割はむちゃくちゃになった。薬の力を借りてようやく眠りについたとたんである。しかも太監たちは、早朝から挙行される式典に備えるため、私を眠らせまいとして、目覚ましの普洱茶《プーアル》や朝食の膳を運んでくる。そしてわざと大声で、「万歳爺《ワンソイイエ》におかせられましては、天機うるわしくお目覚めになられました」と言う。

機嫌のよかろうはずはない。私は目覚めたのではなく、むりやり目覚めさせられたのだ。

濃厚な普洱茶にはたしかに覚醒効果があるが、胃腸の弱い私には毒だろうと思うから、まず粥《かゆ》を啜る。そうして太監《タイチエン》たちの思惑通りに、私は朝食を摂り茶を飲んで「お目覚めになる」のである。

しかし、まだ眠り薬は効いている。玉体から毒気を抜くために、太監《タイチエン》たちは私の両腕を支えて寝室を歩き回らせる。眠ってしまえば引きずり回す。私はその間、夢とも現《うつつ》とも知れぬふしぎな光景を見続けねばならない。

絹張りの壁に余すところないほど貼り付けられた、極彩色のポスター。どれもこれも、悪趣味このうえない。曰く、「王道楽土」「五族協和」「大満洲帝国万歳」。赤や緑や黄を派手やかに組み合わせ、人の目を奪うことしか考えていない。

奇怪《チイグアイ》。一枚ずつ見るならまだしも、こうしてずらりと壁に貼り付ければ、感想はその一言に尽きる。あるいは、グロテスク。

太監たちに引きずり回されながら、私は夢うつつに考える。

奇怪あるいはグロテスク。私の国について、第三者が公平にその印象を語るとしたら、もしやそれではなかろうか。

美は自然の中に存し、人工の美すなわち芸術は自然の模倣でなければならないのに、新京《シンジン》の町造りは自然の破壊から始まった。

むろんその方法は、都市計画のみにとどまらない。法律、制度、文化、教育、産業、経済——国家を形成するありとあらゆる要素において、自然であることは否定され、不自然なものが採用された。そのようにしてでき上がりつつある国家が、奇怪あるいはグロテスクの印象を人に抱かせるのは当然であろう。

王道楽土や五族協和や、大満洲帝国万歳という華やかな包み紙で、奇怪でグロテスクな姿かたちを、くるみこまねばならないのである。しかもなるべく手際よく、早急に。

「万歳爺《ワンソイイエ》にお願いいたしまする。どうかおみ足にてお歩き下されませ」

太監に言われて何歩か進んでも、じきに私の足はもつれた。これは本当に眠り薬のせいなのだろうか。体が少しずつ衰えてゆくような毒薬を、日々の食事に盛られているのではあるまいか。

奇怪。グロテスク。そうした印象と分析を、私が語ることのできる人物はひとりきりだった。

梁文秀《リアンウエンシウ》は言った。

ご宸念《しんねん》はおそらく正鵠《せいこく》を射ておりましょう。しかるうえは、万歳爺の御稜威《みいつ》もて、奇怪なる姿を美しく、グロテスクな形を正しいものに変えてゆかねばなりませぬ。このたびの帝政移行はその目的を達成するための、必要欠くべからざる階梯にございまする。けっしてうわべだけの復辟であってはなりませぬ。三百年の大清皇帝ではなく、三千年の中華皇帝として天壇にお昇り下されませ。太祖太宗も、乾隆陛下も、光緒陛下も、むろん慈禧《ツーシー》太后陛下も、そのことをお希みになっておられましょう。急いではなりませぬ。不自然を自然に変えるのです――。

私の胸は慄《ふる》えた。梁文秀《リアンウエンシウ》が具体的な政策を語ることはないが、大局についてはしばしば思うところを述べた。

つまり彼は、今の私が心がけねばならぬことはひとえに忍耐だと諭したのだった。忍耐《レンナイ》。実はその言葉の意味が、私にはよくわからない。私欲を去って我慢をするということなのだろうが、生まれてこのかた私は、我慢などしたためしがなかったから。

飢えを感ずる前に、山海の珍味が供された。嫌いなものには箸をつけず、好きなものだけを食べればよかった。腹が立てば太監《タイチエン》をいたぶった。罵詈雑言《ばりぞうごん》を浴びせようが打擲《ちょうちゃく》しようが、誰も逆らわなかった。それすら面倒ならば命令するだけでよかった。皇帝を諫《いさ》めるには死諫でなければならず、皇帝の命令は天意だからだった。

そうした私の生活は、忍耐と無縁だった。「孤独」という言葉の意味がわからなかったように、私は「忍耐」がそもそもどういうものか知らなかった。

「さあ、万歳爺《ワンソイイエ》。おみ足をお運び下されませ。ご先祖様に朝のご挨拶をば」

太監たちは寝室の内扉を開けて、控えの間に私を引きずりこんだ。夥《おびただ》しい線香の煙に私は噎《む》せ返った。

これもまた実に奇怪な光景である。かつて御前太監の当直室であった小部屋には祭壇が設けられ、壁に沿ってぐるりと、祖宗の位牌が祀られていた。

三人の道士が床に拝跪《はいき》し、呪文を唱えながら霊符を捧げている。すでに魂が飛んでいるのか、彼らは私を顧みようともしなかった。

重臣たちの建言を容れて、郊祭式には祖宗を配さぬことにした。雍正帝の先例があるのならば、それでもよいと思った。だが、私のうちにはやはり祖宗をないがしろにする苛責があって、以来こうして魂魄を鎮《しず》め続けている。

日一日と郊祭式が近付くほどに、私は祟りを怖れ、道士とラマ僧と満洲族の薩満《サマン》を、二十四時間三交替で鎮魂に当たらせた。彼らの祈りは日ごと夜ごと熱心になり、私の眠り薬は増えた。

しかし、私が彼らとともに跪《ひざまず》くことはない。三月一日の朝、私は潔斎して龍袍《ロンパオ》をまとい、天壇に昇るからである。すでに天の定めた中華皇帝が、私事の忠孝に捉われてはなるまい。

胸の中で詫びて、私は祭室を出る。

「万歳爺《ワンソイイエ》にお伺いいたしまする。皇后陛下におかせられましては、はやお目覚めにござりまするが、お呼びいたしましょうか」

　よろめきながら私は、「いや、寄っていこう」と答えた。

　このところの妻の狼藉ぶりは、目に余るものがあった。心を鎮めるのは阿片しかないのだが、今の吸引量が続けば心臓がもたないと医者は言った。

　妻は皇后に復位する。いや、私たちの婚礼は辛亥革命ののちであるから、婉容《ワンロン》はついに、皇后として公然と即位するのである。

　どうしてこの吉事を目前にして、妻は身を慎むのではなく、いよいよ身を持ち崩してしまったのだろう。

　その原因はわかっている。考えるまでもなくわかりきっている。

　すべての儀式に、妻は出席しない。とうてい出席させられない。痩せ細った体は順天広場の寒気に耐えられぬだろうし、またその虚《うつ》ろな表情を、登極式において百官百僚の前に晒すわけにはいかなかった。

　しかし多くの阿片中毒者がそうであるように、妻は自分自身が衰弱しているとは思っていなかった。だからありもせぬ陰謀を疑い、また夫である私の愛情を疑った。

　即位の次第は、満日両国の度重なる協議を経てようやく定まった。

郊祭式もしくは告天礼と呼ばれる、皇帝即位を天に報告する儀式には、祖宗を配さぬかわりに清朝の龍袍《ロンパオ》を着用する。そののち執政府に戻り、大元帥服に着替えて勤民楼の広間に百官を召集し、登極式を行う。

これは満日双方にとって、ぎりぎりの折衷案だったと言ってよい。よってどの場面にも、傍目には廃人同様に見える皇后を、帯同するわけにはいかなかった。

「咋《チャ》ーッ！　万歳爺、お出ましになられまする」

妻の寝室の前で、太監《タイチエン》が出御を告げた。私は彼らの手を振り払い、ガウンの前を斉《ととの》え、髪を撫でつけた。妻の前では常に紳士でなければならず、常に良き夫でなければならない。家庭教師のレジナルド・ジョンストンが大婚に際して贈った餞《はなむけ》の言葉を、私は守り続けてきた。

扉を開けたのは、梁 文秀《リアンウエンシウ》の妻だった。

「お人払いを願いとう存じます、万歳爺」

小柄な老女は両膝をついて請安《チンアン》の礼を尽くしながらそう言った。私が命ずるまでもなく、太監たちは廊下に佇んだまま扉を閉めた。

北京の日本公使館に匿われたころから天津時代を通じて、ずっと妻に仕えている玲《リン》は、年齢も経験もほかの女官たちにまさっている。宮廷儀礼には詳しくないが、東京に長く暮らしていたからさまざまの知識があり、むろん日本語も堪能だった。

「ご無礼いたします」

玲玲《リンリン》は太監《タイチエン》にかわって、私の腕を支えてくれた。

「おはよう、エリザベス。ご機嫌はいかがかね」

英語で語りかけても、妻は応じなかった。窓際の椅子に腰かけ、プイとそっぽうを向くようにガラス越しの空を見上げていた。

かたわらに立ってその肩に手を置き、妻の口ぶりを真似て顕玗《シエンツ》が答えた。

「あら、おはよう、ヘンリー。アイム・ファイン！」

ちょっと変わりものの愛新覚羅《アイシンギヨロ》家の王女は、このところ妻のお守り役を務めている。日ごろの男の身なりではうまくないから、青いシルク・サテンの満洲服を着ているのだが、血は争えぬもので、細身の体や断髪によく似合った。

ありていに言うなら、妻の体に宿る命について知っているのは、この四人だけだった。けっして父親ではない私と、母親である妻と、老いた女官と、変態の親族である。

たった四人しか知らぬ国家機密など、ほかにあるだろうか。なにしろ国務総理も、関東軍司令官も、女官長も御前太監も知らないのだ。

そしておかしなことには、その四人がこうして顔を合わせても、何を相談するわけではなかった。帝政施行の慶事が一段落するまでは、口に出すべきではないというのが私たち四人の申し合わせだった。事態の混乱を怖れるというより、不浄な話だからである。

それでも、私たちはなぜか日に一度か二度はこうして顔を合わせ、何も言わぬままたがいが目と目で、秘密を確認し合った。

「いいかげん、聞き分けてはくれまいか」

私は妻の隣りに腰を下ろし、両膝に肘を置いて俯いた。

「いやよ」

かつてのように、腕を絡めたり肩を抱き寄せたりできない。ほかの男に抱かれた体は不浄で、皇帝が手を触れてはならなかった。また、妊娠している女の体そのものに私は恐怖していた。それはおそらく、私をこの世に産み捨てたきり毒を呷って死んだ、顔のない母を連想させるからだろう。

天津《テイエンジン》の静園《ジンユアン》と同じ桃色の絹で彩られた部屋に、婉容《ワンロン》と私はたがいを遠ざけて座っている。顕㺭《シエンヅ》は窓にもたれて口笛を吹き、玲玲《リンリン》は進退きわまったように立ちつくしている。

これもやはり、夢とも現とも知れぬふしぎな光景だった。

「わかってほしい。私は大清の復辟をなすが、祖業を十分に恢復するわけではない。満洲帝国と中華民国は戦時体制にあるのだから、皇帝は戦陣に立たねばならず、陣中に皇后を同伴するわけにはいかない。君はこの部屋で龍袍《ロンパオ》をまとい、蔭ながら私を祝福してほしい」

顔をそむけたまま、妻は力なく呟いた。

「説謊《シュオファン》」――うそつき、と。それから、やおら振り返って怒鳴った。

「説謊！　胡説八道《フーシュオパータオ》！」うそつき、この大うそつき、と。

私は嘘をついたのだろうか。これが嘘というものなのだろうか。「孤独」や「忍耐」と同様、私は「嘘」を知らなかった。皇帝には必要のない言葉だったから。

このごろ新京《シンジン》の町なかには、孔雀が飛び回っているらしい。

その噂を耳にしたとたん、私は手を叩いて喜んだ。動物好きなうえ、瑞兆だと信じたからだった。

むろん、新京に孔雀がいるはずはない。式典が近付くと、北京や天津《ティエンジン》や満洲国内の諸都市から、私の親類や清朝の官位を持つ人々が大勢やってきて、これ見よがしに孔雀の翎《はね》をつけた帽子を冠って町を往来しているのである。私に付き随ってきた家来や使用人たちからすれば、ゆゆしき風景にちがいない。だから、「このごろ孔雀が──」という話になったのである。

御前太監《タイチエン》からその種明かしを聞いたとき、私は笑うどころか不愉快になった。言われてみればたしかに、復辟を祝うたいそうな書状やプレゼントが、連日あちこちから届く。急な面会を乞《こ》う者もいる。しかし私は、復辟という文言を公に使用したためしはないし、第一、「孔雀が飛び回る」ほど親類や旧臣を式典に招いた覚えはない。

つまり、私を見捨てたか、かかわりを避けていた連中が、今さら偉そうに朝服をまとい花翎《ホワリン》を揺らして、私の都にやってきたのだった。

「王臣蹇蹇《おうしんけんけん》、躬《み》の故《ゆえ》に匪《あら》ず」と言う。官僚たる者の第一の心構えとされる、易経《えききよう》の一節である。臣が忠義をつくすのは、一身の利害ゆえではない。私の家来たちは、大臣から小太監に至るまで、この言が骨身にしみていると思っていた。

ところが、どうだ。馮玉祥《フオンユイシアン》のクーデターによって私が紫禁城《ヅチンチヨン》を追い出されたとたん、彼らのほとんどは蜘蛛の子を散らすように逃げてしまった。行き場を失った私を、屋敷に匿おうとする者すらなかった。

そこで私はやむなく、まるで嫁ぎ先から叩き出された嫁のようにすごすごと、生家である醇《チユン》親王府に身を寄せるほかはなかった。

三歳の年の秋に、まるで拐かされるようにして紫禁城《ヅチンチヨン》に入った私には、生家の記憶がない。だから什刹後海《シーシヤホウハイ》のほとりの屋敷は、私にとって少しも懐しい場所ではなく、むしろ顔のない母が毒を呷って死んだ家であった。

監国摂政王と呼ばれた実父も、突然出戻った皇帝をどう遇してよいかわからず、ただおろおろとするばかりだった。

王府からいつ引き出されて首を刎《は》ねられてもふしぎではなかった私を、救出しようとする家臣はいなかった。家庭教師たちの手引きで、東交民巷の日本公使館に転がり込むのが唯一の生きる方法だった。

いったい、誰が何をしてくれたと言うのだ。鄭孝胥《チヨンシヤオシユ》とレジナルド・ジョンストンがいなければ、私は確実に殺されていた。

ところが、日本の庇護のもとに天津《テイエンジン》租界の張園《チヤンユアン》に身を落ちつけると、卑怯者たちはおのれの不忠も省みず、おそるおそるご機嫌伺いにやってきた。万が一、私が復権した場合のアリバイ作りと、あわよくば「大清復辟に必要な資金」という名目の退職金をせしめるために。

彼らに比べれば、私とともに収まる写真ほしさのために訪れる、軍閥の領袖や商人どものほうがよほどましだった。少くとも彼らは、できもせぬ復辟やありもせぬ忠義心を、口に出すことはなかったから。

つまるところ、私を生き永らえさせ、とにもかくにも皇帝に復位せしめたのは、天津以来のわずかな家来たちと、私を東北の地に迎えてくれた見知らぬ人々と、そしてやはり日本政府および関東軍だったということになる。

よって、帝政施行の大典に臨《のぞ》むつもりで、朝服をまとい花翎《ホワリン》を立ててやってくる彼らを、私が引見し、三跪九叩頭の礼を受け、歯の浮くような賀詞に対して感謝する理由など何もない。

もしお言葉を賜わりたいというのなら、こう言ってやろう。

「おまえはこれまで、どこで何をしていたのだね」と。

しかし、私自身はこの即位を大清の復辟だと信じている。祖宗の地たる満洲において足元を固め、いつか長城を越えて、喪われた紫禁城を取り返し、太和殿の龍陛を昇って玉座に就くのである。

太祖公も太宗公もなしえず、世祖順治帝がその壮挙をなしとげるまでには、肇国《ちょうこく》より三代およそ六十年を要したが、私の入関はさほどかかるまい。孫中山《スンチョンシャン》がいみじくも言い遺した通り、革命はいまだならず、民国の天下は麻のごとく乱れているからである。

熱河《ルーホー》平定の勢いを駆った関東軍が、長城の古北口を抜いて北京までわずか九十キロに迫りながら兵をとどめたのは、私の率いる満洲国軍の進むべき道を示したのであろう。

軍備を整え、兵を練るのに六十年はかからない。どんなに長くとも五年、いや二年か三年あれば満洲国軍の鉄騎は長城を越えて北京に至る。塘沽協定によって設定された河北省の非武装地帯は、今は亡き武藤将軍が私のために遺してくれた、「玉座に続く道」にちがいなかった。

そうして、まことの復辟は成る。その日まで私は、この関外の地に雌伏《しふく》しなければならない。

私自身が復辟と信ずるこのたびの大典に、最小限の親類や遺臣しか招待しなかったのは、そのように遠大な企望があるからだった。忠義のかけらもない日和見《ひよりみ》の連中など、わざわざ列車に乗ってやってこなくても、何年かのち勝手に天安門の前にでも集まって、聖寿万歳を叫び、凍った磚《せん》の上に朝服の膝を並べて叩頭すればよい。

その伝で言うのなら、私が私の名において招くべき客は、いくらもいないはずだった。

まず、天津における七年間、私の後ろ楯であり続けた慶《チン》親王載振《ツァイチェン》と溥鋭《プールイ》。そして、私の前には顔すら見せなかったが、慶親王家の贅沢な生活を蔭ながら支えていたにちがいない、かつての大総管太監《ダアツォンクワンタイチエン》、李春雲《リイチュンユン》。北京に住まう義理の母たち。そのほか愛新覚羅《アイシンギョロ》の姓を持つ、親王郡王はじめ諸王家の当主。それくらいであろうか。

もっとも、けっして私を見捨てずに忠義を貫いたのは、慶親王父子と「春児《チュンル》」だけであったと言ってよかろう。

慶親王からは、復辟を欣《よろこ》び謹んで式典に列する旨の、古式に則った上表文が届けられた。しかし李春雲からは、かつて懇意であったらしい梁文秀《リアンウエンシウ》を通じて、列席は遠慮するという口達があったきりだった。

奴才《ヌーツァイ》は卑しき宦官《ホアンクワン》なれば、貴き復辟の儀式につらなるわけにはゆかぬ、という趣旨であった。太監が政にかかわってはならぬというのは乾隆大帝のお定めであり、重ねて西太后《シータイホウ》様からも固く戒められていたのだそうだ。

私は落胆した。李春雲が蔭ながら私の支えになってくれていたことは、うすうす知っている。しかし、だから大典に列席してほしかったわけではない。この機会に一目でいいから会いたかった。

春児《チュンル》は母のない私の、母であり続けていたから。夜な夜な語ってくれた昔話のおかげで、私は夢を喪わず希望を抱き続けて生きてこられたと思うから。そしてその物語を口伝てに話すことで、私はあのかわいそうな、どうしようもない妻を、今もたったひとりの家族として繋ぎとめていられるのだから。

たとえば、子供の時分にこんなことがあった。

昔話の尽きた夜、私はそれでも寝つけずに、母に会いたいと言って泣いた。

すると李春雲《リイチュンユン》は、禁忌を破って褥《しとね》に滑りこみ、むずかる私を抱きしめてくれた。

「奴才《ヌーツァイ》が、万歳爺《ワンソイイエ》の母にござりまする」

「うそだ、うそだ、春児は男じゃないか」

「いいえ。男ではござりませぬ」

そう言って私の手を股倉《またぐら》に導いた。そこには当然のことながら、男のしるしがなかった。

「よろしいですか、万歳爺――」

それから春児は、声を裏返して続けた。

「やれやれ、おまえは仕様のない子だねえ。それじゃあもうひとつだけ、媽媽《マアマア》がとっておきの話を聞かせてあげよう」

南府劇団の花と言われた李春雲は、どんな名優にもまさる女形《おやま》の声で、心の蕩《とろ》けてしまうほど美しい物語を話し始めたのだった。

しかし悲しいことに、その物語は余りにここちよくて、たちまち眠りに落ちてしまった私の胸にはとどまらなかった。

今もひそかに思う。養心殿の夜更けに聞いた母なる人の物語は、一国と引き替えてもかまわない、と。


「ねえ、ヘンリー。このごろ赤ちゃんが動くのよ。早く広い世界に出たいって、おなかを叩いたり、蹴とばしたりするの。ほら、さわって」

私はあわてて妻の手を払いのけた。

「おいおい、そう無理を言うもんじゃないよ」と、顯玗《シエンツ》が割って入ってくれた。

「何が無理なの。子供が父親に祝福されるのは、当然でしょうに」

妻は顯玗に食ってかかった。

「いいかい、婉容《ワンロン》――」と、顯玗は私をソファから追い立て、夫にかわって妻の肩を抱き寄せてくれた。

「みんなして決めたじゃないか。この子を愛新覚羅《アイシンギョロ》の一族として育てるわけにはいかないんだ。君の弟さんに引き取ってもらう。伯母ならばいつだって会える。聞き分けなさい」

顯玗《シェンツ》はそう言って、泣き濡れる妻を宥めた。シルク・サテンの旗袍《チーパオ》を着て、真珠の首飾りを付けていても相変わらず男言葉を使い、私も妻もそれぞれの名前で呼び捨てる。しかしそのよほどの変わり者でさえ、妻の前では至極まともな人間に見えた。

「万歳爺《ワンソイイエ》、どうぞこちらへ」

玲玲《リンリン》が妻の向かいの椅子を私に勧めた。怖気をふるいながら、それでも慈愛の笑顔はつとめて忘れずに、私は妻の手が届かぬ席に腰をおろした。

「天津《テイエンジン》は遠いわ」

「子供に会うためなら、遠くはない」

「あなたも一緒に行って」

「私は行けないよ。皇帝の旅は行幸だ」

「起士林《チーシリン》のクリームソーダを飲みたいの。あなたと私と、この子の三人で」

玲玲がハアと悲しい息を洩らして俯いた。梁文秀《リアンウエンシウ》との間に儲けた一人息子は、日本国籍を得たと聞いている。政治にかかわらせたくないので、父母とは袂を分かって暮らしているらしい。

そんな境遇の玲玲には、妻の本音がわかったのだろう。

私の婉容《ワンロン》は、男を欲したわけではない。家族が欲しかったのだ。私たちを「爸爸《パアパア》」「媽媽《マアマア》」と呼ぶ、もうひとりの家族が。

妻が正気であることは、それですべて説明がつくではないか。

新京《シンジン》を訪れた賓客のうち、最高の礼をもって迎えられたのは、第二代醇《チュン》親王載《ツァイ》灃《ファン》であった。

道光帝の孫であり、光緒帝の弟であり、慈禧《ツーシー》太后の寵臣として監国摂政王に任じた、私の実父である。

思えば辛亥革命や馮玉祥《フォンユイシアン》のクーデターや、東北軍や国民党支配の時代を通じて、醇親王府がずっと北京の什刹後海《シーシャホウハイ》のほとりに存在し、醇親王が何事もなくそこで生活していたというのは、まさに神話だった。

その間、私は何度も死に損なったあげく、どうにか皇帝に復位することになり、まさか実父であり後見人であった人物をないがしろにはできぬから、式典に招いたのである。

そうした経緯もあって、私は北京からはるばるやってくる醇親王が、杖を頼りによろぼい歩く百歳翁のような気がしていた。だから、その長きにわたる人生の功に報いるつもりで、新京《シンジン》駅のプラットホームに満洲国軍の儀仗隊を差遣し、のみならず御料車の赤いリンカーンを差し向けた。私は大元帥の軍服を着、妻を伴って執政府の中和門外で到着を待った。

ところが、御料車から降り立った醇《チュン》親王は、百歳翁どころか丸々と肥えて精気に満ちた、五十二歳の壮年だったのである。

一品親王の朝袍《チャオパオ》を着て、冠に三眼の花翎《ホワリン》を立てた彼は、同じ身なりで紫禁城《ヅチンチヨン》に勤仕《ごんし》していたころよりむしろ若々しく見えたほどだった。

私は父親に孝を尽くすという意味で、挙手の敬礼をした。妻は舅に対して、満洲族の跪礼《きれい》を捧げた。その光景は誰の目にも感動的であっただろうが、私は胸の中で呟いていた。

「おまえはこれまで、どこで何をしていたのだね」と。

「ねえ、ヘンリー。私は皇后になるのよ。告天礼にも登極式にも出たいわ」

妻は懇願した。

「朝袍を着れば、おなかは目立たないわ。ねえ、お願いよ」

「陣中の式典に、皇后は伴えない。どうかわかってほしい」

私はくり返し、妻の要望を斥《しりぞ》けた。たしかに妻の体は、もはや処置することもかなわぬほど臨月が近付いているというのに、ふしぎなくらい膨れてはいなかった。ゆったりとした黄緞の朝袍をまとえば、誰にも気付かれまい。

そのことが理由ではないのだと、言ったところで話がややこしくなるだけだった。ひとめでそうとわかる阿片中毒患者を、人前に出すわけにはいかない。いや、そもそも告天礼も登極式も、皇帝ひとりで行う儀式なのだ。しかし妻は、皇后たることを天に告げ、宣言することに執着した。

私と妻は、高窓ごしに風の鳴る冬空を見上げた。十六の同い年で結婚し、足かけ十三年も共にあれば、癖も好みも、ちょっとした動作も似てくる。まさしく私たちは「連理の枝」であり、「比翼の鳥」だった。そう思えば、連理の枝の間にもうひともとの小枝を求めることの、あるいは比《なら》べた翼の間にもう一羽の雛をくるみこむことの、無思慮やわがままであろうはずはなかった。

少くとも私は、妻の過ちを責めない。世界中が指をふるって非難したとしても。婉《ワン》容《ロン》は世界でたったひとりの家族だから。

七十三

康徳元年三月一日午前八時十分、愛新覚羅溥儀《あいしんかくらふぎ》は伯父光緒帝の龍袍《ロンパオ》をまとい、新京郊外順天広場における郊祭式に臨んだ。

この日は一片の雲もない晴天であったが、風はやや強く、気温は零下十二度を示していた。

沿道の市街には、歓呼《かんこ》の声も国旗を打ち振る人影もなかった。それはこの式典が愛新覚羅家の私的な行事とみなされて、積極的に報じられなかったせいもあるが、国民は帝政実施そのものに、総じて無関心であった。

「結局、こんなものですか。何やら子供だましのようですね」

東万寿大街に建設中のビルディングの高みから、双眼鏡を構えて春日少尉が言った。

「はなからわかりきった話だ。もしや貴様は、北京の天壇のように立派なものができるとでも思っていたのか」

周囲にアンペラを張り巡らせ、外套の上から毛布を被っても、口がもつれるほどの寒さだった。窓枠はあってもガラスの入っていない吹き晒しである。一斗缶にくべられた石炭など、かじかんだ手を焙るくらいの役にしかたたなかった。

志津大尉も春日少尉も、きょうばかりは大倉商事の社員ではない。参列するわけではないから大礼服までは着ないが、軍服に軍刀を吊り、長靴《ちょうか》はぴかぴかに磨き上げてある。

「こうして見ると年寄りが多いようですが、大丈夫でしょうかね」

震えの止まらぬ手をだましだまし、志津も双眼鏡を覗きこんだ。広い式場が一望である。もしここが戦場で、この位置に重機関銃を据えたなら、もってこいの火点であろうと思える。

「あんがい淋しいものだな。まだこれからか」

春日少尉が腕時計を見た。

「定刻です。こんなものでしょう」

新五色旗の幔幕の外側に立つ儀仗兵や衛兵は、せいぜい一個中隊ほどであろう。

白沙を敷いた御成道の片側に、礼装の文官と武官、そして古めかしい宮廷服を着た老人たちが、すでに整列して鹵簿《ろぼ》の到着を待っていた。

その先には入籠《いれこ》のように黄色い幕が張り巡らされており、三段の円丘が設けられている。先日、労務者たちが足で踏み固めていた、巨大なお供え餅である。

「あの黄色い幕は目隠しでしょう？　こんなところから覗いてもいいんですかね。バチが当たりゃしませんか」

「バチならとっくに当たってるよ。貴様はまだか」

冗談を真に受けて少し考えるふうをしてから、「や、まだですね」と春日は答えた。

「大尉殿――」

「何だ」

「ひとつ質問してよろしいでしょうか」

「知っていることならいいが」

軍服を着ると、言葉遣いまでが軍人のそれに改まる。

「執政閣下は二度目の即位になります。まだ幼い時分に、同じことをなさったのでしょうか」

正しくは三度目の即位である。革命後に「張勲《ちょうくん》の復辟」と呼ばれる茶番劇があって、復古主義者に担がれた十一歳の溥儀は、たった十二日間だけ皇帝に返り咲いたらしい。むろん、郊祭式を催す間もなかっただろうが。もっとも、その出来事を数に入れなければ、二度目というのもまちがいではあるまい。

宣統帝としての即位は、三歳の砌《みぎり》だったという。

「即位にはちがいないのだから、形だけでも同じことをなさっただろうな」

「寒かったでしょうね」

「郊祭式は元来、冬至の日に行われるものらしい。北京の冬も寒いからな」

冬至は太陽暦の十二月二十二日ごろに当たる。紫禁城の御濠も、もうかちかちに凍りついていただろう。三歳の幼帝は小さな龍袍《ロンパオ》を着て鳳輦《ほうれん》に担がれ、わけもわからぬまま天壇に向かったのだろうか。泣かなかったはずはない。

有線電話がころころと鳴った。式場の入口付近に天幕を張った、警備指揮所からの連絡である。

「こちら東監視所」

志津は受話器を取って応答した。

「こちら指揮所、異状ないか」

「異状なし。視界はおおむね良好」

「現在時刻、〇八〇五《まるはちまるごお》。鹵簿到着。監視を厳にせよ」

情報参謀の声である。式典の警備は憲兵隊と警察と特務機関が総動員で、軍司令部の情報部が一元的に指揮を執っていた。

だにしても、将校が二人してこんな場所で見張りをさせられるのは納得できない。日本からも大勢の賓客がやってきて、通訳も足らないだろうに。もしや武藤将軍の通訳官を務めていた自分は、日本政府の要人から遠ざけられているのではないか、と志津は疑っていた。

「こちら東監視所。式場の六時方向に鹵簿を確認。警戒を厳にする」

志津大尉はコンクリートが剝き出しの窓から身を乗り出した。時計の文字盤の六時の方向、すなわち東万寿大街の南からゆっくりと車列が近付いてきた。

ふしぎなことに、地表を被っていた靄《もや》はきれいさっぱり拭われていた。大地は凍ったままに空の青を映し、新五色旗を立てて先頭を進む近衛騎兵も、それに続く自動車もオートバイも、すべてが朝の光を受けてガラス細工のように輝いていた。

双眼鏡をかざしたまま、春日少尉が「ヤア」と感心したように声を上げた。

「大尉殿、天長節は毎年必ず快晴だと言っておられましたね。やはり御稜威《みいつ》というものでしょうか」

奇跡としか思えぬ光景を見つめながら、志津は「そうかもしれん」と答えた。

だが、そんなもののあるはずはない。天皇陛下も一個の人間にあらせられることを、志津は知っている。必然を御稜威と規定し、かつ偶然もすべて御稜威だと思い定めれば、人は容易に幻想を共有する。そうして国家が国民を統制し、運用し、国力を発揮させようとする政体こそが、帝制であり天皇制なのだと志津は思った。

やがて式場の正面で鹵簿は停止し、新五色旗と蘭の紋章を立てた真紅のリンカーンから、絢爛《けんらん》たる龍袍《ロンパオ》をまとった溥儀が降り立った。皇后の姿はなかった。

双眼鏡の中の溥儀は、一瞬たじろいだように見えた。おそらく、想像していた風景とちがっていたのであろう。式場には濠も塀もなく、大理石のかわりに白沙を敷いた道があるばかりで、参会者は少なかった。風は氷の屑を巻いて、飄《ひょう》々《ひょう》と吹き渡っていた。

二重に張り巡らされた幔幕。三段の土饅頭。ただそれだけだった。

溥儀は龍袍の裾を翻《ひるがえ》し、靴の先を投げ出すようにして、白沙の上を歩み出した。朝服を着た遺臣たちの、歓喜の叫びが志津の耳にまで伝わってきた。中には大地に両膝を屈して、三跪九叩頭の礼を捧げる者もあった。

しかし溥儀は応じなかった。それが皇帝としてのふるまいなのか、それとも機嫌を損ねているのかはわからなかった。

歩むうちに、従者たちはひとりずつ離れて、参列者の中に紛れ入ってしまった。やがて溥儀は、ひときわ高く張られた黄色の幔幕の前に至った。

禁色とされた黄色の幔幕は頑丈な木柵に支えられているが、あちこちが風に煽られて、目隠しの用は果たしていなかった。

もっとも、志津と春日の踏ん張るビルディングの高みからは、告天礼の秘儀をすべて俯瞰できる。三段の円丘には緋色の絨毯を敷いた階段が付けられ、その頂にやはり緋色の案《つくえ》と、凍りついた牛と羊の贄《にえ》が置かれていた。

「しかし、さすがは狩猟民族ですね。牛と羊をまるまる一頭というのは。おや、案の上に載っているのは何でしょう」

志津大尉は双眼鏡の照準を合わせた。緋色の案の上にはいくつかの祭具とともに、黄緞の布にくるまれた宝物が二つ、いかにも灼《あらた》かに捧げられている。

「神器ではないかな。歴代の皇帝に伝わる」

「ああ、三種の神器のようなものですね。やっぱり、バチが当たりゃしませんか」

「だから、俺はとっくにバチが当たっていると言ってるじゃないか」

「大尉殿——」

「何だ」

「自分は、まだバチが当たっていないと思うので、警戒に徹します。大尉殿は見届けて下さい」

「了解した。頼んだぞ」

禁色の幔幕が内側からめくり上げられ、溥儀は内陣に足を踏み入れた。

祭祀官と思われる二人の遺臣が、ひときわ正しく厳かな三跪九叩頭の礼で溥儀を迎えた。冠に立てた孔雀の羽が優雅に揺れた。

二人の挙措は、参会者たちのそれとは明らかに異なっていた。志津はわけもなく胸を打たれた。

「誰だ」と、志津大尉は双眼鏡を構えたまま独りごちた。

長身痩軀の老臣は、鄭孝胥《ていこうしょ》国務総理ではない。一方の小柄な老臣も、張景恵《ちょうけいけい》ではなく、袁金鎧《えんきんがい》でもなかった。

志津は双眼鏡をおろして目をとじた。バチが当たろうが当たるまいが、ここから先を見てはならないと思ったのだった。

瞼の裏に、見もせぬ天壇のまぼろしがうかんだ。三歳の宣統帝溥儀は、わけもわからぬまま泣く泣く、大理石の階段を這い昇った。ただひたすら、冬至の青空をめざして。

そして今、二十八歳の康徳帝溥儀は、青空のほかには何もないまやかしの円丘に、ふたたび昇らんとしていた。

その御方の不幸などけっして察することのできぬ自分が、興味本位に見てはならない。

志津邦陽《くにあき》はおのれの想像に畏れおののいて、きつく瞼をとざした。


「ねえ、史了《シーリャオ》。目立つことの嫌いなおまえが、どうしてこの御役を務めるのかな。もしや天の怒りを畏れて、みんなが嫌がったのかな」

梁《リアン》 文秀《ウエンシウ》は慈愛に満ちたまなざしを私に向けた。

「いえ、万歳爺《ワンソイイエ》。臣は日月《じつげつ》をも動かす状元の進士なれば、百官に先んじてこの御役を承るのです。そは、今は亡き徳宗光緒陛下のご遺命にござりますれば」

私は凍えた体をめぐらせて、もうひとりの祭祀官に訊ねた。

「ねえ、春児《チュンル》。どうしておまえがここにいるの」

李春雲《リイチュンユン》がほほえみを向けた。

「万歳爺にお答えいたしまする。奴才《ヌーツァイ》は卑しき宦 官《ホアンクワン》なれど、畏くも慈禧《ツーシー》太后陛下のご遺命に順《したが》い、天壇にお供つかまつりまする」

私は行手を指さした。

「天壇なんて、どこにもないじゃないか。塀も、濠も。へんてこな土饅頭の上に、まっさおな空があるだけじゃないか」

春児はほほえみながら、涙を流していた。

「天意に叛《そむ》く無礼を、どうかお赦《ゆる》し下さりませ、万歳爺。天壇などは、人間が勝手にこしらえた祭壇にすぎませぬ。まっさおな空さえあれば、それでよろしいのです。まっさおな空と、天子様さえましませば」

「天子《ティエンヅ》？」

私は胸を打たれた。それは幼いころしばしば耳にし、いつの間にか喪われた懐しい言葉だった。

「さようでございます。中華皇帝は世界でたったひとりの、天命を戴き天下を統《す》ぶる天子にござりますれば、天に向かいて堂々と、即位の宣言をなされませ。告天礼とは、ただそれだけの儀ゆえ」

黄色の幔幕を通り抜けて内陣に入ったとたん、私は式場の余りの粗末さ、余りの殺伐さに立ちすくんでしまった。そこには青空にとけこむほど青い九丈九尺の祈年殿も、祖宗を祀る皇穹宇《こうきゅうう》も見当たらず、ただ北京の圜丘壇《えんきゅうだん》とは似ても似つかぬ、三層の凍った盛り土があるだけだった。

もし梁文秀《リアンウエンシウ》と李春雲《リイチユンユン》が、左右から礼を尽くしてくれなければ、私はたちまち身を翻して駆け出し、あたりかまわず怒鳴り散らして、式典を台なしにしていただろう。どうしてよいかわからず悄然と佇むうち、私は三歳の幼児に返ってしまった。醇《チユン》親王がいくら宥めすかしても泣きやまず、大理石の甃《いし》の上で地団駄を踏み続けていた、幼き宣統帝に。

「万歳爺《ワンソイイエ》。どうかおみ足をお運びなされませ。光緒《グアンシユ》様も同治《トンジイ》様も、西太后《シータイホウ》様もともに歩まれます」

梁文秀はそう言って、私の背を押してくれた。李春雲は手を引いてくれた。

あの日と同じように、泣きながらよろめきながら、私は緋色の絨毯を敷いた階段を一歩ずつ昇った。それは皇帝の歩むべき龍陛ではなく、しかも天地陰陽の説に則った奇数でもなく、四、四、六の不吉な偶数をつらねていた。

「史了《シーリヤオ》、これはやっぱり、天壇じゃないよ。こんなことをしたら、きっと天の怒りに触れて、国が滅んでしまう」

「いいえ、万歳爺。臣はこの身を八つ裂きにされようとも、けっしてあなた様の怯懦《きようだ》を赦しませぬ。勇者ヌルハチが裔《すえ》にござりましょう。矜《ほこ》り高き満洲の、大ハーンにござりましょう。臣とともに、今こそこの階《きざはし》を昇って、天に誓いを立てられませ。われこそは中華皇帝であると」

梁文秀は力強くそう言いながら私の背を押し上げ、李春雲は唸り声を上げて、私の腕を引いた。

そして私は、凍った円丘の頂に立った。そこには大きな羊と牛の贄《にえ》が、凍ったまま生けるがごとく俯せに並べられていた。中央には緋赤に塗られた案《つくえ》が据えられ、黄緞の袱紗に納められた祭器が置かれていた。

私は三跪九叩頭の礼を尽くしたあと、跪いたまま天に誓った。

「愛新覚羅《アイシンギョロ》溥儀《プーイー》、天を奉じて皇位に就きまする。冀《こいねがわ》くは天地神霊のご加護、あまねくわれに垂れ給わんことを」

梁文秀がひとつの袱紗を解いて、宝物を私の掌《て》に托した。

「史了。これは、なに」

「皇帝の玉璽《ぎょくじ》にござりまする。臣が天帝に代わりて、万歳爺にお授けいたしまする」

満洲国皇帝の印璽を、私は頭上におし戴いた。

「いずれこの玉璽を、大清皇帝の印に替えられますよう、お励み下されませ」

私は生まれて初めて、人の顔を下から見上げていた。梁文秀は寒さに身を震わせながら、それでも満足げな笑顔を私に向けていた。

もし三十六年前に戊戌の親政が成功を見ていたなら、梁文秀《リアンウエンシウ》は名宰相として、今も光緒陛下にお仕えしているだろうと思った。

だとすると、私は第三代醇《チュン》親王溥儀《プーイー》か。それはそれで、悪い人生ではあるまい。

李春雲《リイチユンユン》が、もうひとつの袱紗から、陽光を輝かしく照り返す宝玉を取り出した。

「春児《チユンル》。これは、なに」

ふと答えをためらって、李春雲は悲しげな顔をした。

「万歳爺《ワンソイイエ》にお答えいたしまする。これは太古より歴代の中華皇帝に伝わる、天命のみしるしにござりまする」

龍玉《ロンユイ》。創世の神である盤古の肉体から化生したという皇帝の証し。その龍玉が今、私の掌《て》の中にある。

李春雲は朝袍《チヤオパオ》の膝を屈して、私の顔を間近に覗きこんだ。ずいぶんと年老いたが、春児のまなざしは養心殿の褥《しとね》で昔話を語った夜と少しも変わらぬくらい、温かくてやさしかった。

「よくお聞き下さい、万歳爺――」

それから春児は、とても悲しいことを言った。

「この龍玉は、北京の職人がこしらえた贋《まが》い物です。天命のみしるしたる力など、けっして宿ってはおりませぬ」

私は呆然と言葉を失い、気を取り直して訊き返した。

「本物は、どこにあるの」

「奴才《ヌーツァイ》にはわかりかねまする。その昔、乾隆様がいずこかへお匿しになってしまわれたのです。以来、天下は乱れ、大清は衰弱いたしました」

「そんなの、いやだ」

私は贋いの龍玉を抱きしめて叫んだ。

大清の歴史は幼いころから学んでいる。御歴代の権威を損わぬよううまく教えられたものの、乾隆大帝を繁栄の頂点とした国家が、それから急坂を転げ落ちるかのように、衰えていったのはたしかだった。

そして、私を末代としてついに滅んだ。大清が滅んだばかりではなく、連綿と続いた中華皇帝の、最後のひとりが私だったのだ。これほど怖ろしい話が、ほかにあるだろうか。紫禁城《ヅチンチヨン》の闇に伝わるどんな恐怖譚だろうと足元にも及ぶまい。なにしろ私自身が、この怪談の体現者なのだから。

「いやだよ、そんなのいやだ。探してきてよ、春児」

メガネをはずして膝を抱え、泣きわめきながら私は言った。

しかも、この怖ろしい話はまだ終わったわけではないのだ。私は天命なき皇帝として、ふたたび即位する。裏町の職人がこしらえたガラス玉を胸に抱いて。

私は息も継がずにまくし立てた。

「革命で退位させられたのは、そのせいなの？　御城を追い出されたのも、命からがら天津租界に逃げ込んだのも、蕙心《フェイシン》が去って行ったのも、婉容《ワンロン》が阿片漬けになったのも、もういっぺん命からがら満洲にやってきたのも、そうだ、そうだよ、おかあさんの気がふれて、毒を呷って死んだのも、何もかもがそのせいなんだろ。僕が龍玉《ロンユィ》を持たない皇帝だから、そんなふうにして天罰が下り続けているんだろ。だったらどうして、僕をもういっぺん皇帝にしようとするんだよ。史了《シーリャオ》や春児《チュンル》までが、僕をこんないんちきの天壇まで引きずり上げて、もっとひどい目に遭わせようとしているんだ」

梁文秀《リアンウエンシウ》が語気も激しく叱った。

「住口《チューコウ》！　万歳爺《ワンソイイエ》」

お黙りなさい、と。それはむろん、私が初めて浴びせかけられた言葉だった。

晴れ上がった天壇の空に風が唸っていた。梁文秀は紫色に凍えた唇を震わせて、さらに私を叱りつけた。

「あなた様はいったい、誰に向かって口をおききか。李大総管《リイダアツォンクワン》は位人臣をきわめた太監《タイチエン》などではない。母なき人の母たらんとした立派な御方であると、なぜ気付かぬ。母の言に誤りはひとつもない。黙ってお聞きなさい」

春児はほほえんだまま、ほろほろと涙をこぼしていた。そしてその涙は、こぼれるそばから天の青を映して凍った。

「奴才《ヌーツァイ》、さような大それた心は持ち合わせませぬ。万歳爺に申し上げたきことはただひとつきり。どれほどいじめられようと、どうしようもないなどと言うてはなりませぬ。没法子《メイファーヅ》。没有法子《メイヨウファーヅ》。その一言で、すべてはおしまいになりまする。だからあなた様には、天命の具体などあろうがなかろうが、ご自身の力を信じて、天に誓うていただきたいのです。この国を統べる、と」

李春雲《チュンユン》の声は、風のように水のように私の心にしみた。

それでも、小さく肯くことしかできなかった。どうすれば没法子と言わずに生きてゆけるのか、思えばずっと他者のなすがままになってきた私には、よくわからなかったから。

「ねえ、春児。お願いがあるの」

「承りましょう。奴才にできることなら、何なりと」

私は恥じ入りながら言った。

「もうひとつだけ、お話を聞かせて」

「ああ、それはまたどうして。万歳爺《ワンソイイエ》はもう大人ではございませぬか」

「婉容《ワンロン》に話してやりたいんだ。せがまれても、僕にはもう物語がないから」

春児《チュンル》は青空よりなお青い蒼穹を見上げて、「かしこまりました」と言ってくれた。


玲玲《リンリン》は青空をうとましく思った。

ひとひらの雲も、鳥の影すらもよぎることなく、緝熙楼《しゅうきろう》の密室の高窓を、べっとりと塗りたくったような青だった。

遥かな順天広場で儀式が始まると、その青空をとよもして礼砲が轟いた。最高の儀礼にふさわしく、砲音《つつおと》はいつ果てるとも知れなかった。

寝室には溥儀《プーイー》も顕玗《シエンツ》もいない。かわりに忠実な老侍医と、ハルビンから来たという白系ロシア人の医師と、その助手がいるきりだった。

カーテンが開け放たれているのは、ロシア人医師の指示によるものだった。電灯の光では手元が殆《あや》ういという主張を、満人の助手が不器用に通訳した。

高く大きな窓まどに満ちる青が、どうして寝室の桃色を侵《おか》さないのだろうと、玲玲はふしぎに思った。もう頭は働かなくなって、そんなことしか考えられなくなっていた。

医師たちも同じだと思う。皇帝陛下のご命令なのだから、物を考えてはならない。余分な会話は一言もなく、祈りもなかった。

婉容は眠り続けている。麻酔から覚めればかたわらに子供がおり、阿片の毒もすっかり抜け、マリア様のような母になっていると信じて。

夢を見ているのだろうか。天津租界の起士林《チーシリン》で、クリームソーダを舐める夢を。女の心は、富や名誉で満たされぬと玲玲は知っている。ささやかでも全《まった》きでなければ、女の幸せは得られない。だから婉容の夢は、親子三人が円《まど》う、午下りの起士林だろうと思った。

玲玲はずっと、眠れる王妃の手を握り続けていた。一九〇六年生まれ。東京でつつがなく暮らしている一人息子と、同い齢だった。そのことを思えば、人間の貧富貴賤と幸福とは、何の関係もない気がした。

夫が告天礼の祭祀官を務めると言い出したとき、玲玲はにわかに信じられなかった。写真に撮《うつ》ることすら嫌う夫が、皇帝とともに天壇に昇るという。しかも、夫は天に代わって玉璽を皇帝に授け奉り、あろうことか兄が宝玉を捧げるという。

二人がいつの間にそんな申し合わせをしたのかは知らないが、夫はここしばらく家を空けていないから、新京《シンジン》と北京の間で手紙や電報のやりとりをしていたのだと思う。

夫は言った。

「誰かがなさねばならず、誰もなそうとしない務めならば、おのれがなさねばならない」

そのとき玲玲《リンリン》は決心したのだった。夫と兄が同じ思いで天壇に昇るのなら、私も私にしかできぬ務めを果たそう、と。

赤ん坊の泣き声で玲玲は我に返った。

どうして泣くの。月足らずで引きずり出される赤ん坊が。

そのとたん、二人の医師と助手はなすべきことを忘れて、両手を胸前にかざしたまただの男になってしまった。

いくじなし。どいつもこいつも、何て腰抜けなの。

玲玲は泣き叫ぶ命を敷布にくるみこんで寝室から駆け出た。なすべきことを忘れてはいなかった。

「不哭《プークウ》、泣かないで、お願いよ」

命を抱きしめて走った。走りながら柔らかな体をまさぐり、女の子であることを確かめた。幸い太監《タイチエン》も女官も出払って、緝熙楼には人影がなかった。

階段を下りきると、体当たりをくらわせてボイラー室に転げこみ、内側から鉄扉の錠を下ろした。なすべきことは、何ひとつ忘れてはいなかった。

子供を抱いて床にへたりこむ玲玲の上に、半地下の明かり取りから、青空が覗いていた。

何を語るでもなく、手を差し延べるでもなく、どこまでも追ってくる青。そうしてコンクリートで固められた地下室を覗きこんでも、けっして灰色を侵そうとしない青。

光の中でしばらく心を鎮めたあと、玲玲はふと思い立って、袍《パオ》の胸をはだけ、老いた乳首を赤児の口に含ませた。

そして経文や聖言のかわりに、ごめんねと詫び続けた。いもせぬ神仏を恃《たの》むよりも、ずっと功徳のある人間の言葉だと思ったから。

「請原諒《チンユエンリアン》。対不起《トエプーチー》。ごめんね、ごめんなさい」

二つの国の言葉で詫びたのは、玲玲にとっての二つの祖国に、等分の責任があると思ったからだった。

出もせぬ乳を貪りながら、赤児は観念したようにおとなしくなった。

それから、命をボイラーの釜に焼《く》べた。

目を瞠《みは》り、耳を欹《そばだ》てて、玲玲《リンリン》は焼えさかる炎の前に立ちつくしていた。

ふと思い出した。遠い昔、愛する人の最期を、こんなふうにして見届けた。血の一滴も見落としてはならず、声の一片も聞き洩らしてはならないと思ったからだった。

あの日も北京の菜市口《ツアイシコウ》には、うとましいほどの青空が豁《ひら》けていた。

後ろ手に縛られた恋人は、刑吏たちを見渡しながら言った。

「君らに賊を殺す心は有るが、回天の力はあるまい」と。

その言葉を、玲玲はずっと考え続けてきた。刑吏たちばかりではなく、見物人や自分に対して訴えかけた、遺言のような気がしたからだった。

女には回天の力などない。だが、すべてを見届けることができる。男たちが目をそむけ、立ちすくみ、あるいは見なかったことにして通り過ぎても、女は見つめ続け、心に刻む。

それは回天の力と同じくらい、大切なことにちがいなかった。

やがて命は焼え尽き、ボイラーの炎は衰えた。

礼砲も已《や》んでいた。夫と兄も、お務めを果たしおえただろう。

四角く切り取られた半地下の青空を見上げて、玲玲はようやく、この世に三十分しか生きていられなかった子供のために泣いた。

終章

おやまあ、困った子だこと。

こんなに大きくなっても、まだかあさんの話を聞きたいのか。

よしよし。それじゃ、ひとつだけだよ。


昔むかしの話です。

都から千里を隔てた遠い村に、貧しい家族がおりました。

日照りの夏には大地がひび割れ、大雨が降れば運河が溢れて水びたしになる、たいそうたちの悪い土地柄でした。埃まみれかぬかるみか、一年中がそのどちらかでありました。

朝に晩に行き会うたび、村人たちはぼそぼそとこんな挨拶をかわします。

「やあ、どうしようもないねえ」

「おおよ、どうしようもねえなあ」

没法子《メイファーツ》。没法子。ほかの言葉は知りません。どんなに働いても、いつかは飢え死ぬさだめだから。

日照りの夏に父親がひからびて死んでしまうと、あとには体の弱い母と五人の子供が残されました。

ほどなく働き頭の大哥《ダアコオ》も、無理がたたって死にました。二番目の兄は生まれつき体が不自由だったので、家族の命は三番目の兄に托されました。

三哥《サンコオ》の名は「雷《レイ》」といいました。なるほど体は頑丈で、力の強い子供でした。雷哥《レイコオ》は懸命に働きましたが、運河の堤防が切れてわずかな玉米《ユイミー》の畑が流されてしまったあと、生きんがために村を捨てました。

それは仕方のない話です。雷哥は自分ひとりが生き延びるために家族を捨てたのではありません。ひとり残らず死んでしまったら、今の今まで血を繋いできたご先祖様に、申しわけが立たないではありませんか。

こうして家族の命は、四番目の兄に托されました。

四哥《スーコオ》の名は「雲《ユン》」といいました。なるほどいつもぼんやりとして、まるで青空を渡る雲のように、笑ってばかりいる子供でした。

雲哥《ユンコオ》は懸命に働きましたが、ふたたびひどい日照りがきて、畑の玉米《ユイミー》どころか街道に転がる牛馬の糞さえも乾いた土になってしまったあと、やはり生きんがために村を捨てました。

それもまた仕方のない話でした。でも雲哥は、都に出て働き、銭を稼いで村に帰ってくるつもりでした。

骨の髄までの貧乏人が浮かび上がるためには、方法が二つしかありません。

ひとつは悪党になること。

ひとつは宦官《ホアンクワン》になること。

それくらいの覚悟を定めて、雲哥はいつまで生きられるかもわからない家族を、ひからびた村に捨てたのでした。

病弱な母と体の不自由な兄の命は、末の妹に託されました。

末娘の名は「玲《リン》」といいました。なるほど玉のふれあうような声と、透き通るような肌を持った、それはそれは愛らしい子供でした。

小妹《シャオメイ》は懸命に働きました。まだ小さくて、まともな仕事は何ひとつできなかったけれど、母と兄の口に少しでも食べ物を入れるために、脇目もふらず働きました。

似たりよったりの貧乏人ばかりが住む村で、どうすれば生き残ることができるのか、小妹は知っていました。

みんながやりたがる仕事をしてはならないのです。誰もが嫌がる仕事を進んですればよいのです。

そして、どんなにつらくてもけっして泣かず、またけっして「どうしようもない」と言ってはいけない。

だから小妹は、兄が息を止めた朝にも、母が亡くなった晩にも、唇をぐいと引き結んで悲しみに耐えました。

やがて、見るに見かねたやさしい人が、小妹の手を引いてくれました。

「雷《レイ》」と「雲」と「玲」が、それからどのような人生を歩んだかは誰も知りません。幸せになったか、不幸になったかもわかりません。

でも、没法子《メイファーツ》とさえ言わなければ、人間は存外まともに生きてゆけるものです。

鳥や獣をごらんなさい。雨が降れば宿り、風のゆくえを読み、暑さ寒さをうまく凌いで生きているではありませんか。ならば万物の霊長たる人間が、「どうしようもない」などと言うのは贅沢な話です。

嘆く間があるのなら、どうにかするのですよ。


はい、かあさんの話はこれでおしまい。

もし明日の朝になって覚えていたなら、おまえの大好きな人に語っておやり。あんまり悲しい話じゃなくて、面白おかしく、おまえなりに。

かあさんにできることはここまで。

おまえはほんにいい子だ。何でもかでも、きっとどうにかする。

それじゃ、おやすみ。あたしの溥儀《プーイー》。


（天子蒙塵・了）

解説

近藤史人（テレビプロデューサー）

「蒼穹《そうきゅう》の昴《すばる》」にはじまるこのシリーズを読む度に、面白さと同時に分厚く正確な中国史の世界に圧倒される。浅田次郎《あさだじろう》さんにはその知識と見識をお借りしたい、と中国史を素材としたドキュメンタリーへの出演を依頼してきた。NHKスペシャルや毎年一度制作している特集「中国王朝シリーズ」など今までに15本あまり。新発見の遺跡や文物の取材で中国に出向いていただく機会も何度かあった。プロデューサーとして同行した私にとって、素顔の浅田さんに接する貴重な体験だった。

中国で行動を共にする中、驚いたことの一つは、作品の舞台の地理にも詳しいことだった。北京・天安門《てんあんもん》広場の南東に「東交民巷《とうこうみんこう》」と呼ばれる一角がある。本書にも何度も登場するが、清朝末期には英仏や日本などの在外公館が置かれた。古い洋館が立ち並ぶ表通りから一筋入ると昔ながらの胡同《フートン》も残り、歴史を感じさせる場所だ。浅田さんは、ここを「目を瞑《つむ》っても歩けるほど」と言う。現場を大切にする作家なのだ。

張作霖《ちょうさくりん》が活躍した中国東北部も、長春《ちょうしゅん》や瀋陽《しんよう》などくまなく歩いている。そんな姿勢があるからこそ、登場する場面のディテイルの描写にリアリティーがあり、このシリーズの魅力を高めているのだろう。

河北省《かほくしょう》に西太后《せいたいごう》の陵墓を訪ねたとき、印象に残っている出来事がある。墓に向かうスタッフは陵墓の研究者に案内されるがままだったが、浅田さんだけは一度立ち止まって丁寧に一礼してから歩を進めた。作中に登場させる人物への敬意が感じられ、浅田さんの小説作法の一端を垣間見たような気持ちになったのだった。

付属する施設では、門外不出とされてきた西太后自筆の絵などの遺品を外国メディアに初公開してくれた。ここの研究者によると、今中国では史料の発掘・精査が進み、西太后が再評価されつつあるのだと言う。中国でも日本でも西太后の人物像は長い間悪評にまみれてきた。それをはじめて公平に評価したのは「蒼穹の昴」だと思うが、今、史実の方が浅田さんの小説に近づいている観がある。

これは余談だが、浅田さんが出演者だったおかげで助けられたこともある。

近年、古都・西安《せいあん》で則天武后《そくてんぶこう》の側近・上官婉児《じょうかんえんじ》の墓が発掘され、大きなニュースとなった。何とか未公開の出土品を撮影したい、と浅田さんと共に収蔵先の考古研究所へ向かう私は、この時実はリスクを抱えていた。中国の文物撮影ではよくあることだが、事前の交渉では、外国の取材班への警戒感から言を左右され何を撮影できるかわからない。場合によっては何も撮影できない可能性もあったのだ。私には何度か空振りの経験がある。不安を感じながら研究所の扉を開くと、突然若い女性研究員が笑顔で話しかけてきた。『蒼穹の昴』を中国語訳で読んで以来、浅田さんのファンなのだという。周囲の所員たちに目を転じると皆表情も和やかで、取材は思いの外順調に進んだ。要望していた副葬品だけでなく、あることすら知らなかった貴重な俑《よう》まで撮影し、浅田さんの感想を聞くことができた。これは、あの研究員の浅田さんへの敬意と好意がいい影響を与えたのではないか、と想像している。

ところで、海外取材に同行すると、移動や食事中など浅田さんと話を交わす機会が多くなる。浅田さんを知る中で強く感じたのは、中国についての教養が深いことだった。歴史で、好きなのは現代と結びついた時代とのことだが、古い時代にも明るい。そもそも、本書の題の「蒙塵《もうじん》」の出典は私たちがまず読むことはない「春秋左氏伝《しゅんじゅうさしでん》」だし、取材の合間に、「古今東西、最も面白い小説は司馬遷《しばせん》の史記、最も美しい文章は陶淵明《とうえんめい》」と話されたことを思い出す。よく知られた達筆といい、漢籍の素養があった明治の文人のようだ。また歴史への視線が公正なことも印象的だった。イデオロギーにとらわれることがないのは大きいし、「歴史には成功と失敗が繰り返されてあるのだけど、善と悪はそうはない」などと聞く度に、頷くばかりだった。

そんな浅田さんに番組で依頼した役割は、現代からの視点で中国史を読み解き、その本質を視聴者にわかりやすく伝えること。難題だ。しかも各回のテーマは中国王朝四千年の歴史から選ぶため、答えるにはすべての時代の知識を持っていなければならない。しかし浅田さんは、どんな時代のテーマであっても、他の時代との比較も交えながら分析し、中国の長い歴史の中で意味づけてくれた。

例えば三国志の英雄・曹操《そうそう》については、人材登用で初めて文学の才能を重視したことに注目し、こう語る。「文学は役に立たないと思われがちだが、想像力を養う。それは政治においても必要で、現実に即して考えているだけでは改革はできない」。そして、その後隋《ずい》王朝から清《しん》王朝まで１３００年続いた中国独特の制度「科挙《かきょ》」にもふれ、その試験科目に文学があったことを評価するのだ。

浅田さんの話には、放送の度に視聴者から「見識がある」、「視点が新鮮だ」などとの反響が寄せられる。翻って本シリーズを見れば、物語が多くの人に感動を与え、支持されるのも、例えば溥儀《ふぎ》の人物造形から窺われるように、その奥に高い素養と公正さが通底しているからではないだろうか。

シリーズを通して重要な存在なのが、浅田さんが創作した「龍玉《ロンユイ》」である。ご自身が、インタビューで「ストーリーの核心でありテーマそのもの」と語っている。私には、この「龍玉」について忘れられない記憶がある。

今から20年あまり前、北京と台北の故宮博物院を取材する3年がかりのプロジェクトに参加していた。故宮文物は、単なる美術品以上の存在。歴代の皇帝たちが収集してきた宝であり、それを権力の象徴とする点に中華文明の大きな特徴がある。代表的な文物の一つが「玉」。四千年以上前の良渚《りょうしょ》文化の時代から権力の象徴とされ、まさに中華文明の特徴を語るにふさわしい。その価値と意味を、面白いストーリーで伝えるにはどうすればいいのか。協力してくれる中国史研究者たちと考えはじめたのだが、アイデアが浮かばず悩んでばかりいた。

『蒼穹の昴』がベストセラーとなったのは、そんな頃だった。「この面白さに番組も少しでも近づきたい」、とプロジェクトの仲間で読んだとき、「龍玉」の登場には驚かされた。乾隆帝《けんりゆうてい》の元にあったという設定だが、乾隆帝はまさに最も多くの故宮文物を収集した皇帝。如何《いか》にもありそうな話だ。さらに、それは資格がないものが手にすると五体が砕け散るというが、紫禁城の玉座の真上には、龍が咥《くわ》えた軒轅鏡《けんえんきよう》という球体があり、天命を受けていない者が玉座に座るとこの球が落ちてその人間を殺すと言い伝えられている。「龍玉」は、中華文明の核としていかにも実在しそうで、なおかつ面白いストーリーを展開するための軸にもなっている……そう感じた。そして、その「龍玉」を創作した浅田さんの知識と発想には頭が下がる、と深く、話し合ったものだった。

史実と創作が熟練の手でブレンドされて展開するこのシリーズ。本書では溥儀が満《まん》洲《しゅう》で執政の位につき、毛沢東《もうたくとう》少年の師となって姿を消していた王逸《ワンイー》がついに戻ってきた。物語は、西安事件へと続く。張学良《ちょうがくりょう》が蔣介石《しょうかいせき》を監禁、それが国共合作に繋がったとされる歴史の転換点だ。この時、何が起こり、国共合作への道が開かれたのか。当事者の張学良が何も語らず世を去ったため、謎に包まれたままである。それを浅田さんはどう描くのか。そして、「龍玉」は誰かの手に渡るのか、楽しみでならない。

1934年頃の満洲とその鉄道
ソビエト連邦
江省
小興安嶺
黒龍江
シベリア鉄道
ハバロフスク
嫩江
北安
克山
チチハル
海倫
東清鉄道
松花江
ハルビン
南満洲鉄道
吉林省
新京
(長春)
牡丹江
綏芬河
ウラジオストク
長白山
朝鮮
日本海
N
0
200km
地図作成=ジェイ・マップ

オトポール
満洲里
黒龍
大
ハイラル
東清鉄道
興
安
嶺
モンゴル人民共和国
内蒙古
満洲国
熱河省
遼河
四平
遼寧省
新民
撫順
奉天（瀋陽）
古北口
承徳
喜峰口
長城
北京
錦州
京奉線
大石橋
営口
湯崗子温泉
南満洲鉄道
天津
灤県
山海関
静海県
塘沽
遼東半島
中華民国
渤海
旅順
大連

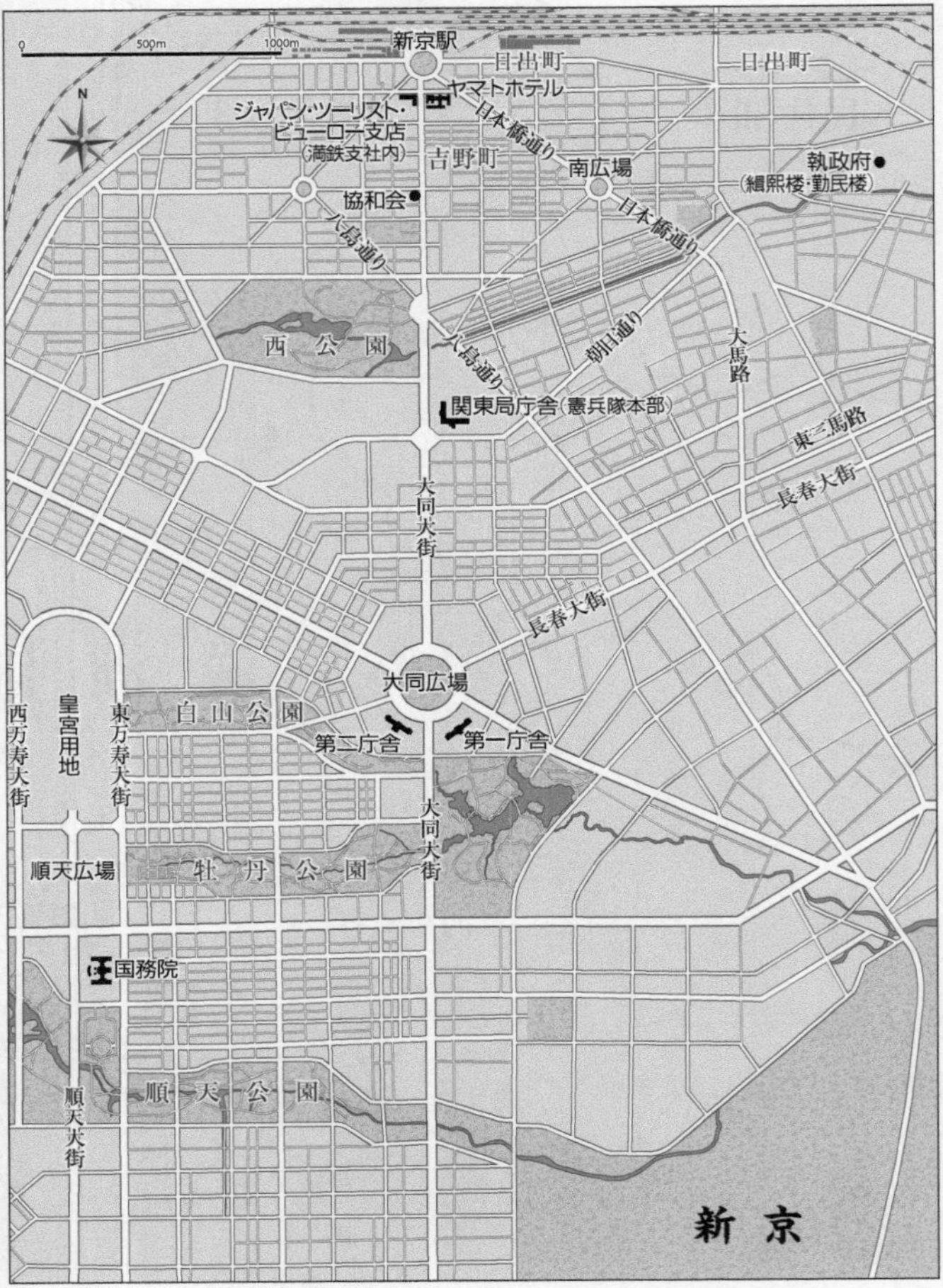

0
500m
1000m
N
新京駅
日出町
ヤマトホテル
日出町
ジャパン・ツーリスト・ビューロー支店
（満鉄支社内）
吉野町
日本橋通り
南広場
執政府
（緝熙楼・勤民楼）
協和会
日本橋通り
八島通り
西公園
八島通り
朝日通り
大馬路
関東局庁舎（憲兵隊本部）
東二馬路
長春大街
大同大街
長春大街
大同広場
皇宮用地
西万寿大街
東万寿大街
白山公園
第二庁舎
第一庁舎
大同大街
順天広場
牡丹公園
国務院
順天公園
順天大街
新京

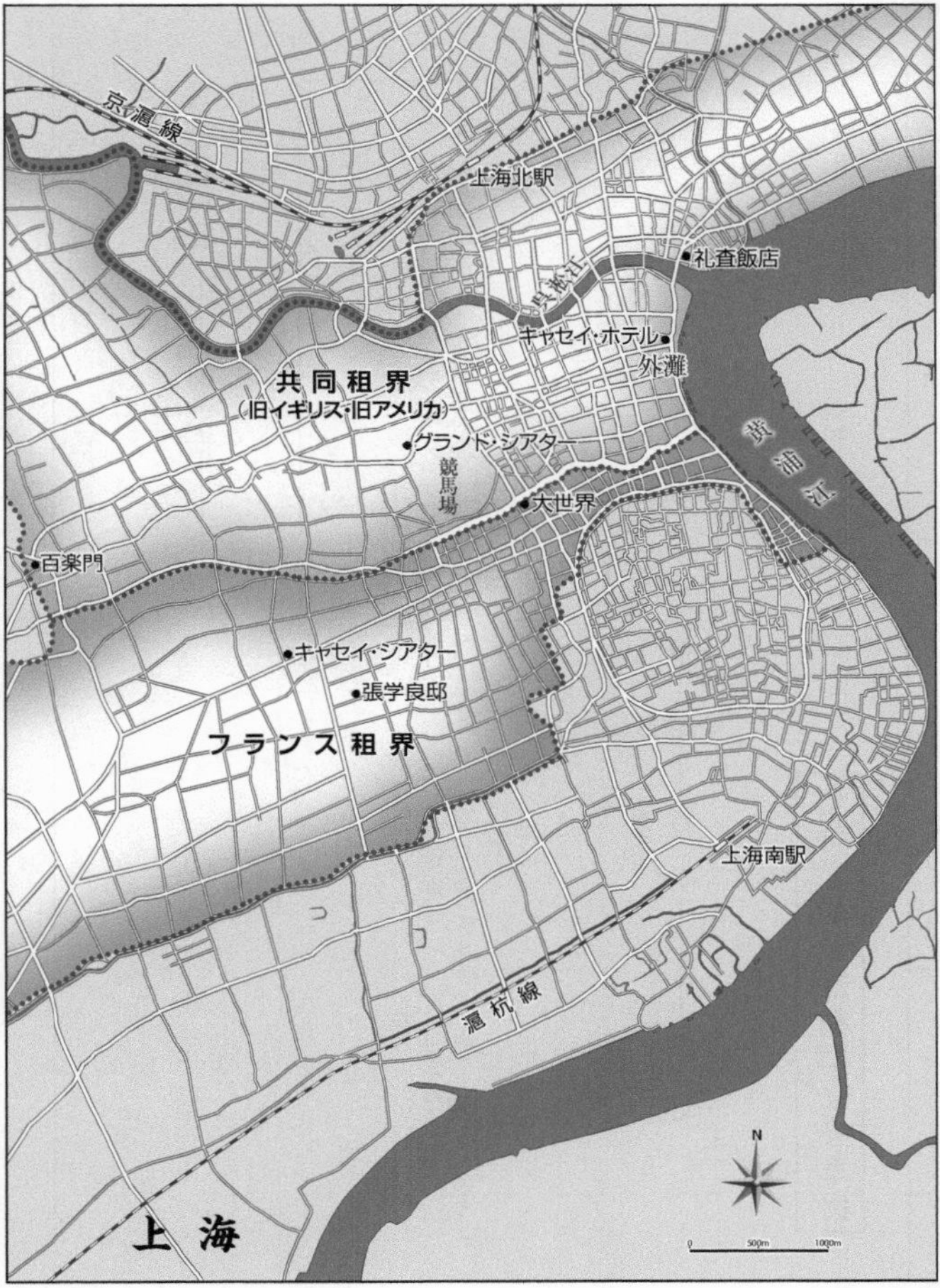

京滬線
上海北駅
礼査飯店
呉淞江
キャセイ・ホテル
外灘
共同租界
（旧イギリス・旧アメリカ）
グランド・シアター
競馬場
大世界
黄浦江
百楽門
キャセイ・シアター
張学良邸
フランス租界
上海南駅
滬杭線
上海
N
0
500m
1000m

愛新覚羅《アイシンギョロ》・清朝関係略系図

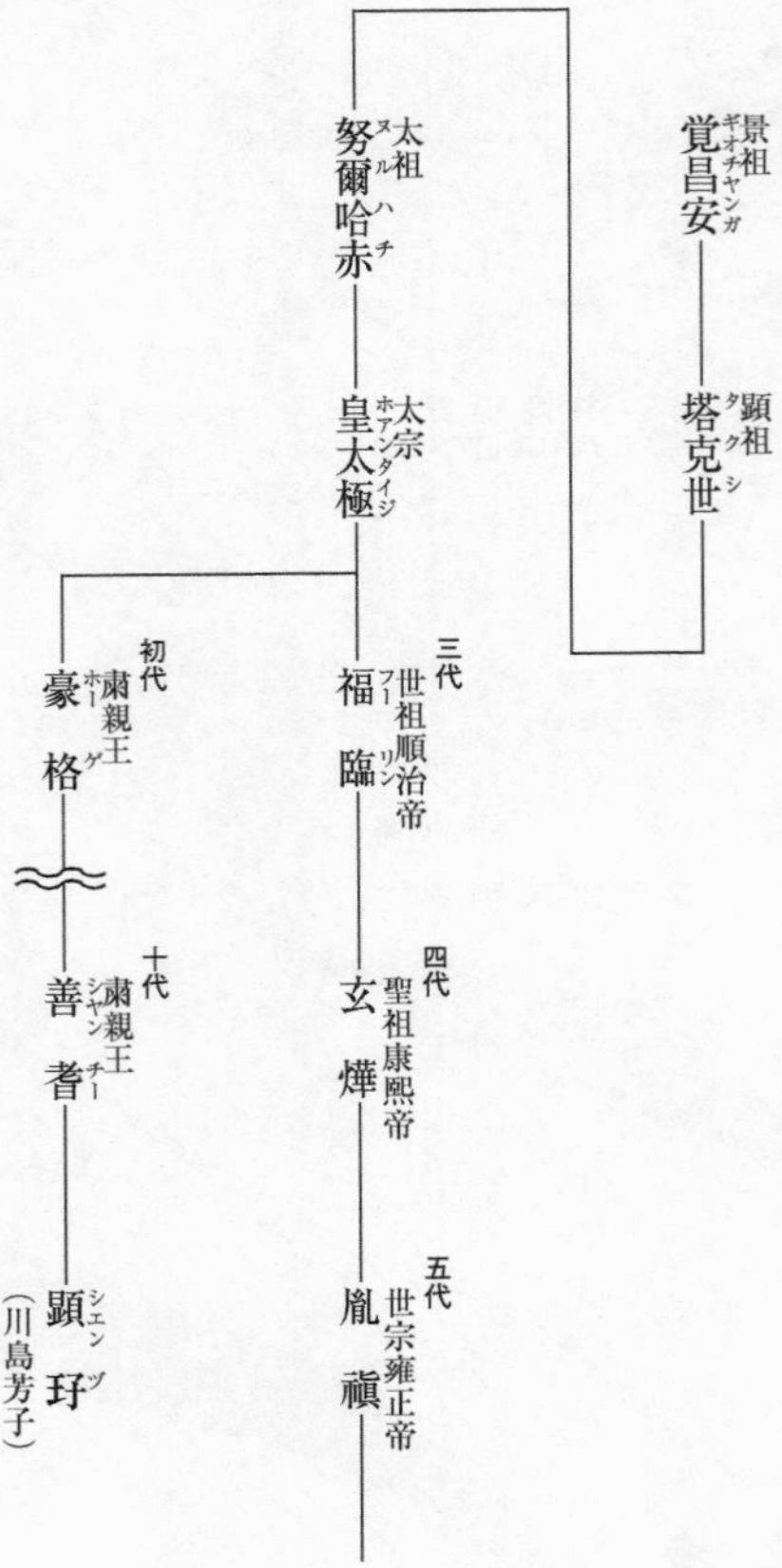

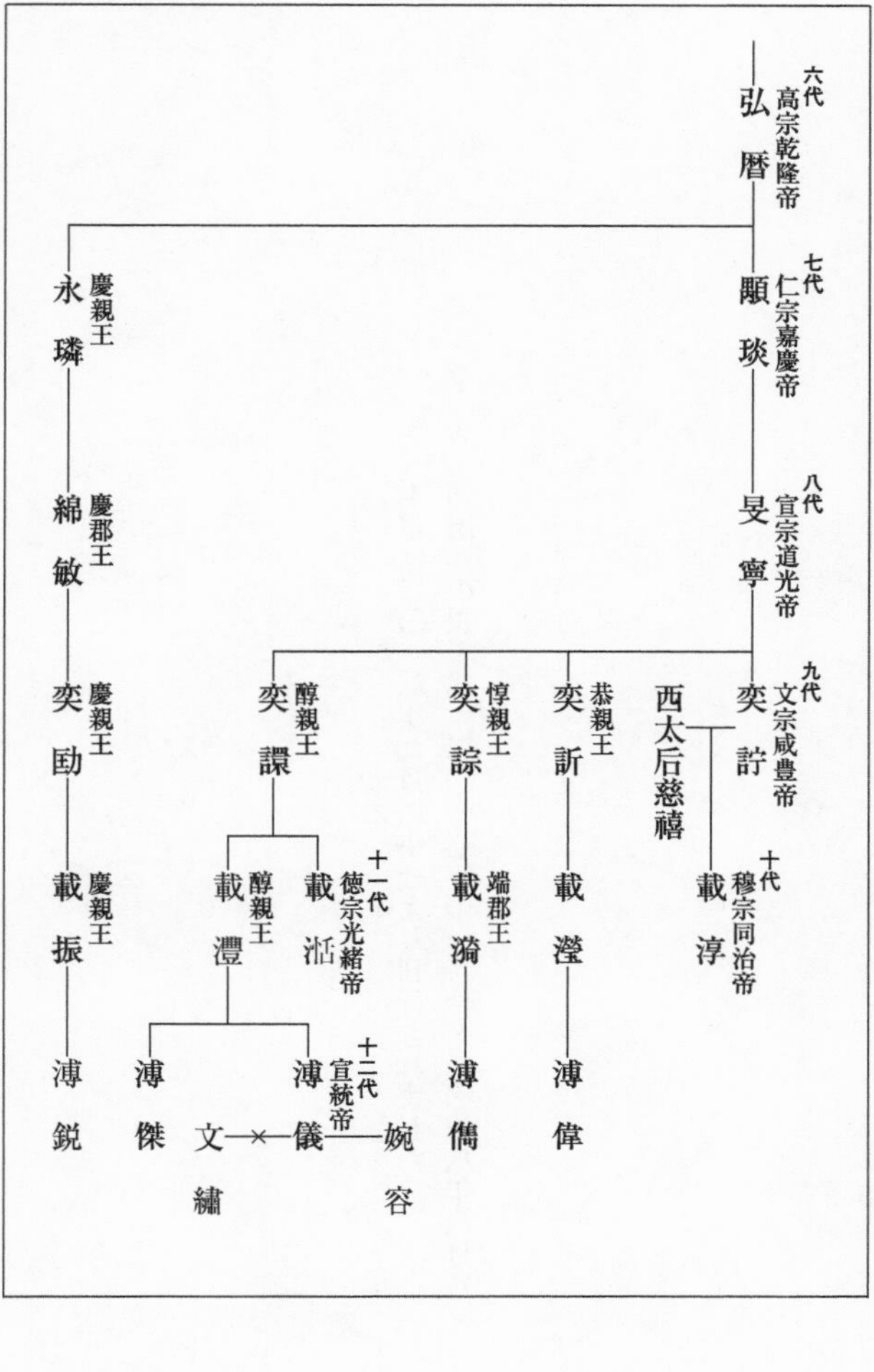

六代 高宗乾隆帝 弘曆
七代 仁宗嘉慶帝 顒琰
八代 宣宗道光帝 旻寧
九代 文宗咸豊帝 奕詝
西太后慈禧
十代 穆宗同治帝 載淳
恭親王 奕訢
載瀅
溥偉
惇親王 奕誴
端郡王 載漪
溥儁
醇親王 奕譞
十一代 徳宗光緒帝 載湉
醇親王 載灃
十二代 宣統帝 溥儀
溥傑
文繡
婉容
慶親王 永璘
慶郡王 綿敏
慶親王 奕劻
慶親王 載振
溥鋭

本書は二〇一八年九月に小社より刊行されました。
初出「小説現代」二〇一七年十一月号～二〇一八年八月号

|著者|浅田次郎　1951年東京都生まれ。1995年『地下鉄《メトロ》に乗って』で第16回吉川英治文学新人賞、1997年『鉄道員《ぽっぽや》』で第117回直木賞、2000年『壬生《みぶ》義士伝』で第13回柴田錬三郎賞、2006年『お腹《はら》召しませ』で第1回中央公論文芸賞と第10回司馬遼太郎賞、2008年『中原の虹』で第42回吉川英治文学賞、2010年『終わらざる夏』で第64回毎日出版文化賞、2016年『帰郷』で第43回大佛次郎賞をそれぞれ受賞。2015年紫綬褒章を受章。『蒼穹の昴』『珍妃の井戸』『中原の虹』『マンチュリアン・リポート』『天子蒙塵《てんしもうじん》』（本書）からなる「蒼穹の昴」シリーズは、累計600万部を超える大ベストセラーとなっている。2019年、同シリーズをはじめとする文学界への貢献で、第67回菊池寛賞を受賞した。その他の著書に、『日輪の遺産』『霞町物語』『歩兵の本領』『天国までの百マイル』『おもかげ』『大名倒産』『流人道中記』など多数。

天子蒙塵《てんしもうじん》 4
浅田次郎《あさだじろう》

2021年6月15日第1刷発行
2024年2月2日第2刷発行

発行者──森田浩章
発行所──株式会社　講談社
東京都文京区音羽2-12-21　〒112-8001
電話　出版（03）5395-3510
　　　販売（03）5395-5817
　　　業務（03）5395-3615
Printed in Japan

講談社文庫
定価はカバーに
表示してあります

KODANSHA

デザイン──菊地信義
本文データ制作──講談社デジタル製作
印刷───株式会社KPSプロダクツ
製本───株式会社KPSプロダクツ

ISBN978-4-06-522840-1

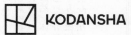

講談社文庫刊行の辞

二十一世紀の到来を目睫に望みながら、われわれはいま、人類史上かつて例を見ない巨大な転換期をむかえようとしている。

世界も、日本も、激動の予兆に対する期待とおののきを内に蔵して、未知の時代に歩み入ろうとしている。このときにあたり、創業の人野間清治の「ナショナル・エデュケイター」への志を現代に甦らせようと意図して、われわれはここに古今の文芸作品はいうまでもなく、ひろく人文・社会・自然の諸科学から東西の名著を網羅する、新しい綜合文庫の発刊を決意した。

激動の転換期はまた断絶の時代である。われわれは戦後二十五年間の出版文化のありかたへの深い反省をこめて、この断絶の時代にあえて人間的な持続を求めようとする。いたずらに浮薄な商業主義のあだ花を追い求めることなく、長期にわたって良書に生命をあたえようとつとめるところにしか、今後の出版文化の真の繁栄はあり得ないと信じるからである。

同時にわれわれはこの綜合文庫の刊行を通じて、人文・社会・自然の諸科学が、結局人間の学にほかならないことを立証しようと願っている。かつて知識とは、「汝自身を知る」ことにつきていた。現代社会の瑣末な情報の氾濫のなかから、力強い知識の源泉を掘り起し、技術文明のただなかに、生きた人間の姿を復活させること。それこそわれわれの切なる希求である。

われわれは権威に盲従せず、俗流に媚びることなく、渾然一体となって日本の「草の根」をかたちづくる若く新しい世代の人々に、心をこめてこの新しい綜合文庫をおくり届けたい。それは知識の泉であるとともに感受性のふるさとであり、もっとも有機的に組織され、社会に開かれた万人のための大学をめざしている。大方の支援と協力を衷心より切望してやまない。

一九七一年七月

野間省一

あさのあつこ　NO.6〔ナンバーシックス〕#6
あさのあつこ　NO.6〔ナンバーシックス〕#7
あさのあつこ　NO.6〔ナンバーシックス〕#8
あさのあつこ　NO.6〔ナンバーシックス〕#9
あさのあつこ　NO.6beyond〔ナンバーシックス・ビヨンド〕
あさのあつこ　待　っ　て　る〈橘屋草子〉
あさのあつこ　さいとう市立さいとう高校野球部 (上)(下)
あさのあつこ　甲子園でエースしちゃいました〈さいとう市立さいとう高校野球部〉
あさのあつこ　お　れ　が　先　輩　?〈さいとう市立さいとう高校野球部〉
阿部夏丸　泣けない魚たち
朝倉かすみ　肝、焼　け　る
朝倉かすみ　好かれようとしない
朝倉かすみ　ともしびマーケット
朝倉かすみ　感　応　連　鎖
朝倉かすみ　たそがれどきに見つけたもの
朝比奈あすか　憂鬱なハスビーン
朝比奈あすか　あの子が欲しい
天野作市　気　高　き　昼　寝
天野作市　みんなの旅行

青柳碧人　浜村渚の計算ノート
青柳碧人　浜村渚の計算ノート　2さつめ〈ふしぎの国の期末テスト〉
青柳碧人　浜村渚の計算ノート　3さつめ〈水色コンパスと恋する幾何学〉
青柳碧人　浜村渚の計算ノート　3と$\frac{1}{2}$さつめ〈ふえるま島の最終定理〉
青柳碧人　浜村渚の計算ノート　4さつめ〈方程式は歌声に乗って〉
青柳碧人　浜村渚の計算ノート　5さつめ〈鳴くよウグイス、平面上〉
青柳碧人　浜村渚の計算ノート　6さつめ〈パピルスよ、永遠に〉
青柳碧人　浜村渚の計算ノート　7さつめ〈悪魔とポタージュスープ〉
青柳碧人　浜村渚の計算ノート　8さつめ〈虚数じかけの夏みかん〉
青柳碧人　浜村渚の計算ノート　8と2分の1さつめ〈つるかめ家の一族〉
青柳碧人　浜村渚の計算ノート　9さつめ〈恋人たちの必勝法《マーチンゲール》〉
青柳碧人　浜村渚の計算ノート　10さつめ〈ラ・ラ・ラ・ラマヌジャン〉
青柳碧人　霊視刑事夕《ゆ》雨《う》子《こ》1〈誰かがそこにいる〉
青柳碧人　霊視刑事夕雨子2〈雨空の鎮魂歌《レクイエム》〉
朝井まかて　花《はな》　競《くら》べ〈向嶋なずな屋繁盛記〉
朝井まかて　ちゃんちゃら
朝井まかて　す　か　た　ん
朝井まかて　ぬけまいる
朝井まかて　恋　歌

朝井まかて　阿《お》蘭《らん》陀《だ》西《さい》鶴《かく》
朝井まかて　藪医《やぶい》　ふらここ堂
朝井まかて　福　袋
朝井まかて　草　々　不　一
歩《あゆみ》　りえこ　ブラを捨て旅に出よう〈貧乏乙女の〝世界《ぜろか》一周〟旅行記〉
安藤祐介　営業零課接待班
安藤祐介　被取締役《とりしまられやく》新入社員
安藤祐介　お　い　!　山　田〈大翔製菓広報宣伝部〉
安藤祐介　宝くじが当たったら
安藤祐介　一〇〇〇ヘクトパスカル
安藤祐介　テノヒラ幕府株式会社
安藤祐介　本のエンドロール
青木　理　絞　首　刑
麻見和史　石　の　繭〈警視庁殺人分析班〉
麻見和史　蟻《あり》　の　階　段〈警視庁殺人分析班〉
麻見和史　水　晶　の　鼓　動〈警視庁殺人分析班〉
麻見和史　虚　空　の　糸〈警視庁殺人分析班〉
麻見和史　聖　者　の　凶　数〈警視庁殺人分析班〉
麻見和史　女　神　の　骨　格〈警視庁殺人分析班〉

講談社文庫　目録

麻見和史　蝶の力学〈警視庁殺人分析班〉
麻見和史　雨色の仔羊〈警視庁殺人分析班〉
麻見和史　奈落の偶像〈警視庁殺人分析班〉
麻見和史　鷹《たか》の砦《とりで》〈警視庁殺人分析班〉
麻見和史　凪《なぎ》の残響〈警視庁殺人分析班〉
麻見和史　天空の鏡〈警視庁殺人分析班〉
麻見和史　賢者の棘《とげ》〈警視庁殺人分析班〉
麻見和史　深紅の断片〈警防課救命チーム〉
麻見和史　邪神の天秤〈警視庁公安分析班〉
麻見和史　偽神の審判〈警視庁公安分析班〉
有川　浩　三匹のおっさん
有川　浩　三匹のおっさん　ふたたび
有川　浩　ヒア・カムズ・ザ・サン
有川　浩　旅猫リポート
有川ひろ　アンマーとぼくら
有川ひろほか　ニャンニャンにゃんそろじー
荒崎一海　門前仲町〈九頭竜覚山　浮世綴㈠〉
荒崎一海　蓬萊橋雨景〈九頭竜覚山　浮世綴㈡〉
荒崎一海　寺町哀感〈九頭竜覚山　浮世綴㈢〉

荒崎一海　小《お》名《な》木《き》川《がわ》〈九頭竜覚山　浮世綴㈣〉
荒崎一海　一色町雪花〈九頭竜覚山　浮世綴㈤〉
朱野帰《かえる》子《こ》　駅物語
朱野帰子　対岸の家事
東　浩紀　一般意志2・0〈ルソー、フロイト、グーグル〉
朝倉宏景　白球アフロ
朝倉宏景　野球部ひとり
朝倉宏景　つよく結べ、ポニーテール
朝倉宏景　あめつちのうた
朝倉宏景　エール〈夕暮れサウスポー〉
朝倉宏景　風が吹いたり、花が散ったり
朝井リョウ　スペードの3
朝井リョウ　世にも奇妙な君物語
有沢ゆう希　末次由紀 原作　ちはやふる　上の句〈小説〉
有沢ゆう希　末次由紀 原作　ちはやふる　下の句〈小説〉
有沢ゆう希　末次由紀 原作　ちはやふる　結び
有沢ゆう希　小説　パーフェクトワールド〈君といる奇跡〉
有沢ゆう希　原作：金田一蓮十郎　脚本：徳永友一　小説　ライアー×ライアー
秋川滝美　幸《こう》腹《ふく》な百貨店

秋川滝美　幸腹な百貨店〈デパ地下おにぎり騒動〉
秋川滝美　幸腹な百貨店〈催事場で蕎麦屋呑み〉
秋川滝美　マチのお気楽料理教室
秋川滝美　ヒソップ亭〈湯けむり食事処〉
秋川滝美　ヒソップ亭2〈湯けむり食事処〉
赤神　諒　神遊の城
赤神　諒　大友二階崩れ
赤神　諒　大友落月記
赤神　諒　酔象の流儀　朝倉盛衰記
赤神　諒　空《うつせ》貝《がい》〈村上水軍の神姫《しんき》〉
赤神　諒　立花三将伝
彩瀬まる　やがて海へと届く
浅生　鴨　伴走者
天野純希　有楽斎の戦
天野純希　雑賀《さいか》のいくさ姫《ひめ》
青木祐子　コーチ！〈はげまし屋・立花ことりのクライアントファイル〉
秋保《あきう》水菓《すいか》　コンビニなしでは生きられない
相沢沙呼　medium《メディウム》　霊媒探偵城塚翡翠《じょうづかひすい》
相沢沙呼　invert《インヴァート》　城塚翡翠倒叙集

講談社文庫　目録

新井見枝香　本屋の新井
碧野　圭　凛として弓を引く
碧野　圭　凛として弓を引く〈青雲篇〉
赤松利市　東京棄民
五木寛之　ソフィアの秋
五木寛之　狼のブルース
五木寛之　海峡物語
五木寛之　風花のひと
五木寛之　鳥の歌(上)(下)
五木寛之　燃える秋
五木寛之　真夜中の望遠鏡〈流されゆく日々'78〉
五木寛之　ナホトカ青春航路〈流されゆく日々'79〉
五木寛之　旅の幻燈
五木寛之　他力
五木寛之　こころの天気図
五木寛之　新装版 恋歌
五木寛之　百寺巡礼　第一巻　奈良
五木寛之　百寺巡礼　第二巻　北陸
五木寛之　百寺巡礼　第三巻　京都I
五木寛之　百寺巡礼　第四巻　滋賀・東海
五木寛之　百寺巡礼　第五巻　関東・信州
五木寛之　百寺巡礼　第六巻　関西
五木寛之　百寺巡礼　第七巻　東北
五木寛之　百寺巡礼　第八巻　山陰・山陽
五木寛之　百寺巡礼　第九巻　京都II
五木寛之　百寺巡礼　第十巻　四国・九州
五木寛之　海外版　百寺巡礼　インド1
五木寛之　海外版　百寺巡礼　インド2
五木寛之　海外版　百寺巡礼　朝鮮半島
五木寛之　海外版　百寺巡礼　中国
五木寛之　海外版　百寺巡礼　ブータン
五木寛之　海外版　百寺巡礼　日本・アメリカ
五木寛之　青春の門　第七部　挑戦篇
五木寛之　青春の門　第八部　風雲篇
五木寛之　青春の門　第九部　漂流篇
五木寛之　親鸞　青春篇(上)(下)
五木寛之　親鸞　激動篇(上)(下)
五木寛之　親鸞　完結篇(上)(下)
五木寛之　五木寛之の金沢さんぽ
五木寛之　海を見ていたジョニー　新装版
井上ひさし　モッキンポット師の後始末
井上ひさし　ナイン
井上ひさし　四千万歩の男　全五冊
井上ひさし　四千万歩の男　忠敬の生き方
井上ひさし・司馬遼太郎　新装版　国家・宗教・日本人
池波正太郎　私の歳月
池波正太郎　よい匂いのする一夜
池波正太郎　梅安料理ごよみ
池波正太郎　わが家の夕めし
池波正太郎　新装版　緑のオリンピア
池波正太郎　新装版　殺しの四人〈仕掛人・藤枝梅安(一)〉
池波正太郎　新装版　梅安蟻地獄〈仕掛人・藤枝梅安(二)〉
池波正太郎　新装版　梅安最合傘〈仕掛人・藤枝梅安(三)〉
池波正太郎　新装版　梅安針供養〈仕掛人・藤枝梅安(四)〉
池波正太郎　新装版　梅安乱れ雲〈仕掛人・藤枝梅安(五)〉
池波正太郎　新装版　梅安影法師〈仕掛人・藤枝梅安(六)〉
池波正太郎　新装版　梅安冬時雨〈仕掛人・藤枝梅安(七)〉

講談社文庫　目録

井上真偽《まぎ》　その可能性はすでに考えた
井上真偽　聖女の毒杯〈その可能性はすでに考えた〉
井上真偽　恋と禁忌の述語論理《プレディケット》
泉　ゆたか　お師匠さま、整いました！
泉　ゆたか　お江戸けもの医　毛玉堂
泉　ゆたか　玉《たま》の輿《こし》猫〈お江戸けもの医　毛玉堂〉
伊兼源太郎　地検のS
伊兼源太郎　Sが泣いた日〈地検のS〉
伊兼源太郎　Sの幕引き〈地検のS〉
伊兼源太郎　巨悪
伊兼源太郎　金庫番の娘
逸木　裕　電気じかけのクジラは歌う
今村翔吾　イクサガミ　天
今村翔吾　イクサガミ　地
入月英一　信長と征《ゆ》く　1・2〈転生商人の天下取り〉
磯田道史　歴史とは靴である
石原慎太郎　湘南夫人
井戸川射子　ここはとても速い川
五十嵐律人　法廷遊戯
五十嵐律人　不可逆少年
一色さゆり　光をえがく人
石沢麻依　貝に続く場所にて
一穂ミチ　スモールワールズ
伊藤穰一　〈増補版〉教養としてのテクノロジー〈AI、仮想通貨、ブロックチェーン〉
内田康夫　シーラカンス殺人事件
内田康夫　パソコン探偵の名推理
内田康夫　「横山大観」殺人事件
内田康夫　江田島殺人事件
内田康夫　琵琶湖周航殺人歌
内田康夫　夏泊殺人岬
内田康夫　「信濃の国」殺人事件
内田康夫　風葬の城
内田康夫　透明な遺書
内田康夫　鞆《とも》の浦《うら》殺人事件
内田康夫　終幕《フィナーレ》のない殺人
内田康夫　御堂筋殺人事件
内田康夫　記憶の中の殺人
内田康夫　北国街道殺人事件
内田康夫　「紅藍《くれない》の女《ひと》」殺人事件
内田康夫　「紫《むらさき》の女《ひと》」殺人事件
内田康夫　藍色回廊殺人事件
内田康夫　明日香の皇子
内田康夫　華の下にて
内田康夫　黄金の石橋
内田康夫　靖国への帰還
内田康夫　不等辺三角形
内田康夫　ぼくが探偵だった夏
内田康夫　逃げろ光彦〈内田康夫と5人の女たち〉
内田康夫　悪魔の種子
内田康夫　戸隠伝説殺人事件
内田康夫　新装版　死者の木霊
内田康夫　新装版　漂泊の楽人
内田康夫　新装版　平城山《ならやま》を越えた女
内田康夫　秋田殺人事件
内田康夫　孤道
和久井清水　孤道　完結編〈金色の眠り〉
内田康夫　イーハトーブの幽霊

講談社文庫　目録

歌野晶午　死体を買う男
歌野晶午　安達ヶ原の鬼密室
歌野晶午　新装版 長い家の殺人
歌野晶午　新装版 白い家の殺人
歌野晶午　新装版 動く家の殺人
歌野晶午　密室殺人ゲーム王手飛車取り
歌野晶午　新装版 ROMMY 越境者の夢
歌野晶午　増補版 放浪探偵と七つの殺人
歌野晶午　新装版 正月十一日、鏡殺し
歌野晶午　密室殺人ゲーム2.0
歌野晶午　密室殺人ゲーム・マニアックス
歌野晶午　魔王城殺人事件
内館牧子　終わった人
内館牧子　別れてよかった〈新装版〉
内館牧子　すぐ死ぬんだから
内館牧子　今度生まれたら
内田洋子　皿の中に、イタリア
宇江佐真理　泣きの銀次
宇江佐真理　晩鐘〈続・泣きの銀次〉
宇江佐真理　虚ろ舟〈泣きの銀次参之章〉
宇江佐真理　室の梅〈おろく医者覚え帖〉
宇江佐真理　涙堂〈琴女癸酉日記《ことじょきゆうにっき》〉
宇江佐真理　あやめ横丁の人々
宇江佐真理　卵のふわふわ 八丁堀喰い物草紙・江戸前でもなし
宇江佐真理　日本橋本石町やさぐれ長屋
浦賀和宏　眠りの牢獄
上野哲也　五五五文字の巡礼〈魏志倭人伝トーク 地理篇〉
魚住　昭　渡邉恒雄 メディアと権力
魚住　昭　野中広務 差別と権力
魚住直子　非・バランス
魚住直子　未・フレンズ
魚住直子　ピンクの神様
上田秀人　密封〈奥右筆秘帳〉
上田秀人　国禁〈奥右筆秘帳〉
上田秀人　侵蝕〈奥右筆秘帳〉
上田秀人　継承〈奥右筆秘帳〉
上田秀人　簒《さん》奪《だつ》〈奥右筆秘帳〉
上田秀人　秘闘〈奥右筆秘帳〉
上田秀人　隠密〈奥右筆秘帳〉
上田秀人　刃傷〈奥右筆秘帳〉
上田秀人　召《めし》抱《かかえ》〈奥右筆秘帳〉
上田秀人　墨《ぼっ》痕《こん》〈奥右筆秘帳〉
上田秀人　天下〈奥右筆秘帳〉
上田秀人　決戦〈奥右筆秘帳〉
上田秀人　前夜〈奥右筆外伝〉
上田秀人　軍師の挑戦〈上田秀人初期作品集〉
上田秀人　天主信長〈表〉〈我こそ天下なり〉
上田秀人　天主信長〈裏〉〈天を望むなかれ〉
上田秀人　波乱〈百万石の留守居役㈠〉
上田秀人　思惑〈百万石の留守居役㈡〉
上田秀人　新参〈百万石の留守居役㈢〉
上田秀人　遺臣〈百万石の留守居役㈣〉
上田秀人　密約〈百万石の留守居役㈤〉
上田秀人　使者〈百万石の留守居役㈥〉
上田秀人　貸借〈百万石の留守居役㈦〉
上田秀人　参勤〈百万石の留守居役㈧〉
上田秀人　因果〈百万石の留守居役㈨〉

2023年12月15日現在